SIX DEGRÉS DE LIBERTÉ

Nicolas Dickner

Six degrés de liberté

Pour Caroline,

Lectrice nomade,

en souhaitant que ce
drôle de voyage vous
fera vibrer...

Alto

Gatineau
27/12/2016

Catalogage avant publication Bibliothèque et Archives nationales du Québec et Bibliothèque et Archives Canada

Dickner, Nicolas, 1972-

    Six degrés de liberté

    ISBN 978-2-89694-218-3

    I. Titre.

PS8557.I325S59 2015   C843'.6   C2015-940053-8
PS9557.I325S59 2015

Les Éditions Alto remercient de leur soutien financier
le Conseil des arts du Canada et la Société de développement
des entreprises culturelles du Québec (SODEC).

Les Éditions Alto reconnaissent l'aide financière du gouvernement du Canada
par l'entremise du Fonds du livre du Canada pour leurs activités d'édition.

Gouvernement du Québec – Programme de crédit d'impôt
pour l'édition de livres – Gestion SODEC.

Illustration de la couverture : Tom Gauld
(tomgauld.com)

ISBN : 978-2-89694-218-3
© Éditions Alto, 2015

Ce livre est dédié
à la mémoire de
Larry Walters.

un

- 1 -

Lisa pense à l'argent.

Masque à gaz sanglé sur le visage, fourche à la main, elle jette par la fenêtre du grenier des galettes de guano et de gangrène, des squelettes de rhinocéros et des manteaux de vison grouillant de mites – et elle pense à l'argent.

Elle plante sa fourche dans un monticule de vieux *Lundi* collés les uns contre les autres par l'humidité et les excréments. Elle s'enfonce dans les croûtes sédimentaires de la culture, comme une paléontologue du mauvais goût. Boy George. Michèle Richard et Michel Louvain jeunes. La tentative de suicide de Drew Barrymore. Loto-Lundi, dix mille dollars en prix, tirage hebdomadaire. Une chirurgie plastique de Michael Jackson. Et encore Loto-Lundi. Lisa doit avoir pelleté pour cinq cent mille dollars en Loto-Lundi. Dire que tout cet argent a été gagné et dépensé depuis longtemps – et sur quoi? Des gadgets, des vêtements, des voyages, des cadeaux de Noël – tout ça désormais enfoui au dépotoir, brûlé en calories, éparpillé dans l'atmosphère.

Lisa s'acharne sur le tas, rageuse. Les magazines volent par la lucarne, tombent et s'écrasent avec un bruit sourd dans le conteneur à déchets, deux étages plus bas. Dans l'intervalle on entend la tondeuse d'un voisin, les voitures qui passent sur la route, les goglus dans les champs, et le chien du concessionnaire New Holland qui jappe après un rat musqué. Le bruit blanc de l'été, comme la statique légère d'une radio FM.

Lisa a l'impression d'être coincée entre deux postes. De septembre à juin, elle avance sur le pilote automatique, dans l'étroit chenal scolaire. Pas d'ambiguïté, aucune décision à prendre. L'été, en revanche, lui rappelle constamment qu'elle ne maîtrise pas son destin. Elle échafaude des tours de Babel et des voyages autour du cap Horn, des traversées du Sahara et des accélérateurs de particules, mais l'argent – même en quantités modestes – manque sans cesse pour mener le moindre projet à terme. L'argent nécessaire pour se procurer un vélo. L'argent pour aller au cinéparc. L'argent pour construire un drone, acheter une boussole, un microscope. L'argent pour suivre des cours de voile et de kung-fu. L'argent pour partir à la conquête du monde.

À quinze ans, Lisa est dans un entre-deux : assez vieille pour échafauder des projets, trop jeune pour avoir un boulot digne de mention – et ce n'est pas comme si les boulots intéressants pullulaient dans le coin. Cet été, elle avait le choix entre cueillir des fraises avec les saisonniers mexicains ou travailler avec son père pour un salaire symbolique – et maintenant qu'elle vide le grenier de la maison Baskine, elle se demande s'il n'aurait pas mieux valu choisir les champs de fraises. Au moins, elle aurait appris quelques rudiments d'espagnol.

Voilà deux jours qu'elle défenestre des escarpins préhistoriques, des portemanteaux, des chaises en rotin défoncées, des demi-mannequins, des plumes de paon et des globes terrestres, des tabourets pliants, des ballots de rideaux en velours. Elle embroche des nids de souris, des paniers d'osier, des liasses de *Feuillet paroissial*. Un berceau orné de lapins roses et glauques. Des meubles démontés. Une radio à ondes courtes Grundig dont le dos arraché laisse voir un rang de lampes à vide cramées. Du papier à lettres d'hôtel, des décors de pièce de théâtre. Des pistolets à pétards. Des pistolets à eau. Des os.

De nombreuses boîtes de carton portant les mots *Standard Oil* et *Чарльз Баскин* débordent de souvenirs de voyages. Des maracas peints. Un tableau en velours représentant la pleine lune sur fond de cocotiers, avec la mention *Punta Cana* au bas de l'image et *Hecho en China* au dos. Des bouteilles de rhum épicé (vides) et des bouteilles d'huile de coco (pleines). Des masques de plongée, des antiquités indigènes noircies au cirage à chaussures. Des colliers faits de noix, de coquillages, d'épices, d'osselets, de plumes, de bouchons de Pepsi.

Les grandes routes commerciales du vingtième siècle aboutissaient dans ce grenier, et tout en jouant de la fourche, Lisa se demande par quel délire géopolitique ces objets ont pu être désirés, achetés, amassés, utilisés, chéris, puis entassés strate après strate dans ce grenier insalubre jusqu'à former une masse indissociable, par endroits, de la masse de guano et de cadavres de chauves-souris.

Encore un petit effort, il lui en reste pour une heure.

Surnommée tour à tour « Manoir hanté », « Domaine du chimiste » et « Nique à feu », la maison Baskine est une vaste ruine située à mi-chemin entre Huntingdon et la frontière américaine. Six propriétaires successifs l'ont rénovée sans goût ni savoir-faire avant de l'abandonner aux éléments. Ses murs en pierre de taille, épais comme ceux d'un château fort, sont coiffés de corniches prétentieuses et d'un toit en cuivre qui a vu passer plusieurs crises économiques. Elle a été construite alors que le Dominion du Canada s'étendait lentement vers l'ouest, et elle exsude jusque dans sa décrépitude l'optimisme brutal des empires.

Robert Routier guettait la maison Baskine depuis des années. Pour un rénovateur professionnel, elle représentait une sorte d'idéal, la version sublime et artistique de son entreprise de rénovation – une sorte d'antidote à tous ces bungalows insipides qu'il retapait en série depuis des années, activité dans laquelle il s'embourbait financièrement. Il venait d'avoir soixante-quatre ans et il sentait le temps filer. À ses yeux, la maison Baskine représentait sa dernière chance d'accomplir quelque chose, de partir en beauté.

L'objet de son désir appartenait hélas à une multinationale chinoise. Les Chinois raflaient tout dans le secteur, depuis la terre à bois jusqu'à la ferme, en passant par la baraque patrimoniale. On les voyait sillonner la région à bord de Ford de location, armés de valises blindées et de téléphones satellitaires. Cette annexion tranquille du territoire ne générait aucune activité commerciale, aucun profit visible. Il s'agissait d'une offensive purement fiscale, qui échappait au sens commun -- mais même dans le domaine de l'irrationnel et de la fiscalité, la maison Baskine était injustifiable, et après quelques années à s'avachir dans un portefeuille immobilier, elle fut finalement remise en vente durant la crise financière.

Robert Routier se jeta sur l'occasion avec une ferveur de toxicomane.

Le Nique à feu était vendu sans garantie légale, ce qu'une visite même sommaire permettait de comprendre : si l'extérieur ne payait pas de mine, l'intérieur était pire encore. L'endroit ressemblait à un squat abandonné, une impression qu'accentuaient d'immenses miroirs au tain usé qui, placés l'un en face de l'autre, créaient un corridor infini, maculé de nébuleuses et de trous noirs, et donnaient la nausée lorsqu'on les fixait trop longtemps. Hormis cette glauque galerie des Glaces, la structure se caractérisait par l'absence générale du moindre angle droit. Tout s'inclinait et ployait. L'air puait, les tapisseries desquamaient, les planchers pourrissaient – mais l'état des lieux ne changeait rien à la détermination de Robert Routier : l'amour était aveugle, sourd, et même un peu idiot sur les bords. La transaction fut notariée en quarante-huit heures, comme si l'urgence régnait de faire naufrage une bonne fois pour toutes.

Robert & fille s'attelèrent à l'ouvrage dès la Saint-Jean, et chaque jour apporte désormais son quota de vices cachés. Le chantier menace de s'étirer jusqu'à Noël, et Robert commence à se demander, tout bas, s'il ne vient pas de commettre, mine de rien, la plus récente d'une spectaculaire série d'erreurs de jugement.

L'après-midi se termine lorsque Robert passe la tête par la trappe du grenier, les sourcils blancs de plâtre, deux cernes de lunettes autour des yeux. Sa fille a fait du bon travail : le plancher a été dégagé, gratté et brossé jusqu'à une relative propreté. Une épaisse poussière persiste dans l'air, au travers de laquelle on devine la silhouette grise de Lisa, occupée à examiner le contenu d'une ultime boîte de carton. Robert plisse le nez. Ça sent la suie et la momie pulvérisée.

— Cinq heures !

Lisa lève vers son père les yeux ronds et vitreux du masque à gaz. Sur le plancher autour d'elle sont étendus, comme pour une vente de garage, une dizaine d'appareils photo antiques. Lisa retire son masque à poussière et observe le Leica dans la lumière boueuse qui tombe de la lucarne.

— Je peux les garder ? S'il te plaît ?

Il prend un Polaroid à soufflet, approche son nez. Cet appareil pue la charogne.

— Qu'est-ce que tu veux en faire ?

Elle hausse les épaules.

— Sais pas. Je veux juste les garder.

Robert frotte sa moustache, comme chaque fois qu'il est perplexe, ce qui soulève un petit nuage de plâtre. Il esquisse enfin un geste magnanime de la main : après avoir nettoyé les écuries d'Augias, madame sa fille a certainement gagné le droit de garder une poignée de bibelots si ça lui chante. Chacun son butin.

Ils redescendent à l'air libre. Lisa a relevé son masque sur son front, comme un guerrier son casque, et elle porte sa boîte de caméras malodorantes sur la hanche avec un sourire énigmatique. Contrairement à ce qu'elle vient de prétendre, elle sait très bien ce qu'elle compte faire de ces appareils photo.

Ayant tiré le tuyau d'arrosage jusque sur la pelouse avant, ils se lavent à coups de balai et à grande pression. Lisa regarde le tas de cadavres qui déborde du conteneur sans arriver à croire qu'elle a défenestré tout ça.

Ils reviennent au bercail à bord du vieux Dodge RAM de Robert, les fenêtres ouvertes. Le vent est bon, mais Lisa se sent congestionnée. Elle tousse et mouche et peste. Foutu grenier.

Ils roulent à travers la forêt et les champs, comme s'ils ne se rendaient nulle part à grande vitesse. Passé le panneau indiquant *Frontière É.-U. Border U.S.A. 500 m,* ils sont arrivés. Un chemin sur la droite débouche sur un stationnement de gravier bordé par une série de boîtes postales. Près du conteneur à déchets se dresse une pancarte annonçant *Bienvenue au Domaine Bordeur.* Il y a quelques années, la pancarte a été la cible d'un vandale inspiré, et on peut encore lire *Bienvenue au Domaine Boredom – capitale mondiale de l'ennui* écrit à la peinture orange fluo.

Personne ne sait pourquoi cet insignifiant parc de maisons mobiles porte le nom de Domaine Bordeur. L'explication communément admise veut qu'il s'agisse d'une déformation du mot *border.* Plus déconcertante, cependant, est la dénomination *domaine,* qui suggère que les habitants de ce lieu dominent quelque chose. Personne n'est dupe à ce sujet.

Passé le stationnement, on découvre des rues au tracé vaguement anarchique. Les maisons les plus anciennes ont été remorquées là en guise de camps de chasse, lorsque la forêt s'étendait encore dans toutes les directions. À l'époque, on n'habitait cet endroit qu'en été. Peu à peu, les cabanes cédèrent la place aux chalets, et les chalets aux résidences principales. Les maisons les plus récentes du Domaine ont été produites en série, sur des chaînes de montage, enveloppées dans le plastique comme un iPod neuf, livrées par camion et déballées sur place.

Mais vieilles ou récentes, ces maisons prétendument mobiles reposent toutes, désormais, sur des pilotis de béton, et jouissent des branchements de la civilisation moderne : électricité, téléphone et fosse septique. Le Domaine n'a pas pour autant perdu son caractère transitoire, sa démoralisante fragilité.

Sitôt arrivée chez elle, Lisa saute de la fourgonnette avec sa boîte d'appareils photo et file tout droit dans l'atelier de son père : un ancien conteneur Mærsk parqué derrière la maison.

Les fluorescents clignotent et éclairent des murs tapissés d'outils étonnants : des égoïnes datant de l'entre-deux-guerres, mais aiguisées avec finesse; des tournevis comme on n'en fait plus; des ciseaux et des gouges forgés par d'obscurs maîtres métallurgistes. Lisa s'est souvent demandé d'où provenaient ces outils. Pressé de questions, Robert évoquait des ventes de garage, de vagues héritages, mais ses histoires sentaient toujours le non-dit et la cachotterie. Lisa sait seulement que, les samedis soir où il broie du noir, son père visite ses outils comme on visiterait l'autel d'une divinité malfaisante, ou une boîte de *Playboy* défraîchis.

Elle étale ses appareils sur l'établi. Elle n'y connaît rien, mais le butin lui paraît bon : un Kodak Retina IIa, un Leica III dans sa gaine de cuir, un Mercury Satellite 127, de petits Instamatic 110 en plastique noir, sans oublier le patriarche de la boîte, un Polaroid à soufflet. Lisa allume la lampe de travail, sort un bidon de méthanol, des brosses et des chiffons, et entreprend de redonner du lustre à ces aïeux.

Tout en brossant, elle ne cesse de renifler et de tousser. Qu'a-t-elle donc chopé dans ce grenier insalubre ? L'amiantose, ou des spores neurotoxiques, ou un restant de grippe espagnole ? Ou encore cette maladie que les chauves-souris ont ramenée des États-Unis, le syndrome du nez blanc.

Lorsque son père l'appelle pour souper, les appareils brillent sous la lampe, mais conservent un relent de grenier. Il faudra les aérer. Elle les range délicatement dans la boîte et se lave trois fois les mains avec beaucoup de savon.

Sur la table fument deux assiettes de spaghettis *à la Bob* – pâte de tomate et simili-bacon – qu'ils dévorent dans un silence religieux. Lisa sent une douce chaleur irradier le long de ses bras. Elle n'apprend peut-être pas l'espagnol, mais elle se bricole des biceps.

Sitôt la dernière bouchée avalée, Lisa bâcle la vaisselle et annonce qu'elle sort pour la soirée. Elle attrape au passage son coton ouaté gris et la boîte de caméras qui puent, et jaillit de la maison comme un obus. Pas besoin de mentionner où elle va.

Dehors règne une de ces soirées parfaites comme il n'y en a qu'au mois d'août. Quelque part aux limites du parc, un chien aboie. Des voisins s'engueulent. Vénus descend sur l'horizon. Devant la maison voisine, monsieur Miron s'acharne sur le moteur de sa Datsun, une baladeuse accrochée au-dessus de la tête. Concentré comme Kasparov devant Deep Blue, il semble se demander s'il ne va pas finalement céder à la paresse et remplacer le bloc moteur au complet.

Lisa remonte la rue du Bonheur, esquive les jeunes Evel Knievel qui tuent le temps en sautant les dos d'âne sur leurs BMX, oblique par le terrain de la maison qui est à vendre depuis deux ans, et suit la rue de l'Allégresse jusqu'au cul-de-sac de la Gaieté.

La résidence des Le Blanc occupe le fond de l'impasse, là où commencent les champs de fraises de la ferme Covey Hill. Chaque été, on y parachute des Mexicains par dizaines. Des Mexicains et des Guatémaltèques, et bientôt des Salvadoriens, des Honduriens et autres Olmèques de tous poils. Ils débarquent en mai. Récoltent les laitues, les fraises, les choux. Repartent après la saison du blé d'Inde. Aussi tard dans l'été, toutefois, les champs de fraises sont déserts et la maison des Le Blanc fait figure d'avant-poste de la civilisation.

Lisa entre sans cogner. La porte moustiquaire claque sur ses talons.

Assise sur le sofa, madame Le Blanc se vernit les ongles d'orteils en lisant *Le danois pour les nuls,* maintenu ouvert devant elle avec des pinces à cheveux. C'est une femme séduisante et, contrairement au père de Lisa, elle dispose encore d'une tranche significative de son existence en aval. Elle se retourne à demi vers Lisa, lui fait un grand sourire.

— Salut ma belle! Éric est dans son sanctuaire.

En effet, la chambre d'Éric est propre comme une chapelle. Aucun vêtement sale ne traîne sur le plancher, ni vieux bas, ni espadrilles puantes – mais il faut dire que Lisa ne se souvient pas de la dernière fois où elle a vu Éric porter des bas ou des souliers. Aucun objet superflu n'encombre le bureau, et dans la bibliothèque les livres sont classés selon un système compliqué. La cage d'oiseau est ouverte, dans le coin de la chambre, et trois perruches rigoureusement identiques sont perchées en haut des rayonnages, chacune sur son bouquin de prédilection.

Assis sur le lit, son portable sur les genoux et les écouteurs dans les oreilles, deux litres de jus de raisin générique à portée de main, Éric débogue du code. Sur son écran, dix fenêtres empilées les unes sur les autres téléchargent, compilent, calculent ou attendent en silence. À côté de lui, sur le lit, repose un appareil photo numérique, un vulgaire Canon PowerShot d'entrée de gamme.

Les trois perruches s'envolent, effectuent un tour de chambre et reviennent se poser sur la bibliothèque, où l'une d'entre elles ponctue la tranche d'un Robert Heinlein d'un minuscule point-virgule de fiente.

Lisa enlève ses souliers sur le pas de la porte et, sans un mot, dépose sa boîte d'ancêtres sur le lit, à côté du PowerShot. Un siècle de technologie photographique dans un mètre carré.

Éric retire les écouteurs de ses oreilles et considère la boîte sans rien dire pendant plusieurs secondes. Il saisit enfin le Mercury Satellite. Moulé dans le plastique, légèrement en relief, un Spoutnik décrit une élégante orbite elliptique.

— Qu'est-ce que c'est?

Lisa se laisse tomber sur le lit, rayonnante.

— La solution à nos problèmes d'argent.

- 2 -

Après sept années d'hibernation, Jay débarque à l'aéroport Trudeau avec son passeport encore tiède, sa lettre d'autorisation couverte de cachets et de signatures, et un simple sac en bandoulière. Pas de bagages à enregistrer. Les autorités lui ont accordé soixante-douze heures, elle s'est équipée pour soixante-douze heures. Elle n'emporte aucun ordinateur, clé USB, disque compact, carte SD, appareil photo ou téléphone, rien qui puisse paraître suspect.

À la sécurité, on la fouille avec des soins tatillons. On vide son sac Ziploc, on hume son dentifrice et sa crème à mains. La moindre couture de son sac est retournée, palpée, éclairée à la lampe de poche. On la fait passer dans un bureau, où une agente photocopie son carnet d'adresses et vide son portefeuille. Elle examine le volume trois des *Œuvres complètes* de Jules Verne : une édition antichoc, à couverture matelassée. Elle tâte la montgolfière embossée dans le faux cuir. De toute évidence, l'agente a décidé que ces trois moelleux millimètres d'inconnu posaient un risque pour la sécurité nationale – et l'opinion de Jay sur la question n'intéresse personne.

Tout ça, c'est la faute d'Horacio Guzman.

Après avoir grillé des Davidoff en quantité suffisante pour imprimer une bosse dans le PIB, après avoir toussé durant quinze ans, craché sang et muqueuses, après avoir été métastasé jusqu'au trognon du moindre organe vital, cerveau inclus, Horacio Guzman s'est allongé sur son lit, au second étage, près de la fenêtre, et a déclaré ne plus vouloir se relever.

Peu après, entre deux quintes de toux, il a exprimé le souhait qu'on avertisse la Pequeña.

La requête a pris tout le monde par surprise. Plus personne ne savait où, ni comment la joindre, la Pequeña. Elle avait disparu depuis plusieurs années déjà. Certains avaient même oublié son existence. Il a fallu deux semaines de recherches intensives avant qu'un ami d'un ami de la famille ne parvienne à retrouver Jay sur une vieille adresse Yahoo infestée de spam.

Le message consistait en cinq mots (six en comptant la signature) : « *El viejo se está muriendo.* »

Le temps d'acheter une carte d'appel internationale (payée en argent comptant) et de dénicher une cabine téléphonique, Jay communiqua avec le quartier général du clan Guzman. Un neveu lui confirma la nouvelle : Horacio se mourait, Horacio était en train de mourir. Jay promit de sauter dans le premier avion, puis raccrocha.

Elle regretta aussitôt.

D'une part, elle n'était pas autorisée à retourner là-bas. D'autre part, elle ne savait plus trop s'il existait encore un lien véritable entre elle et la tribu Guzman. Ce coup de fil était leur premier contact depuis sept ans.

Mais le temps manquait pour les questions métaphysiques. Horacio toussait ce qui restait de ses poumons. Jay devait agir.

D'abord, il fallait faire lever l'interdit de séjour.

Jay entama son chemin de croix. Elle s'invita dans de nombreux bureaux, plaida sa cause, escalada les parois abruptes de la hiérarchie. Partout, on l'accueillit froidement. Le problème n'était pas exactement qu'elle parte, mais bien qu'elle retourne visiter Horacio Guzman. Elle ne voulait pas plutôt se payer dix jours de vacances au Mexique dans un tout inclus?

Elle remonta finalement jusqu'à la Commission des libérations conditionnelles. Après une longue conférence téléphonique avec l'agente de probation, le sous-commissaire divisionnaire adjoint de la GRC et une mystérieuse madame Bourassa, Jay se vit octroyer une «suspension temporaire de la clause 5(b) et de l'annexe IV pour motifs humanitaires, en considération de son comportement exemplaire au cours des six années, huit mois et douze jours qui venaient de s'écouler».

La suspension en question serait en vigueur soixante-douze heures, à prendre ou à laisser.

Jay prenait.

La couverture du Jules Verne a finalement été incisée à l'exacto et sondée à la lampe de poche, ce qui a paru calmer l'agente frontalière. Jay peut donc remballer ses effets et passer en zone internationale.

En chemin vers sa porte d'embarquement, elle s'attend tout de même à ce qu'un agent de la sûreté aéroportuaire l'arrête, lui dise qu'on a changé d'avis, qu'elle ne peut plus partir. L'arrestation aura lieu d'une minute à l'autre, assurément.

Mais personne ne l'intercepte.

Elle serre les mâchoires et retient son souffle, incrédule, et ne se détend que dix minutes après le décollage, lorsque l'avion a viré au sud et quitté l'espace aérien de Montréal. Les moteurs changent de régime, les voyants lumineux des ceintures de sécurité s'éteignent. Jay n'arrive toujours pas à croire qu'on l'a laissée partir. Elle se sent vidée. Pour un peu, elle aurait envie de pleurer.

Elle passe le plus clair du vol – y compris l'escale à Toronto – enfoncée dans un sommeil bitumineux, et ne se réveille tout à fait que lorsque le train d'atterrissage touche la piste de l'aéroport Las Americas.

Ses tympans lui font mal. L'avion ralentit en vibrant, puis roule doucement sur le tablier de l'aéroport. Jay équilibre la pression dans ses oreilles. Quelques applaudissements éclatent çà et là. Sa voisine esquisse un signe de croix, embrasse le bout de ses doigts. Quelques sièges devant Jay, une dame entreprend de sortir une valise surdimensionnée du porte-bagages en dépit des avertissements diffusés par les haut-parleurs. Elle l'échappe sur la tête d'un homme, une bouteille d'eau roule sur le sol, ça s'engueule en anglais et en espagnol.

Soudain, l'agente de bord reprend le micro : tous les passagers doivent rester assis, des agents de l'aéroport procéderont à une inspection de la cabine avant d'autoriser le débarquement.

L'avion se stationne à la porte, et tous les systèmes de bord tombent au point mort. Plus de moteurs, de ventilation ou d'éclairage. On entend çà et là les joints d'expansion qui produisent des cliquetis. Les gens commencent à grommeler en plusieurs langues. On note déjà une certaine désobéissance en première classe, où des passagers malmènent les porte-bagages et les agentes de bord. La porte de l'appareil s'ouvre enfin, et deux policiers y montent.

Jay reconnaît le premier d'entre eux. Comment s'appelle-t-il? Elle a son nom sur le bout de la langue. Il parcourt l'allée en regardant les numéros de sièges et non les passagers, comme s'il se méfiait de sa mémoire visuelle. Ses yeux atteignent enfin le numéro 17B, et se braquent sur Jay. Quelques secondes de flottement s'écoulent: les interlocuteurs se reconnaissent mutuellement.

— *Usted no cambió.*

Jay ne répond rien, mais elle note qu'à l'époque, ce type la tutoyait.

Les deux officiers l'escortent jusqu'à l'avant de l'appareil. Elle regarde droit devant elle, princière, en ignorant le brouhaha environnant. Ce n'est qu'au moment de sortir qu'on lui fait signe de tendre les poignets. Les menottes sont étrangement tièdes sur sa peau, comme si on venait tout juste de les retirer à quelqu'un.

Le trio remonte la rampe d'accès. À travers les minces murs, Jay sent la chaleur, l'humidité, le parfum du kérosène. À la porte d'embarquement, deux agents en treillis patientent avec des M16 posés dans le creux du coude. Quelque part dans le terminal, on entend jouer une version bachata de Lady Gaga.

Jay regarde le corridor qui s'étire en direction des guichets de l'immigration. Pas de visa d'entrée pour la Pequeña aujourd'hui.

Dans le bureau de la sécurité aéroportuaire, les deux officiers discutent en retrait. Le plus vieux, celui dont Jay tente de retrouver le nom, garde son cellulaire à l'oreille, tandis que l'autre étudie le passeport et la lettre d'autorisation. Ils semblent se concerter sur la marche à suivre.

Un jeune officier fouille le sac de Jay, sort le volume trois des *Œuvres complètes* de Jules Verne. Il examine la couverture fraîchement incisée, feuillette quelques pages.

— *¿Qué tal es?*

— *Pésimo.*

Il hoche la tête.

— *A mi me gusta Émile Zola. Estoy leyendo* El paraíso de las damas *por tercera vez.*

À l'autre bout du bureau, l'officier lâche enfin son téléphone et s'approche, la lettre à la main, le front plissé. L'expression *on humanitarian grounds* le rend perplexe.

— *Usted vino a visitar a Horacio Guzman.*

Il ne s'agit pas vraiment d'une question, mais Jay répond tout de même par un hochement de tête : oui, elle s'est tapé le trajet exprès pour voir Horacio Guzman – et mieux encore : avec l'approbation des autorités policières canadiennes.

L'officier replie la lettre.

— *Llegó tarde. Ya murió anoche.*

La nouvelle est irréelle. Horacio serait mort hier soir ? Jay n'a même pas l'énergie de traiter l'officier de menteur – à vrai dire, elle le croit sur parole. Elle sait qu'il n'a aucune raison de bluffer. Il jouit d'une totale autorité, d'un contrôle absolu sur les événements. *Todopoderoso,* comme on dit : tout-puissant, seul maître à bord. Il tient Jay dans sa paume.

Seule cette lettre d'autorisation l'embête un peu : elle atteste du double statut de Jay. Menaçante, mais protégée.

Il s'éloigne sans rien ajouter, et la situation retombe au neutre. Les gens vont et viennent, personne ne s'occupe vraiment de Jay. On amène un passager saoul, une fillette perdue, une femme qui a oublié ses médicaments. On pousse dans le bureau un adolescent menotté avec des *tie-wraps,* vêtu de trois cotons ouatés enfilés l'un par-dessus l'autre, et qu'on a surpris dans le train d'atterrissage d'un avion à destination de Miami. Jay aimerait le rassurer : elle aussi, la géographie l'a toujours fait suer. Le gamin ne reste pas longtemps sur place, on l'emmène ailleurs. Jay poireaute. Tout le monde attend quelque chose, sans doute la décision d'un supérieur.

La soirée avance et le soleil se couche sur le tarmac. On a retiré ses menottes à Jay, qui somnole assise sur une chaise de plastique. Le coup de fil a lieu vers minuit : déportation immédiate.

Ainsi se dénoue l'épisode. Jay est rembarquée à l'aube dans le même avion, retour vers le Canada, et qu'elle s'estime chanceuse de ne pas goûter une nouvelle fois au *sistema penitenciario nacional*.

Un agent l'escorte jusqu'à son siège, et reste près du poste de pilotage jusqu'au moment de fermer la porte de l'avion. Jay est impassible. Elle a sur les genoux son passeport toujours vierge et sa lettre d'autorisation légèrement fripée. Lorsque l'avion décolle, après une éternité, elle se penche contre le hublot et regarde, tout en bas, le pays interdit. L'appareil vire vers la mer, survole le terminal portuaire de Caucedo. Dans la gare de triage, des milliers de conteneurs attendent, empilés comme les pièces multicolores d'un jeu inconnu.

Lisa fut tout le premier hack d'Éric.

Tout jeune, il amputait les mots et les phrases. Sa mère devait lui décortiquer chaque nouveau nom comme une écrevisse. Lorsqu'au premier jour de la maternelle on lui présenta sa voisine, cette gamine avec des tresses blondes qui venait d'emménager à côté des Miron, il fut averti de bien prononcer É Lii Sa BeTh. Avec un h muet.

Éric aima tout de suite Élisabeth, et il prit soin de prononcer toutes les syllabes de son prénom. Cet effort élocutoire dura quelques jours avant que le É ne saute. Lisabeth, disait Éric – et il le disait souvent puisqu'ils passaient leurs journées ensemble, soudés l'un à l'autre. Après cette amputation initiale, on assista à une brève oscillation entre Lisabeth et Zabeth, avant qu'Éric ne fixe définitivement son choix sur Lisa.

Depuis, Lisa s'appelle Lisa, et ce raccourcissement a contaminé leur entourage. Son père, sa mère, les amis, les professeurs, la secrétaire de l'école, tout le monde dit désormais Lisa.

Éric était doué pour la programmation.

À la surprise générale, les deux gamins devinrent vite inséparables. On les croyait différents, à tort : ils étaient complémentaires. Éric possédait un esprit géométrique. Il prisait les puzzles, les paysages détaillés et les symétries. Il se présentait toujours de la même manière : « Je m'appelle Éric Le Blanc. *Le Blanc* en deux mots, comme Erik Le Rouge. » Lisa, pour sa part, était synthétique et narrative, s'intéressait aux vues d'ensemble et aux sous-textes. Lorsqu'on lui demandait son nom, elle répondait : « Lisa Routier-Savoie. À peu près 95 % Routier et 5 % Savoie. »

Il parlait peu, elle comblait les silences. Il vivait dans sa tête, elle observait sans cesse le monde ambiant. Elle apportait les questions et il trouvait les réponses – mais les questions de Lisa étaient aussi intelligentes, aussi singulières que les réponses d'Éric.

Ils ne se sentaient bien qu'en présence de l'autre, comme un frère et une sœur qu'on aurait trop longtemps séparés. On les surprenait souvent en train de lire dans un coin, assis dos à dos sur le plancher, comme deux corps déployés de part et d'autre d'une même colonne vertébrale.

Ce joyeux mutualisme dura jusqu'au secondaire, lorsque Éric commença à souffrir d'une violente forme d'agoraphobie : en l'espace de six mois, il développa une incapacité presque totale à quitter la maison, ce qui mit un terme à son ambition de devenir astronaute. Lui qui voulait travailler dans la Station spatiale internationale, il devrait se contenter de sa chambre à coucher.

Il entreprit sa scolarité à distance, et obtint son diplôme d'études secondaires en l'espace de dix-huit mois, avec trois ans d'avance. Puis, trop jeune pour entrer au cégep – et incapable, du reste, de sortir de chez lui –, il se retrouva soudain avec des journées de solitude à combler. Comment s'occuper, durant toutes ces heures où sa mère partait travailler à Valleyfield ? Il aurait pu télécharger des voitures en flammes, des morts-vivants, des filles en monokini ou la production musicale intégrale des années quatre-vingt-dix. Il s'intéressa plutôt à la programmation, et commença bientôt à compulser des manuels de Python, de C et de Ruby avec une aisance déconcertante.

Cette passion se doubla d'une révélation : tout, mais vraiment tout, fonctionnait avec des logiciels et des systèmes d'exploitation. Les feux de signalisation, les distributrices automatiques, les fours à micro-ondes, les téléphones, les guichets bancaires, et jusqu'aux appareils médicaux. Il ne restait vraiment plus que la vieille Datsun Sunny de monsieur Miron qui fût entièrement analogique.

Éric avait soudain l'impression de porter des lunettes à rayons X. Son environnement devenait hautement hackable, pour le meilleur et pour le pire. Il se lança dans toutes sortes d'expériences plus ou moins réussies. Sa tentative de pirater le *firmware* du lecteur DVD familial se solda par un échec aussi légendaire que total, et madame Le Blanc déclara qu'il y avait tout de même des limites, et que si jamais Éric se faisait pincer à hacker le défibrillateur cardiaque du voisin, elle le condamnerait à se brancher à internet avec le vieux fax modem téléphonique 14,4 bauds qu'elle conservait au fond de sa garde-robe. Sous ses airs gentils, madame Le Blanc savait l'art antique de la menace.

Chaque soir, Lisa courait jusqu'au cul-de-sac de la Gaieté, où elle s'efforçait de perturber la routine tranquille d'Éric. Il passait trop de temps devant son écran, l'animal, et Lisa fomentait pour lui mille plans foireux. Elle lui proposa de cuisiner des explosifs avec de l'engrais à pelouse, de bricoler un générateur d'éclairs Van de Graaff, de lancer une fusée balistique par-dessus la frontière américaine. Un jour, elle eut l'idée de reproduire l'expérience légendaire de Benjamin Franklin : ils allaient dompter la foudre avec un cerf-volant. Comment Éric pourrait-il refuser ? Il s'agissait d'un projet amusant et peu coûteux, et puis, nom de Zeus, on n'avait pas tous les jours l'occasion de manipuler des charges électriques de cinquante mille ampères. Lisa prépara tout le matériel, mais Éric se ravisa à la dernière minute : il rechignait déjà à l'idée de sortir de la maison, mais le roulement sourd du tonnerre acheva de le braquer.

Debout sous le ciel menaçant, son cerf-volant sous le bras, Lisa regardait déferler la crête des cumulonimbus, à vingt mille mètres d'altitude, avec le net sentiment de rater un rendez-vous important. Tant pis, elle avait encore plein de projets pour brasser la carcasse d'Éric. L'essentiel, c'était que leurs parents n'en sachent rien.

Dubitatif, Éric se penche sur la boîte de carton. Ces vieux appareils photo malodorants seraient donc la solution à leurs problèmes d'argent ? Lisa hoche vigoureusement la tête.

— On va les vendre sur eBay.

Ces appareils lui apparaissent soudain sous un nouveau jour. Il les examine un à un, appuie sur les déclencheurs, ouvre les boîtiers avec délicatesse. Un des Instamatic contient encore une cartouche de pellicule, qu'il laisse en place. Valeur ajoutée.

Au cours des derniers mois, Éric et Lisa ont essayé tellement de trucs pour se faire de l'argent qu'ils en ont perdu le compte. Lisa a vendu des bouteilles et tondu le gazon. Quant au boulot qu'elle fait à la maison Baskine, elle n'en recevra le salaire qu'à la fin des vacances. Pour sa part, Éric a débogué quelques ordinateurs du voisinage et vendu des tasses à café en ligne. Il cherche des combines obscures sur le web, mais le système légal constitue un continuel obstacle sur le chemin de la fortune.

Bref, vendre de vieux appareils photo sur eBay? L'idée n'est pas plus bête qu'une autre.

— Il nous manque combien?

— Environ deux cent cinquante dollars.

— On ne les vendra pas instantanément. Ça peut prendre quelques semaines. Ou quelques mois.

— Je me demande si je n'aurais pas dû aller cueillir des fraises.

— Perte de temps.

Il fait apparaître eBay sur son écran et tape quelques numéros de modèles dans le moteur de recherche. Le marché du kodak antique semble florissant. Il additionne les prix. L'affaire paraît jouable.

Tandis que Lisa range les appareils, Éric pointe de l'orteil les caractères cyrilliques griffonnés sur le rabat de la boîte.

— C'est russe?

— Ça a l'air russe.

— Faudrait faire des recherches pour savoir qui a vécu dans cette maison.

— Quelqu'un de riche, en tout cas. J'ai passé l'après-midi à pelleter des visons et des verres à martini. On aurait fait fortune sur eBay si tout n'avait pas été couvert de deux pouces de crotte de chauve-souris.

Puis Éric efface brusquement la boîte de son esprit, tend un de ses écouteurs à Lisa, et se replonge dans le travail. Lisa glisse l'écouteur dans son oreille, se retrouve au milieu d'un nuage de punk industriel polonais. Elle jette un coup d'œil aux lignes de code source sur l'écran.

— Et ça avance bien?

— Moui. J'essaie de régler un bogue avec CHDK. J'ai une *lens error*. Je pense que j'ai corrompu la ROM. Ma mère va m'arracher la tête.

Lisa fait une moue.

— Bah, c'est pour la science.

Et en disant cela, elle songe que cette excuse permet vraiment, mais alors vraiment de faire n'importe quoi.

Une des perruches vient se poser sur le haut de l'écran et jette un coup d'œil au code, l'air d'inspecter la nomenclature des variables. Roucoulement de dédain. Rien de plus agaçant qu'un psittacidé familier avec les langages de programmation.

Lisa abandonne Éric à son labeur. Lorsqu'il est possédé de la sorte, il n'y a rien à en tirer. Elle lui laisse les appareils photo afin qu'il les annonce sur eBay le lendemain.

Dans le salon, madame Le Blanc somnole sur le sofa, couchée devant un film de gangsters tourné dans un idiome germanique que les protagonistes doivent longuement mastiquer. Il y a des coups de feu et des sous-titres en anglais.

Lisa s'éclipse en prenant soin de ne pas laisser claquer la porte moustiquaire, et rentre chez elle.

- 4 -

Jay revient de l'aéroport et se rend directement au boulot, sans même un crochet par la maison. Quinze heures quinze au compteur, il ne reste plus grand-chose à rescaper de cette journée, mais Jay s'en fout. Dans le taxi, la radio joue pour personne en particulier. Au bulletin de nouvelles, on annonce le début d'une autre saison du cannabis dans la quatrième couronne. Un type de Mascouche a été abattu dans un champ de maïs à l'aube.

Jay ferme les yeux.

Lorsqu'elle les rouvre, le taxi est arrêté devant le quartier général de la Division C de la Gendarmerie royale du Canada.

Elle prend l'ascenseur avec son air sombre et son linge sale. Dans le vestibule du septième, elle agite sa carte d'accès magnétique et pousse la porte en verre blindé. Elle se retrouve aussitôt enveloppée par le bruissement feutré de la ventilation, du papier froissé, des photocopieurs et des conversations.

Jay oblique vers les toilettes.

Vacillante devant le lavabo, elle s'asperge le visage. Tout en se brossant les dents, elle pense à Horacio, inhumé dans le lot des Guzman, au cimetière municipal, dans l'une de ces petites alvéoles de béton blanc qui ressemblent à des hôtels capsules japonais.

Le bureau de Jay est situé dans l'Enclave, un espace de travail qui, tout en occupant le centre du septième étage, est parfaitement isolé des cubicules environnants par une muraille de classeurs et de cloisons amovibles, une forêt de fougères synthétiques et l'îlot des photocopieurs. L'endroit est un satellite de l'Unité d'enquête portuaire, dont les bureaux principaux sont situés au terminal Cast, à l'autre bout de la ville. Jay s'est retrouvée dans l'Enclave par un hasard organisationnel : il manquait de place aux fraudes et il en restait ici.

C'est ainsi que, à cause du hasard, par la force des choses, et la cafetière fournissant le lubrifiant, Jay s'est vu intégrer à la population locale.

Le premier bureau à droite, inoccupé 99 % du temps, appartient au sergent M. F. Gamache, le doyen de l'Enclave. Il a consacré la plus grande partie de sa carrière au premier secteur national d'importation, les stupéfiants, et il passe le plus clair de son temps au terminal Cast. Il est ce qu'on appelle un homme de terrain – c'est-à-dire qu'il préfère être «sur place», même lorsque ça ne sert à rien.

Il passe à la Division C une fois par semaine, avec une douzaine de bagels au sésame et des renseignements de première main sur les enquêtes en cours.

Le premier bureau à gauche est occupé par Laura Wissenberg, agente au renseignement criminel. Officiellement, elle est affectée à la Section sous-divisionnaire des analyses frontalières, qui chevauche à la fois la Section divisionnaire des analyses criminelles, la Section du renseignement pour la sécurité nationale et la Section sous-sous-divisionnaire des affaires inclassables – mais la plupart du temps, Laura travaille pour l'Unité d'enquête portuaire.

Elle a les lunettes et l'humour tranchant d'une bibliothécaire, et une forte sensibilité pour les questions d'ordre politique. Chaque midi, elle mémorise des cas poussiéreux des années quatre-vingt en mangeant des sandwichs préemballés. Bien qu'elle s'occupe essentiellement des affaires portuaires, elle ne va jamais sur place : contrairement au sergent Gamache, elle croit que la géographie est une construction abstraite que l'on peut très bien gérer à distance.

Laura constitue par ailleurs une importante source d'anxiété pour Jay qui, après sept ans à ses côtés, n'a toujours pas réussi à déterminer ce que cette omnisciente collègue sait à son sujet.

Mahesh Chandratreya Gariépy a le bureau du fond, à droite – le seul qui soit équipé de sa propre cafetière. Analyste en informatique, il est arrivé il y a sept ans, quelques mois avant Jay. Il avait dix-huit ans à peine, et il lui a fallu plusieurs années de labeur avant d'être pris au sérieux. Il s'alimente de code, de caféine et de musique minimaliste scandinave.

Le bureau à gauche, au fond, appartient à Jay-tout-court, la fille-asociale-des-fraudes-électroniques qui, coiffée d'onéreux écouteurs allemands à suppression de bruit ambiant, rivée à son clavier du matin au soir, effectue une tâche qui pourrait être cataloguée au DSM-IV.

Malgré une indéniable cordialité, ses collègues ne connaissent rien de Jay. Ils ne savent pas où elle a grandi et étudié. Ils ne savent pas si elle a voyagé, si elle a des frères ou des sœurs. Si elle est autodidacte ou diplômée. Si elle a un amoureux, un amant, un enfant, un hamster, une collection de plantes grasses. Ils ne savent pas si elle tricote, s'entraîne pour le triathlon, a visionné la dernière saison de *Breaking Bad*. Ils ne savent même pas où elle travaillait avant la GRC – et ce dernier point est particulièrement irritant pour Laura. Elle a souvent tenté de l'interroger, mais n'a obtenu que des réponses vagues et variables. *Travailleuse autonome. Médias électroniques. À mon compte. Une* start-up. Freelance *en web transactionnel. Télécoms.* Impossible de trouver le moindre fragment d'elle sur LinkedIn, Facebook, Google.

En fait, ses collègues ignorent que Jay n'est pas le vrai nom de Jay.

Jay met le pied dans l'Enclave, son sac de linge sale en remorque. Tout est tranquille, à l'ombre des fougères. Le sergent Gamache est sur le terrain, Mahesh est représenté par sa cafetière, et Laura est si profondément aspirée par son écran qu'elle ne remarque pas l'arrivée de Jay.

Elle s'assied devant l'ordinateur. Il lui reste deux (2) ans, trois (3) mois et dix-sept (17) jours à purger sur cette chaise. On peut au moins dire ceci de ses conditions de détention : elles sont ergonomiques. Elle démarre l'ordinateur – officieusement connu comme la machine la plus lente du septième étage –

et fait craquer ses doigts. Elle se demande parfois si son emploi n'est pas une manière sophistiquée de la convaincre qu'elle ne vaut pas mieux. Nouvelle saveur de la réhabilitation : l'amoindrissement.

Peu importe. On veut qu'elle triangule, elle triangulera.

Soudain, Laura se tourne vers elle, les lunettes au bout du nez.

— Absente hier. En retard aujourd'hui.

En un flash, Jay revoit son aller-retour en avion, sa nuit dans le bureau de la sécurité aéroportuaire. Elle sent la clause 3(a) et l'annexe I vibrer autour d'elle, comme un champ de force.

— Funérailles à Sainte-Foy.

— Toutes mes condoléances. Héritage en perspective ?

— J'en doute. Mahesh est malade ?

— Nan. Il est à Cast.

Laura s'est déjà remise au travail, et Jay lutte contre l'envie d'allonger une claque à l'ordinateur pour hâter le démarrage.

— Qu'est-ce que Mahesh fait à Cast ?

— Il est allé chercher un conteneur fantôme.

— Un conteneur fantôme?

— Un réfrigéré de quarante pieds. Il s'appelle Papa Zoulou.

— Il porte déjà un nom.

— Tu connais Mahesh…

La fenêtre de connexion apparaît enfin. Jay tape son mot de passe (« 5+e'@>»0~#8vcP ») et enfonce la touche *Enter* avec une brutalité calculée.

— Et qu'est-ce qu'il contient de spécial, petit Papa Zoulou?

— Quinze tonnes de pommes Empire.

Jay quitte son écran des yeux, soudainement intriguée.

— Depuis quand le Québec importe des pommes au mois d'octobre?

— Je n'ai pas dit que c'était de l'importation.

— De l'exportation?

— Moouui.

— Ça réduit les possibilités. Voitures volées?

— On n'a aucune idée de ce qu'il y a dans la boîte. Ça pourrait être n'importe quoi – y compris quinze tonnes de pommes Empire.

Laura mordille son stylo Bic et regarde dans le vide, l'air de trouver cette idée authentiquement divertissante. Et si, pour une fois, la réalité se conformait vraiment aux apparences? Voilà qui changerait le mal de place.

Jay croise les bras, perplexe. Rien n'est plus banal qu'un conteneur fantôme : on en trouve à bord de tous les navires. Personne ne sait à qui ils appartiennent, d'où ils viennent, où ils vont. Ils circulent dans les interstices du système, et aussi longtemps qu'ils demeurent à bord, ils n'attirent pas l'attention. Même une fois débarqués à terre, ils restent dans les limbes administratifs jusqu'à ce qu'ils soient dédouanés. Si personne ne vient les réclamer, ils peuvent patienter des mois parmi les conteneurs abandonnés – et depuis la crise financière de 2007, il y a beaucoup, beaucoup de conteneurs abandonnés.

Laura, qui a lu les pensées de Jay sur son visage, fait un geste vague.

— En fait, on s'intéresse à la manière dont il a disparu. Il a été livré à Cast il y a trois semaines. Il devait rester à quai deux jours, et ensuite partir pour Hambourg. Mais entre-temps, il s'est évaporé. Pouf.

— Pouf.

— Ni plus ni moins. Il n'a pas été chargé sur le navire, il n'est plus dans la gare de triage, et on l'a même effacé des bases de données. Comme s'il n'était jamais passé – un vrai fantôme. On l'a retrouvé par hasard, à cause des factures de droits de quai et de service d'électricité. À partir de là, on a remonté la piste.

— Et l'exportateur?

— Introuvable. Enregistré nulle part. Une compagnie avec un drôle de nom.

Son stylo Bic coincé entre les incisives, Laura se tourne vers l'ordinateur et fait apparaître un PDF qu'elle agrandit à 200 %. Jay peut voir qu'il s'agit d'un formulaire de connaissement pour le conteneur PZIU 127 002 7. Laura pointe son stylo sur le nom de l'exportateur.

— Rokov Export.

— C'est Russe?

— Ça a l'*air* russe.

— Fausse adresse, évidemment.

— Évidemment. Les courriels rebondissent, la rue n'existe pas. Le numéro de fax sonne chez Pizzeria Stratos, à Saint-Hyacinthe.

— Pizzeria Stratos.

— Probablement juste un numéro choisi au hasard.

Le téléphone de Laura émet un double timbre : appel de l'extérieur. Elle décide de l'ignorer.

— Qu'est-ce que j'allais dire ? Ah oui. Papa Zoulou n'était sur l'écran radar de personne jusqu'à ce qu'on retrouve la facture de droits de quai. L'exportateur était introuvable, le conteneur était absent des bases de données… Ça a attiré l'attention. Ils ont déterré le connaissement, le bordereau de livraison, et Mahesh est allé analyser les bases de données.

— Alors vous savez où le conteneur a été envoyé.

Un voyant rouge se met à clignoter sur le téléphone. *Vous avez un nouveau message vocal.* Laura lance un regard contrarié vers l'appareil.

— Pas encore. Je suppose que Mahesh va revenir de Cast avec une réponse.

Bref silence. Jay se gratte la nuque.

— Alors il n'y a pas de plainte, pas de plaignant, pas de victime et pas de pièce à conviction.

— Présomption d'illégalité. J'essaie de faire des liens avec le gang de l'ouest, mais c'est mince.

Le portable de Laura vibre sur le bureau. Une photo de sa fiancée apparaît à l'écran : blonde, tressée et mauvaise comme une Walkyrie miniature.

— Désolée, je dois prendre ça.

Jay bat en retraite jusqu'à son bureau, où son ordinateur finit enfin de démarrer. Elle bâille et réalise, soudain, qu'elle n'a pas vraiment dormi depuis quarante-huit heures. Elle décide d'aller prendre un café.

Lorsqu'elle passe devant le bureau de Laura, elle constate que celle-ci parle toujours au téléphone. Le débat porte sur la flexibilité des horaires de travail et les priorités personnelles.

En regardant le liquide brun clair que dispense la cafetière, Jay repense au café qu'elle buvait à l'époque : interminablement bouilli à feu vif, parfumé à la cannelle, servi avec trop de sucre. Horacio s'en descendait une douzaine de dés à coudre chaque matin, avec des cigarettes en guise de traits d'union et la radio à fond, avant de daigner prononcer son premier mot de la journée.

Lorsque Jay revient à l'Enclave, Laura a disparu : il ne reste d'elle qu'un stylo Bic mordillé avec zèle. Le voyant rouge du téléphone clignote encore et la chaise de travail pivote sur elle-même, comme si une agente au renseignement criminel venait d'en être catapultée une seconde plus tôt. Jay lève instinctivement les yeux vers le plafond, puis regarde la chaise tourner de plus en plus lentement. Laura Wissenberg est partie relever de nouveaux défis.

- 5 -

Lisa décape la galerie, et elle pense encore à l'argent.

Plus précisément, elle pense à la fortune de ceux qui habitaient cette maison autrefois. Hier matin, Robert a découvert une bouteille de châteauneuf-du-pape 1939 dans la cave, posée à même la terre battue, derrière un tas de planches. Le vin était imbuvable et invendable, avec beaucoup de particules en suspension.

L'imagination de Lisa s'est emballée. Comment cette bouteille était-elle arrivée là? Comment, d'ailleurs, une bouteille de châteauneuf-du-pape arrivait-elle au Québec avant la Deuxième Guerre mondiale? Il s'agissait assurément d'importation privée. Une telle bouteille suggérait une cave à vin, un cellier luxueux, des rôtis de gibier, une table garnie et éclairée aux chandelles tandis que sur le phonographe joue un concerto de Mozart en soixante-dix-huit tours.

Lisa est d'avis que l'argent fait le bonheur – et les gens de cette maison étaient manifestement très heureux.

Voilà trois jours que Lisa décape l'interminable galerie qui entoure la maison. Au début ça lui semblait mieux que de vider un grenier plein de crotte de chauve-souris, mais maintenant, elle n'en est plus si sûre. Gratter du guano, gratter de la peinture, quelle différence? Elle arrache les huit couches d'émail à l'huile qui recouvrent les planches – vert menthe et jaune jujube et rose saumon – et songe que chaque espèce stratifie une variété d'excréments différente.

Ses écouteurs sur les oreilles, elle gratte en 4/4, au rythme d'un obscur groupe biélorusse auquel Éric l'a initiée. Soudain, elle relève la tête. Elle dépose son grattoir et arrête la musique.

Robert l'appelle.

Elle suit sa voix jusque dans le vestibule, le long du corridor, passe devant le salon et sa galerie de miroirs, traverse la salle à manger et la cuisine. Elle découvre Robert agenouillé au fond de la dépense, à moitié dissimulé derrière un tas de papier peint réduit en charpie, occupé à examiner un orifice triangulaire.

— Regarde ce qu'il y avait derrière la tapisserie.

Devant lui, le papier fleuri a emporté un pan de lattis, dévoilant l'entrée d'un espace entre la cloison et le mur extérieur. Lisa remarque tout de suite que le trou a les dimensions idéales pour qu'une jeune fille de quinze ans un peu maigrichonne puisse s'y glisser.

Robert s'écarte afin de laisser Lisa passer la tête dans l'ouverture. L'inexplicable vide se prolonge sur quelques mètres vers la gauche, et l'on distingue dans la pénombre, appuyée contre le revêtement de la cheminée, une échelle rudimentaire qui monte à l'étage supérieur. Lisa humecte son index avec l'assurance d'un vieux spéléologue. Pas le moindre souffle.

— Il y a une échelle.

Robert hoche la tête.

— Ça monte où?

— Aucune idée. Veux-tu aller voir?

Son père lui donne la baladeuse, branchée à une rallonge de vingt mètres. Enroulant le fil électrique dans son poing, comme un scaphandrier son tuyau d'air, Lisa se glisse dans le trou et se faufile jusqu'à l'échelle. Elle imagine le trésor caché au bout de cette pénombre – car à quoi bon ménager un tel passage, sinon pour y planquer des momies aztèques et des hallebardes ? L'échelle monte jusqu'à une trappe découpée dans le plancher du second étage.

Elle pose le pied sur le premier barreau. Le bois craque, mais tient le coup. Robert semble soudain regretter d'avoir envoyé sa fille dans ce réduit.

— C'est solide ?

Lisa hoche la tête. Les planchettes ont été clouées aux montants plusieurs décennies auparavant, mais paraissent encore robustes. Elle commence à monter. Sur les parois courent de très vieux fils électriques fixés par des isolateurs de porcelaine. Des clous forgés centenaires percent le lattis de plâtre. Lisa effleure du doigt la pointe d'un clou. Elle pense au riche constructeur de la maison, le mystérieux monsieur Baskine. Était-il maigre ou gros ? Elle peine à l'imaginer qui se faufile dans cette pénombre hérissée de métal.

Arrivée en haut de l'échelle, elle passe la tête par la trappe. Le passage se poursuit sur cinq ou six mètres avant de disparaître derrière le coin ouest. Il fait sans doute le tour de la maison. Peut-être s'insinue-t-il jusque dans les cloisons intérieures, entre les pièces ? Lisa se rappelle une remarque de son père, quelques jours plus tôt, à savoir que les murs du deuxième étage étaient anormalement épais.

Une goutte de sueur glisse sur la tempe de Lisa. Elle commence à sentir une pulsation dans son estomac. Elle sait que le gène de la claustrophobie court dans la famille, et qu'un jour ou l'autre il risque de s'exprimer. Les Routier attendent la panne d'ascenseur comme d'autres la crise d'asthme ou le psoriasis.

Elle se hisse sur le palier et hale une longueur de rallonge électrique. À l'étage en dessous, dans le demi-cercle de lumière, elle aperçoit la tête de son père à contre-jour. Elle lève le pouce – même si, en vérité, elle sent toujours l'inquiétante pulsation dans son estomac. Elle s'avance dans le passage secret en serrant dans son poing la rallonge électrique. Pour s'encourager, elle imagine des Monet oubliés et des bustes d'Anubis.

Aussitôt passé le coin, Lisa aboutit dans une chambre – à peine un élargissement, à vrai dire – dans laquelle on a aménagé une espèce de repaire. Sur le plancher reposent un cendrier à moitié plein, une bouteille de Barbancourt, une pile de magazines *Life,* une lampe de poche militaire et un coussin pourpre à pompons dorés que des générations de mites opiniâtres ont bouffé. Le sol est jonché de crottes de souris fossilisées qui craquent sous le pied. Lisa saisit la lampe de poche, l'essuie sur sa manche et pousse l'interrupteur. Il ne reste plus de djinn dans les piles depuis longtemps. Le cendrier déborde de mégots de Craven A, et il reste deux doigts de rhum sirupeux au fond de la bouteille. Sur le bord d'un verre, on devine encore la trace brunâtre d'un rouge à lèvres. Une femme s'est cachée ici, autrefois, afin d'échapper à quelque chose, ou à quelqu'un. Peut-être simplement à l'ennui. Peut-être les gens de cette maison n'ont-ils pas été si heureux, en fin de compte.

Lisa éclaire les murs à la recherche d'indices sur l'identité de la femme qui a utilisé ce cagibi. Rien, aucun graffiti, pas même un minuscule *Gertrude était ici*.

Elle s'accroupit afin d'examiner le *Life* de février 1962 qui traîne ouvert sur le plancher, les pages tournées vers le bas, comme si on venait de le poser là. Sur la couverture, John Glenn pose avec ses yeux calmes, ses taches de rousseur et son casque d'astronaute. Lisa soulève la revue. La personne qui fréquentait cet endroit a interrompu sa lecture en plein milieu d'un article intitulé «Six Degrees of Freedom».

Après un dernier regard sur le réduit, Lisa rebrousse chemin jusqu'à l'échelle en enroulant le fil de la baladeuse au fur et à mesure. Posté dans l'ouverture, Robert attend sa fille en trépignant, comme on attendrait Cousteau. Il la débarrasse de la lampe et l'aide à se remettre sur ses pieds.

— Ça va loin?

— Cul-de-sac. Ça arrête au coin de la maison.

— Et tu as vu quelque chose?

Lisa époussette ses jeans.

— Rien. Des tuyaux, des toiles d'araignée, des vieux fils électriques.

Et sans rien ajouter, affectant une indifférence juvénile et impériale, elle retourne décaper la galerie. Après un instant de doute, Robert hausse les épaules et entreprend de reboucher le trou avec un morceau de gypse. Dans quarante-huit heures, après quatre joints de plâtre et deux couches de latex, il ne restera plus la moindre trace du passage secret – et Lisa ne saurait imaginer meilleure conclusion : une chambre secrète n'a de valeur que si elle demeure secrète.

- 6 -

Avec suffisamment de temps, il est tout à fait possible d'acquérir une base raisonnable en grec moderne en écoutant les engueulades des voisins.

Jay monte l'escalier de son appartement en songeant à cette étrange osmose. Au travers de la cloison en faux bois, mince comme du carton ondulé, on entend madame Xenakis s'époumoner. Les sujets sont en règle générale assez limités. En ce moment, il est question de thé, de télé, de pieds. Lexique exigu d'une vie en circuit fermé.

Le couple Xenakis possède ce duplex depuis quarante-cinq ans. Ils n'ont pas d'enfants, pas d'animaux. Madame Xenakis souffre de problèmes de jambes et n'est pas sortie de l'appartement – et possiblement de sa chambre à coucher – depuis deux décennies. Cela occasionne certaines tensions au sein du couple, qui s'entremitraille de 10 h du matin jusqu'à minuit et quart.

En haut de l'escalier, Jay tend la main vers l'interrupteur, par réflexe. Au plafond, la lampe Spoutnik clignote, hésite, s'éteint. Voilà deux ans que Jay demande et redemande qu'un électricien vienne s'en occuper – mais cette lampe appartient, comme tout le reste de l'appartement, à une expérience à long terme sur les lois de la dégradation universelle. Un jour il y aura un arc électrique, et le feu se propagera dans le plafond.

Jay habite cet appartement depuis sa remise en liberté, il y a sept ans. À l'époque, elle ne connaissait plus personne à Montréal – personne, en tout cas, avec qui elle aurait eu le droit de communiquer. Elle était parachutée en territoire hostile. Pas d'attaches, pas d'opinions, pas d'allocation de déménagement. Elle constituait un cas inclassable au sein de l'écologie bien contrôlée de la fonction publique : elle ne relevait pas des normes du travail ou de la convention collective, mais plutôt d'un *arrangement*. Elle possédait un statut de stagiaire perpétuelle. Son agente de probation prétendait qu'elle s'en tirait à bon compte, mais Jay se permettait d'en douter.

Quoi qu'il en soit, elle loua au hasard ce petit trois et demie tout au nord de Villeray, à cent mètres du boulevard Métropolitain. Pas glorieux, pas lumineux, mais abordable. Il y avait des enfants dans la ruelle, et une boulangerie portugaise au coin de la rue où l'on vendait des *pastéis de nata* honnêtes. Le quartier général de la Division C était situé à l'autre bout de la ville, derrière la montagne, à huit kilomètres en ligne droite, ce qui convenait parfaitement à Jay. Mieux valait garder ses distances.

L'appartement est demeuré presque totalement vide pendant plusieurs mois. Au début, Jay ne possédait ni meubles ni vaisselle, juste un radio-réveil qui datait de l'ère Reagan, et dont le cadran brillait comme un phare dans la pénombre. Elle suivait les attentats de Londres en buvant de l'eau et de la bière. Elle mangeait peu, dormait sur le plancher, les fenêtres ouvertes, en écoutant gronder les climatiseurs des voisins et les engueulades du rez-de-chaussée. Les chèques de paye s'entassaient dans son compte en banque.

Au début de l'automne, Jay se résolut à meubler son intérieur en fouillant dans cette ressource infiniment renouvelable que sont les ordures. Tout chez elle, depuis son futon extra mince jusqu'aux fourchettes à fondue rococo, provenait du trottoir. Jay était secrètement convaincue de finir *bag lady*. Il suffisait d'attendre un peu, ça viendrait. Pour l'heure, elle se faisait la main.

Sept années ont passé, et Jay dort toujours sur son futon plat comme l'espoir, où l'assaillent d'étranges rêves dont elle se souvient rarement.

~

L'arrestation de Jay n'avait pas vraiment été couverte par les médias québécois : elle avait eu la chance d'être capturée le jour où la LNH annonçait l'annulation de la saison de hockey.

Le procès avait été expéditif, et Jay se préparait à purger ses trois ans dans un pénitencier insalubre avec vue sur les eucalyptus. Un représentant de l'ambassade lui avait expliqué qu'il n'existait pas de traité d'extradition avec le Canada, et que, de toute façon, l'extradition ne se produisait jamais comme un coup de baguette magique : il fallait plutôt imaginer une sorte de goudron bureaucratique. Un processus à haute viscosité. Connaissait-elle un bon avocat ?

On la transféra tout de même deux mois plus tard afin de lui faire subir un procès pour des infractions commises à Montréal dix ans plus tôt. Jay s'en battait la paupière. On pouvait lui faire subir ce qu'on voulait, pourvu qu'elle soit transférée dans un centre de détention canadien. Six mois passèrent néanmoins, et le procès n'advenait pas. On en parlait, on en reparlait, mais l'enquête préliminaire se faisait attendre. Selon son avocate, on s'apprêtait à lui proposer un marché.

De fait, un lundi matin, on lui annonça la visite d'une agente de probation. Elle venait lui proposer un généreux arrangement : Jay pourrait sortir de prison et purger sa peine en travaillant pour la Gendarmerie royale du Canada. Si elle refusait, le processus suivrait son cours et ses trois années se transformeraient vraisemblablement en une belle décennie toute ronde, avec une remise de peine aux deux tiers de la sentence.

L'agente de probation avait le contrat avec elle. Les clauses étaient nombreuses, mais les plus importantes visaient à assurer une rupture nette entre l'ancienne et la nouvelle vie de Jay (ci-après dénommée la «Bénéficiaire») :

2(a) La Bénéficiaire s'engage à adopter une nouvelle identité.

3(a) La Bénéficiaire s'engage à signer un accord de non-divulgation (annexe I).

5(a) La Bénéficiaire s'abstiendra de quitter Montréal sans permission préalable ; un itinéraire pourra être exigé (annexe III).

5(b) La Bénéficiaire s'engage à ne communiquer de manière directe, indirecte ou passive avec aucun ancien complice, notamment (mais non exclusivement) les membres de la famille Horacio Mejía Guzman (annexe IV).

7(c) L'entente restera en vigueur jusqu'au pardon de la Bénéficiaire, huit (8) ans, six (6) mois et trois (3) jours à partir de la date de la signature, sauf recommandation contraire de la Commission des libérations condition-nelles (annexe VII).

Cet exhaustif document, qui s'étendait sur dix-sept pages et dont on ne lui laisserait aucune copie, signait la disparition de Jay, son effacement de la surface de la planète. On lui retirait son identité et sa parole, sa liberté de mouvement et de choix, et le mince tissu social qu'elle s'était constitué à Montréal et à l'étranger.

Seul minuscule compromis : on lui laissait le choix de son nouveau nom – le comble de l'ironie, pour une fille inculpée de vol d'identité.

~

Elle jette son sac de voyage sur la douillette, tire la fermeture éclair et extrait soixante-douze heures de linge sale. Entre deux t-shirts, elle tombe sur le volume trois des *Œuvres complètes* de Jules Verne. Elle a trouvé ce bouquin sur le trottoir à la fin de l'été – les ordures valent bien le projet Gutenberg – et voilà trois semaines qu'elle tente chaque soir d'aimer Jules Verne, et que chaque soir le bouquin lui tombe des mains. Elle a pataugé à travers *Cinq semaines en ballon* et *Voyage au centre de la Terre,* et la voilà maintenant embourbée dans *De la Terre à la Lune* avec l'impression persistante qu'elle n'arrivera pas vivante jusqu'à *Vingt mille lieues sous les mers.*

Son passeport est fiché au milieu du livre. On n'y a estampillé aucun visa, aucun timbre d'entrée ou de sortie – comme si elle avait rêvé ce voyage. Son unique preuve, ce sont ces soixante-douze heures de linge sale étalées sur le plancher. Elle glisse le passeport dans sa poche de chemise et envoie voler le livre dans un tas de vêtements, où il disparaît sans bruit. Elle est de mauvais poil, soudain.

Elle fait le tour de l'appartement sans trouver la moindre trace du chat. Elle aboutit dans la cuisine et tombe en arrêt, comme s'il n'y avait nulle part ailleurs où aller. Adossée contre le comptoir, elle bâille longuement. Elle regarde les bols du félin : le niveau de croquettes a baissé, l'eau est sur le point de manquer. Dans la litière, on a pondu trois crottes équidistantes. Erwin est vivant – et terré quelque part, à son habitude.

Comment l'animal parvient-il à disparaître, dans ce trois et demie exigu, voilà un mystère. Il doit connaître des passages vers des dimensions parallèles. Parfois, dans le silence de l'appartement, Jay calcule le temps écoulé depuis la dernière apparition du chat. Huit jours ? Deux semaines ? En dépit des croquettes qui se volatilisent et des crottes qui se matérialisent, Jay se demande si Erwin est encore vivant — et en l'absence de données concrètes, elle doit supposer qu'il est à la fois vivant et mort.

Pour l'heure, la situation semble stable. Jay fait le plein de croquettes, change l'eau, nettoie la litière.

Elle ouvre la porte du frigo sans enthousiasme. Voilà des années qu'elle a l'appétit en berne. De toute façon, il ne reste plus rien d'intéressant. Une minuscule bouteille de sauce habanero. Une tortilla qui a pris la texture du cuir. Un paquet de jambon dont il faudrait sans doute vérifier la date de péremption.

Elle envoie tout dans la poubelle et choisit un menu de pizzeria sur la porte du frigo. Elle fixe le numéro de téléphone, s'amuse un instant à imaginer qu'il s'agit de celui d'un exportateur de conteneurs réfrigérés fantômes. Le gargouillement de son estomac interrompt ses pensées. Elle compose le numéro, commande une douze pouces végé, extra olives vertes, rien à boire merci, et raccroche.

Retour vers la chambre, elle botte son sac de voyage et s'allonge sur le futon. Au rez-de-chaussée, on entend un *soap* macédonien, ce qui constitue encore l'état le plus proche du silence. Elle essaie de se remémorer le visage d'Horacio, mais l'image apparaît couverte de bruit et de pixels parasites. Elle n'a aucune photo de lui – elle n'a jamais été du genre à documenter son passé dans des albums bien ordonnés.

Elle s'endort tout habillée, et ne se réveille pas lorsque le livreur de pizza sonne et cogne et insiste à sa porte.

- 7 -

Le soleil se couche sur les basses terres du Saint-Laurent. Lisa regarde l'énorme boule d'hydrogène en fusion rouler sur un horizon parfaitement plat, et elle tente une fois de plus d'imaginer l'océan qui s'étendait ici autrefois.

Comme tous les derniers vendredis du mois, Robert et Lisa roulent vers Huntingdon. Ils viennent de boucler une journée d'intense labeur à la maison

Baskine, et les cheveux de Lisa sont mouchetés de peinture blanche. Elle a hâte de prendre une douche brûlante. À ses pieds repose son sac de voyage, avec des vêtements propres et tout le nécessaire pour la fin de semaine.

La vie de Lisa obéit à un cycle bimensuel réglé jadis en cour : douze jours chez Robert, deux jours chez Josée. Ce déséquilibre s'expliquait, à l'origine, par l'état de santé de sa mère. La situation s'est améliorée depuis, mais la routine est si bien enracinée que personne n'a songé à réclamer une révision, surtout pas Lisa ou sa mère. Deux jours consécutifs représentent un bon dosage. Mieux vaut ne toucher à rien.

Lisa se souvient – oh, très vaguement – d'une époque où sa mère explosait pour d'innombrables riens. La couleur du ciel à l'heure du souper, l'odeur du Earl Grey ou la texture d'un coussin suffisaient pour qu'elle s'affale en flammes comme l'Hindenburg. Son divorce avec Robert remontait à cette période et sans doute son extrême inflammabilité en a-t-elle été la principale cause, mais Lisa ne peut le certifier. Sa mémoire a effacé la plupart des scènes de famille importantes, joies et traumatismes indistinctement mêlés. Elle n'a jamais questionné ses parents à ce sujet. Leur séparation est une réalité d'autant mieux établie que Lisa a totalement oublié à quoi ressemblait leur vie à trois, et qu'elle ne tient pas à se le rappeler.

Désormais, tout va mieux. Sa mère est sous médication et les dosages sont éprouvés, ce qui occasionne une humeur excessivement homogène et une accoutumance aux bougies à la vanille, mais on n'a rien sans rien.

Le pied posé contre le tableau de bord du vieux Dodge, Lisa chantonne des âneries par-dessus la radio pour tromper la morosité de Robert. Elle sait qu'en revenant de Huntingdon, il retournera travailler à la maison Baskine jusque tard dans la nuit. Il s'éreintera temps double toute la fin de semaine, et lorsqu'il reviendra chercher Lisa, dimanche soir, le pauvre homme sera exsangue et sous-alimenté.

Peu avant d'arriver en ville, ils croisent une longue file de voitures stationnées le long de la route. Café à la main, un parterre d'automobilistes s'est installé pour admirer le gonflage d'une montgolfière.

Robert arrête la camionnette, et Lisa jaillit aussitôt sur l'accotement. Les préparatifs commencent à peine, et on croirait qu'une méduse géante s'est affalée au milieu du pâturage. Des gens s'affairent autour de l'enveloppe tricolore. La nacelle est couchée sur le flanc et un ventilateur industriel pousse de l'air dans la bouche du ballon. Lisa enregistre chaque détail de ce ballet bien rodé, où chaque équipier sait exactement à quel moment et de quelle manière tirer sur tel hauban ou tel bout de tissu. Peu à peu, le polyester prend des formes. Sur la bande blanche, au milieu du ballon, apparaissent le numéro d'immatriculation et un bout de logo.

Le pilote allume le brûleur au propane et le rugissement de la flamme prend tout le monde par surprise. On entend quelques blagues au sujet d'un barbecue géant.

Quelques minutes plus tard, le ballon domine les automobilistes, haut comme un édifice de six étages.

Lisa est excitée comme une gamine, et Robert s'amuse de la voir trépigner devant ce qui n'est, en somme, qu'une grosse poche de polyester remplie d'air chaud. Il doit l'admettre : la rondeur et les couleurs du ballon ont un je ne sais quoi de réjouissant, qui force le sourire.

Très lentement, le ballon pivote sur lui-même et dévoile l'immense logo RE/MAX imprimé sur le nylon. La magie du moment se dégonfle comme un coussin péteur.

Robert renifle brièvement et retourne s'asseoir au volant, l'air maussade. Il avise le verre Tim Hortons oublié ce matin dans le porte-tasse, dans lequel clapote un fond de café froid. Il entreprend de dérouler le rebord afin de voir s'il a gagné une nouvelle camionnette. Le carton résiste, Robert insiste avec les dents. Il découvre enfin le verdict sous la frange déchirée : *Please Play Again / Réessayez s.v.p.*

Comme chaque fois, Robert dépose Lisa devant la maison de Josée. Il attend qu'elle monte l'escalier, cogne à la porte et entre. Il échange un signe de la main avec son ex-femme et décampe aussitôt.

Josée Savoie a loué cette maison, rue Lorne, à cause de sa proximité avec l'usine n° 2 de Cleyn & Tinker, où elle travaillait jusqu'à tout récemment. Il s'agit d'ailleurs de la seule qualité de la maison qui, autrement, est moche, dépourvue d'âme et minuscule. Le format n'est pas unifamilial, mais subfamilial : les pièces sont petites, et il n'y a qu'une chambre à coucher. En outre, l'argument géographique ne tient plus, maintenant que Cleyn & Tinker a fermé ses six usines. Cette série de fermetures a voué les trois quarts de la population active de Huntingdon au chômage – y compris la mère de Lisa – en plus de propulser l'adjectif *mono-industriel* dans tous les médias de masse. Depuis l'érection de barricades sur la route 138, Huntingdon est en passe de devenir un symbole national. Désormais, tout le monde a une opinion sur la mondialisation, l'agonie du secteur textile, la crise économique. Le scénario se répète à chaque appréciation du dollar canadien : les boulots partent à Ciudad Juárez, à Shenzhen, à Dacca. Une guerre silencieuse se déroule, et sa ligne de front traverse le cœur de Huntingdon, PQ.

Josée Savoie n'a, quant à elle, pas d'opinion très arrêtée sur la mondialisation, sinon que ça ne risque pas de ralentir. Mieux vaut s'y faire. Elle est encore jeune, elle pense parfois à s'en aller. Lorsqu'on évoque l'ouverture d'un centre d'appels dans l'ancienne usine n° 2, elle se tape sur les cuisses.

— Ce jour-là, Lisa, le Bangladesh va nous envoyer des téléphonistes.

Pour l'heure, elle encaisse son chèque de chômage et prend religieusement son lithium.

Lorsqu'elle passe la fin de semaine chez sa mère, Lisa occupe un gros placard que sa mère appelle la chambre d'amis. On doit, pour y déplier le divan-lit, tasser des cabas et des boîtes, un humidificateur et des bottes. Ce cagibi contient aussi un nombre inexplicable de manteaux d'hiver (dont une fourrure synthétique bicolore que jamais Lisa n'a vu sa mère porter), des lampes torchères (trois au total), un sapin de Noël artificiel démonté dont les modules sont toujours rangés en désordre dans une boîte sans couvercle, une pléthore de cintres, les ossements d'un fauteuil Poäng et un vélo stationnaire vétuste aux chromes tavelés de rouille. La porte ne ferme pas et la microscopique fenêtre donne sur un lampadaire municipal – mais il s'agit néanmoins d'une fenêtre, détail qui permet de déclarer que ce placard compte pour une chambre.

Malgré ces inconvénients, dormir chez sa mère comporte un avantage : Lisa peut utiliser à satiété le vieux iBook turquoise et la connexion à internet.

Adossée contre un oreiller, l'ordinateur posé sur les cuisses, elle prospecte le web. Tout en tapant sur le clavier, elle penche légèrement la tête sur la droite, un tic qu'elle a inconsciemment emprunté à Éric – et, à vrai dire, elle lui ressemble assez, avec cet ordinateur et cet air concentré. Sans doute Éric priserait-il l'exiguïté de ce cagibi. Il n'y manquerait qu'un trio de perruches.

Dans la salle de bain, de l'autre côté de la cloison, on entend des bruits aquatiques. Tous les vendredis soir, dans la lueur vacillante des lampions à la vanille, sa mère marine quatre-vingt-dix minutes dans un frémissement de pétales déshydratés.

Lisa cherche une information en particulier, et ce but explicite l'empêche de se demander si elle ne poursuit pas aussi un but implicite, un but caché, qui consisterait à estomper les irritants de son existence : les manies de sa mère, la fermeture de l'usine n° 2, le chômage ambiant, la garde partagée – et, en périphérie, l'agoraphobie d'Éric, et cette autre agoraphobie, celle de son père, indéfinissable et inavouée, qui s'exprime par des aberrations telles que la maison Baskine.

De l'autre côté du mur, sa mère se met à chantonner, trop faiblement pour que l'on puisse identifier la chanson, mais assez fort pour que certaines notes de la mélodie traversent le plâtre, la tuile, les solives. Un jeu de fréquences particulières, triées par les parois de la maison, comme l'eau de mer par une éponge.

À l'écran, Lisa erre de site en site, se promène entre les fleuristes, les boutiques de jouets et les ateliers de soudure. Erre ou semble errer. En réalité, elle sait exactement ce qu'elle veut. Elle écarte les annonces qu'on lui balance à la tête. Concessionnaire Ford usagés, filles célibataires à Huntingdon PQ, anti-inflammatoires sans ordonnance. Elle reformule sa requête, essaie différents codes postaux.

Elle aboutit enfin sur le site web d'Animations Herbert. Dans un chaos de GIF animés, un clown générique brandit un bouquet de ballons. Spécialité fête d'enfant *(sic)*, évènements corportatifs *(sic)*, enterrements de vie de garcon *(sic)*. Disco, éclairage, décoration, bouquets de ballons. Région de Valleyfield et un peu plus loin. Appelez Herbert le clown Call Herbert the Clown.

Voilà exactement ce qu'il faut.

Lisa ouvre une fenêtre de discussion avec Éric, et annonce qu'elle a trouvé le Graal.

Éric : Ou ça ?

Lisa : Valleyfiled.

Elle copie-colle l'adresse du site. Il s'agit vraiment d'une pièce d'anthologie. Sur la page d'accueil, un Herbert photoshopé à la scie à chaîne tient un bouquet de ballons-Herbert, trois pauvres têtes de clown pixelisées qui flottent au bout de leurs ficelles. En regardant un peu vite, on a l'impression qu'Herbert est doté de trois têtes. Cerbère le clown tricéphale, gardien des enfers.

Éric : wow. Il fait aussi de caniches en ballon !

Lisa : Je sais.

Éric : ça se passe ok chez ta mère ?

Lisa : Comme d'hab. Du neuf sur eBay ?

Éric : encore rien.

Ils discutent encore un moment, mais Lisa se met à cogner des clous et ils coupent la communication. Il vaut mieux dormir : demain matin, mère et fille feront leur raid habituel chez IKEA. Peu importe l'état du monde, il y aura toujours de nouveaux biens à acheter. Il s'agit de la religion dominante, et Josée Savoie ne rigole pas avec les affaires spirituelles.

Lisa note les coordonnées d'Herbert le clown, pose l'ordinateur sur le plancher, éteint la lampe. Dans l'autre pièce, on entend l'eau qui retourne à l'océan avec un bruit de succion.

- 8 -

Il est déjà tard lorsque Jay arrive à la Division C, armée d'un grand café. Le bureau de Laura est figé dans la même nature morte futuriste qu'hier après-midi : chaise abandonnée, stylo mordillé, clignotement de la messagerie vocale. Jay se perd en conjectures sur sa collègue. Elle l'imagine allongée sur une civière à l'urgence du Jewish Hospital. Coincée dans un embouteillage. Convoquée au terminal Cast pour une réunion au sommet concernant un conteneur de pommes spectrales.

Mahesh n'est pas arrivé non plus. Jay tire le filtre de la cafetière et plonge son index dans le café. Sec, croûté. La percolation date d'avant-hier. Aucun signe de vie sur le bureau du sergent Gamache. Seule comme jamais, Jay sirote son café format famille nombreuse. Malgré ses treize heures de sommeil, elle traîne les pieds. Elle a la désagréable impression de faire son âge.

Elle se rappelle encore la cadence de jadis, alors qu'après une longue journée de travail elle enchaînait une nuit de travail supplémentaire, et se contentait de quatre heures de sommeil à l'aube. Elle remettait ça six jours sur sept. Elle a tenu le coup près de dix ans, sans jamais broncher. Son âge d'or personnel.

Maintenant, Jay regarde sa main trembler au-dessus du clavier, comme si elle appartenait à quelqu'un d'autre. Grande gorgée de café. Il reste deux (2) ans, trois (3) mois et seize (16) jours à tirer.

Quelque part sur l'étage, on entend quelqu'un s'acharner sur une brocheuse, duel à coups de poing avec une liasse de papiers.

Lorsqu'il lui faut décrire son boulot, Jay n'utilise jamais la nomenclature officielle de sa description de tâches. Elle dit simplement *trianguler*.

Elle a appris ce verbe de son navigateur de grand-père. Ce nostalgique parlait sans cesse du bon vieux temps, avant l'invention du LORAN et du GPS, lorsqu'on prenait la mer avec des cartes en vrai papier qui déchire, avec des sextants et des compas à pointes sèches. Il avait enseigné à Jay, en dessinant directement sur le bois usé de la table de la cuisine, comment déterminer sa position dans l'espace en mesurant l'angle entre deux objets connus. La triangulation était bien davantage qu'un jeu d'optique et de mathématique : il s'agissait d'un geste crucial pour revenir vivant au port – mais Jay soupçonnait que la leçon de son grand-père avait une portée métaphorique.

Des années après, le verbe lui est revenu à l'esprit alors qu'elle s'envasait dans les bureaux de la GRC. Trianguler était une manière d'affronter les chiffres et l'ennui, et de revenir vivante chaque soir.

Officiellement, Jay est analyste de données aux fraudes économiques. Elle passe ses journées à interroger des bases de données babyloniennes, peuplées de centaines de milliers de transactions effectuées sur des cartes de crédit clonées, vaste magma d'achats légitimes poivrés, çà et là, d'avances de fonds à Bucarest, Lagos ou Minsk. Sa tâche consiste à discerner des motifs, des récurrences, des coïncidences. À la longue, par recoupement – par triangulation –, on peut déterminer quels pizzeria, bar à martini ou Dollarama apparaissent un peu trop souvent sur les relevés de transactions dans les mois qui précèdent une fraude. Le boulot exige une certaine finesse d'esprit, mais ne relève pas pour autant de l'ingénierie aéronautique. Il s'agit plutôt d'abrasion statistique – frotter un problème assez longtemps pour le pulvériser –, et Jay se demande souvent pourquoi on l'a assignée à ce poste que pourrait occuper n'importe quel technicien fraîchement diplômé.

Peut-être a-t-on cédé à une espèce de mode qui consiste à embaucher des pirates informatiques repentis? Les Divisions B et D possédaient chacune leur hacker, et la Division C ne pouvait pas se permettre de tirer de l'arrière. Mais une fois la hacker livrée, qu'en faire? Il fallait bien lui confier un boulot.

Au début, on a traité Jay comme une sorte de consultante. Elle assistait à des réunions, elle analysait des dossiers, on sollicitait ses conseils pour des enquêtes. Elle possédait la science empirique de ceux qui ont vécu sur le terrain. Elle décortiquait sans effort les problèmes comportementaux et stratégiques. Elle pensait comme une criminelle.

Elle aurait sans doute pu grimper dans la hiérarchie, malgré sa situation un peu particulière, mais il est vite devenu évident qu'elle travaillait mieux en mode Asperger, ses écouteurs sur les oreilles. On ne pouvait pas la congédier – il aurait d'abord fallu qu'elle soit employée –, alors on l'avait progressivement mise à l'écart. Voilà bientôt quatre ans qu'on ne lui demande plus de participer à la moindre réunion. Des mois s'écoulent parfois sans qu'elle sorte de l'Enclave. Elle est devenue une simple résistance parmi les vastes circuits imprimés de la fonction publique.

Chaque matin, elle télécharge les données fraîches et traque des fraudeurs. Elle regarde défiler les grandes passions et les petits vices de l'humanité, traduits en colonnes et en rangées bien propres. Elle tâche d'imaginer, derrière la froide façade de ces chiffres, les destins qui se font et se défont, la vie qui avance comme une coulée visqueuse de skis de fond et de scooters, de trios souvlaki, de fichiers MP3, de romans de gare, de vibrateurs, d'essence ordinaire, de pneus d'hiver, de massages californiens et de clous à toiture, d'armoires IKEA, de bretzels au chocolat aromatisés à la menthe, de nettoyeur à vitre et de sacs à ordures.

Elle triangule.

L'avant-midi passe et l'Enclave reste inhabituellement déserte. Jay s'active en circuit fermé, ses écouteurs sur les oreilles, jusqu'à ce que la faim et la fatigue deviennent insoutenables. Coup d'œil à l'horloge : 13 h pile. Ça ira.

Il ne reste qu'une poignée de retardataires dans la cafétéria. La plupart des gens sont déjà retournés au boulot, mais leur présence persiste, disséminée dans l'environnement : miettes de bagels, cernes de café, molécules de Lise Watier et de pâté chinois, signatures thermiques sur les chaises. Les haut-parleurs diffusent une version instrumentale de *Madame Butterfly* qui couvre l'espace sonore comme un tapis à poil ras, afin de masquer les conversations. Giacomo Puccini, préposé au bruit blanc.

Jay se tire une chaise au hasard. Elle est toujours aussi vannée, malgré ses trois cafés matinaux. Elle sort de son sac un sandwich au jambon acheté à l'épicerie, scellé serré dans le plastique. De la bouffe pragmatique, en forme de torpille. Chargez le tube numéro deux, paré pour le lancement. Elle mord dans le pain sans appétit, les yeux dans le vide. Même manger un sandwich l'épuise, mais elle tient bon et mastique. Les six pouces qui la séparent du bout de cette baguette s'étirent comme la route du bout du monde.

Elle déglutit enfin la dernière bouchée, le souffle court, les mâchoires endolories. Elle pose son avant-bras sur la table, puis son front sur son avant-bras.

Lorsqu'elle se réveille, Mahesh est assis de l'autre côté de la table. Comme chaque jeudi, il revient de courir ses sept kilomètres imaginaires sur un tapis en caoutchouc, et il s'apprête à planter ses baguettes dans un chow mein à la crevette.

Mahesh saisit la crevette orpheline et la tient devant ses yeux.

— Tu rêvais à quoi?

Jay se frotte les paupières.

— Je rêvais?

— Tu parlais, en tout cas.

Mahesh croque le crustacé et recrache la queue. Jay se masse les tempes et cherche du regard une source de caféine. Les environs flottent dans la brume.

— J'ai dormi treize heures la nuit dernière. Sais pas pourquoi je suis encore fatiguée.

— Tu couves quelque chose.

Il explore les nouilles avec la pointe de ses baguettes, à la recherche de la seconde crevette dont parlent les légendes. On dit que les mythes reposent tous sur un fond de vérité, mais ça reste à prouver. Jay saisit l'emballage de son sandwich et le comprime jusqu'à obtenir une boulette compacte, de la taille d'un globe oculaire.

— Alors, tu as retrouvé Papa Zoulou ?

Mahesh aspire quelques décimètres de nouilles, l'air amusé.

— Laura t'en a parlé.

— Les grandes lignes. Je n'ai pas eu le cours complet sur l'art de faire disparaître un conteneur.

— Ils ont manipulé les bases de données.

— Hack ou infiltration ?

— Infiltration. *Plusieurs* infiltrations, en fait. Ils ont modifié quatre ou cinq bases de données avec des autorisations différentes. Ils ont manipulé les données pour que le conteneur soit embarqué sur un autre navire, et ensuite ils ont tout effacé. *One-two punch* – on pourrait croire que le conteneur n'est *jamais* passé au port. Je l'ai retracé dans les copies de secours de la base de données.

— Alors on sait où il est.

— Oui et non. On sait qu'il a été envoyé à Caucedo.

— En République dominicaine ?

— Exact. Mais selon les données officielles, le transporteur n'a jamais eu le conteneur à bord, et l'administration de Caucedo ne l'a jamais reçu. Il a peut-être été déchargé en douce à l'escale de Newark-Elizabeth, ça rester à vérifier.

Le silence s'installe sur la table. Mahesh aspire ses nouilles, Jay réfléchit. Son cerveau s'allume, un circuit à la fois.

— Et le transporteur ? Il n'a pas les coordonnées de l'exportateur ?

Mahesh arrête net d'aspirer, le regard jubilatoire.

— Laura ne t'a pas raconté ?

— Raconté quoi ?

— Ooh, tu vas aimer. C'est le détail qui tue. Le conteneur a été livré par une compagnie de camionnage de Lachine, Transport Tor.

— Avec ou sans *h* ?

— Sans. Une entreprise familiale, pas enregistrée au port. Une vingtaine d'employés, une dizaine de tracteurs, quelques remorques. Au début du mois de juin, ils reçoivent un coup de fil d'une drôle de compagnie… Korov Export.

— Rokov.

— Rokov ? OK. Peu importe. Ils veulent louer une remorque pour un conteneur de quarante pieds. D'habitude, Tor ne fait pas de location, mais les affaires sont lentes et il y a justement une remorque qui rouille dans le fond de la cour. Tu connais le dicton : *take the money and run.*

Nouilles, bok choy, nouilles. Jay trépigne. Mahesh cherche quelque chose sous les serviettes de papier (sans doute une manière d'étirer le récit). Il localise le sachet de sauce soya, entreprend de déchirer le plastique.

— Donc, un des chauffeurs va livrer la remorque à Longueuil, dans un lieu de transit. Le station-nement d'un Poulet frit Kentucky en faillite. La remorque n'est pas restée là, évidemment, mais comme elle n'est pas équipée de traceur GPS, impossible de savoir où on l'a emmenée ensuite.

Le sachet de sauce soya se distend, mais ne se déchire pas. Mahesh abandonne.

— Bref. Début octobre, l'exportateur rappelle chez Tor : ils peuvent venir reprendre la remorque à la même place qu'en juin, dans le stationnement du Kentucky. Petite différence : il y a un conteneur réfrigérant sur la remorque, et il faudrait aller le livrer au terminal Cast.

— Ils ne trouvent pas ça suspect ?

— Oui, mais bon. Il est un peu tard pour avoir des scrupules. L'exportateur envoie les informations par fax – le numéro de réservation, la température du conteneur. Tout a l'air réglementaire. Alors ils vont faire la livraison et ils s'en lavent les mains. Résultat : on n'a *aucune* idée de l'endroit où le conteneur a passé l'été.

— Du camionnage distribué.

— Exact. Ils ont segmenté le transport. Une autre compagnie de camionnage a pris le relais, mais quelle compagnie ? Où a-t-elle emporté le conteneur ? Directement chez Rovok ?

— Rokov.

— Rokov, Korov. *Who cares ?*

— Je me demande parfois comment tu as réussi à cacher ta dyslexie à tout le monde depuis sept ans.

— La prochaine fois, j'arriverai mieux préparé. J'aurai un PowerPoint.

Jay sourit, en tripotant sa boule de cellophane d'un air rêveur.

— N'empêche, ils sont astucieux.

Mahesh lève entre ses baguettes un bout de bok choy flaccide, et l'étudie d'un regard impitoyable.

— Astucieux, oui, et c'est aussi notre principal élément de présomption de délit. Quel honnête exportateur de pommes Empire voudrait rendre ses conteneurs invisibles et impossibles à retracer?

La question plane un moment au-dessus de la table. Jay en profite pour lancer la boule de cellophane, qui tombe pile dans une poubelle. Mahesh abandonne le bok choy sur le tas de nouilles et referme le contenant. Il fait mine de balayer les miettes de la table, n'en trouve aucune.

— Mon grand-père disait qu'un repas qui ne fait pas de miettes est un repas suspect.

— Ton grand-père était un sage.

— Pas de doute là-dessus.

En remballant le contenant dans le sac de plastique, Mahesh découvre un biscuit chinois et l'offre à Jay. Alors qu'ils retournent vers l'Enclave, Jay tripote le biscuit comme une idée subversive.

Les deux collègues réintègrent leurs chaises ergonomiques. Mahesh démarre sa cafetière et fait apparaître à son écran le dossier du conteneur PZIU 127 002 7. Jay coiffe son casque d'écoute et fait craquer ses jointures. Au moment où elle va lancer la musique, son regard tombe sur le biscuit chinois. Elle le déballe, le casse en deux, extirpe le bout de papier.

You are one of the people who go places in life.

Elle se demande s'il faut traduire la phrase littéralement. Elle croque un fragment. Comestible, mais pas vraiment conçu pour être mangé. Le biscuit chinois n'est pas une denrée alimentaire, mais une unité de stockage d'information.

Tout en mastiquant, elle regarde briller sur son écran une interminable colonne de numéros de carte de crédit. Dieu que la vie est longue.

- 9 -

Les Miron ne font pas partie du paysage : ils ont construit le paysage.

La plupart des gens s'installent au Domaine Bordeur à la suite de simples concours de circonstances – divorce, décès, revers de fortune. Les Miron, eux, vivent dans cet endroit ingrat de leur plein gré. Ils ont revendiqué ce bout de terrain bien avant que les rues ne soient asphaltées, bien avant qu'elles ne portent des noms, alors qu'on ne voyait que des roulottes éparses entre les épinettes. Les ours attaquaient quotidiennement les ordures et les mangeoires à oiseaux. C'était le Far South.

À l'époque, Sheila Miron enseignait les technologies à la polyvalente de Huntingdon et Gus était contremaître sur des chantiers de la région. Ils se connaissaient depuis l'enfance. Ils venaient tous deux d'un minuscule village nommé Mille Roches, dont personne n'a entendu parler, et qui se trouve quelque part du côté de l'Ontario. Gus Miron n'aime pas aborder le sujet. Lorsqu'on le questionne sur son bled natal, il se contente de marmonner : «*Don't waste your time. It's not down on any map.*»

78

Lorsque Lisa n'est pas avec Éric ou Robert Routier, on peut parier qu'elle sera chez les Miron. Il n'y a pas si longtemps, on voyait couramment dépasser de sous la Datsun, côte à côte, les jambes de monsieur Miron et celles de sa jeune adjointe. Elle maniait la lampe de poche, passait les outils et posait des questions. À 16 h, madame Miron leur apportait du thé et des scones. Lisa revenait à la maison avec des taches d'huile à moteur et de confiture de prunes.

Les Miron n'ont jamais eu d'enfants et Lisa est, pour eux, ce qui s'approche le plus d'une petite-fille. Chaque fois qu'elle a besoin d'aide, les Miron répondent *présents*. Même dans les situations épineuses. Surtout dans les situations épineuses. Ils l'aident à comprendre un devoir d'algèbre, à cuisiner un gâteau d'anniversaire pour Robert, à réparer une vitre cassée par un prototype de catapulte, à améliorer le prototype de catapulte – et c'est tout naturellement vers les Miron que Lisa s'est tournée afin de fabriquer un parachute.

Les Miron ne savent pas pourquoi leur jeune voisine a besoin d'un parachute, mais ils n'ont posé aucune question.

Elle a passé plusieurs jours à dessiner des plans, à bricoler des modèles réduits avec des sacs d'épicerie et de la colle en bâton. Ce parachute ne ressemblerait pas à une poche de patates. Digne de Léonard de Vinci, qu'il serait, avec une élégante voilure, et un évent afin de réduire l'oscillation. Du grand art. Elle a calculé trois fois la surface en fonction du poids, de la densité de l'air, de l'altitude, du coefficient de traînée et de la vélocité terminale. Éric est repassé sur les calculs – deux têtes valent mieux qu'une –, mais n'a rien trouvé à redire.

Lisa pousse la porte moustiquaire des Miron et entre sans frapper. À l'intérieur, ça sent le bœuf bourguignon et la vanille. Assise au comptoir de la cuisine, Sheila Miron lève les yeux de sa grille de mots croisés et braque son regard perçant sur Lisa.

— Je t'attendais.

— Il n'est pas trop tard?

— Non. J'ai même une surprise pour toi.

Elle se lève, et Lisa la suit jusque dans l'atelier de couture. Madame Miron allume la lumière et se frotte les mains. Cet atelier est la seule pièce en désordre de la maison. Alors qu'ailleurs prévaut un ordre sans faille, cette pièce est encombrée de ballots de tissus, de mannequins, de patrons, de bobines, de machines anciennes et modernes. Tout le monde n'est pas autorisé à entrer ici. Il faut mériter son droit de passage, montrer la bonne attitude. Pour Sheila Miron, la couture est une affaire sérieuse, à classer au même rang que la sculpture sur marbre ou la soudure au bronze. Passé cette porte, elle devient Ingénieure en chef des textiles.

Près de la surjeteuse, sur la grande table de travail, repose un parachute plié avec soin : le prototype numéro trois.

La semaine qui s'achève a été un parcours du combattant pour Lisa. Elle a appris en simultané les rudiments de la couture et le maniement de la surjeteuse, l'art de tracer un patron et de sélectionner un tissu. Les deux premiers parachutes ont été cousus, analysés et décousus plusieurs fois avant d'être rejetés. L'Ingénieure en chef était inflexible : ces simples brouillons ne méritaient pas de franchir la porte de son atelier. Et Lisa de découdre, mesurer, tracer, recoudre. Le nylon résistait, glissait, s'échancrait. Penchée sur son épaule, l'Ingénieure supervisait l'assemblage sans un mot, tandis que des airs d'opéra jouaient sur un vieux lecteur de cassettes.

En dépit des efforts de Lisa, le prototype numéro trois n'a pas reçu le sceau d'approbation. Lisa l'examine sous toutes les coutures, elle ne comprend pas. Il paraît tout à fait acceptable. Madame Miron a pourtant insisté : ce parachute ne sortira pas de l'atelier. Sur le métier cent fois et cetera. Lisa soupire. Il ne reste plus assez de nylon pour un quatrième parachute, et elle n'a pas le temps de retourner en acheter à Valleyfield. Tandis qu'elle rumine ces idées noires, madame Miron fouille dans une penderie, d'où elle sort une antique housse à vêtements Eaton's.

— Tu peux préparer la surjeteuse. On recommence tout à zéro.

Lisa est stupéfaite.

— À zéro ? Mais…

Avec un geste solennel, madame Miron ouvre la fermeture éclair de la housse, dévoilant cinq ou six chemises d'un noir profond. Elle sort délicatement une des chemises et la tend à Lisa.

— Pure soie du Ganzhi. Boutons en ébène. Mon frère les a fait faire en 1957 pour chanter *Madame Butterfly* au Metropolitan Opera, à New York. Il en reste cinq. La sixième, il la portait dans son cercueil.

Lisa tâte la soie, émerveillée. Au revers de la chemise, on a cousu avec soin une mince étiquette dorée, comme une signature : Jacob Weisberg & Sons. Madame Miron sourit rêveusement.

— À l'époque, c'était le meilleur tailleur de Montréal.

Lisa secoue la tête en signe de protestation.

— C'est beaucoup trop beau pour...

— Je ne veux rien entendre. Installe une paire d'aiguilles neuves sur la surjeteuse, on va se mettre au travail.

Le parachute numéro quatre obtient l'approbation de Sheila Miron peu avant minuit. L'objet est étrangement élégant, sombre et frêle comme une chauve-souris japonaise. Sur le revers, Lisa a cousu l'étiquette dorée de Weisberg et fils. Les parachutes griffés ne courent pas les rues.

Lorsque Lisa passe la porte de l'atelier, victorieuse et crevée, son œuvre roulée sous le bras comme une toile de Picasso fraîchement piquée au Prado, elle n'éprouve pas seulement de la fierté, mais l'impression d'avoir découvert l'antidote au vertige originel. En traversant les quelques mètres de gazon qui la séparent de sa maison, elle lève le nez vers la voûte étoilée. Les conditions sont parfaites – si seulement ils pouvaient enfin vendre ces damnés appareils photo.

Elle va se coucher en adressant une prière muette aux obscures divinités d'eBay.

- 10 -

Station Jarry, l'escalier roulant est en cours de réparation. Deux techniciens s'affairent dans la fosse comme un duo de chirurgiens des enfers, entourés de mystérieux organes d'acier et de coffres à outils, parmi les chiques de gomme et les emballages de Doritos et les billets de métro utilisés. Privés de remontée mécanique, les usagers refoulent au pied de l'escalier conventionnel.

Jay se tape les soixante-douze mille marches qui la séparent de la surface en grommelant. Ses cuisses brûlent, elle a le souffle court. Elle se sent ridicule et gériatrique. Tôt ou tard, elle devra imiter Mahesh et aller suer sur un tapis roulant les mardis et jeudis midi. Arpenter l'austère géographie de la répétition. Prendre des suppléments protéiniques, de la vitamine D.

Elle sort de l'édicule encore essoufflée et, au coin de la rue, s'adosse un moment sur le poteau du feu de circulation.

Un sifflement d'air comprimé la fait sursauter. Le feu a viré au rouge et un conteneur de la China Shipping Lines se matérialise à quelques mètres devant elle, occupant presque tout son champ visuel. On croirait qu'un bout de parc industriel s'est détaché pour partir à la dérive. Quelque part à l'orée de la ville, un glacier vêle des conteneurs.

La boîte est peinte de ce vert agressant qu'on utilise au cinéma pour les substitutions d'images, et Jay note que le conteneur agit de la même manière : la réalité rebondit sur ses parois. Personne ne lui prête attention. Juste derrière, assise dans sa BMW, une femme retouche son rouge à lèvres dans son rétroviseur. Sur le trottoir, les badauds qui attendent le bus paraissent regarder à travers l'énorme boîte. Ils filtrent sa présence, comme une anomalie optique, une cinquième dimension que leur cerveau ne pourrait pas interpréter. Seul un jeune enfant, sanglé dans sa poussette, considère le conteneur de long en large avec de grands yeux ronds.

Jay se perd dans la contemplation des sino-grammes blancs imprimés sur le conteneur. Elle reconnaît au moins les deux caractères qui représentent la Chine, le 中 et le 國, mais la suite – 海, 運, 集 et 團 – pourrait vouloir dire n'importe quoi. Boîte furtive au contenu mystérieux, ornée de symboles incompréhensibles : un énorme biscuit chinois.

La lumière tourne au vert, le camion redémarre et le conteneur s'éloigne. Une idée commence à mûrir dans la tête de Jay. Elle marche jusque chez elle, absorbée dans ses pensées.

Arrivée devant sa porte, elle se fige brusquement. Quelqu'un a fixé une pancarte RE/MAX sur la clôture durant la journée. Sur le fond tricolore, elle reconnaît Alex Onassis, dont le sourire dévoile six douzaines de dents immaculées, parfaitement symétriques. Elle a déjà vu cette tête placardée çà et là sur les maisons du quartier. Alors qu'elle étudie la pancarte, monsieur Xenakis apparaît sur le pas de la porte. On entend sa femme râler derrière lui, tout au fond de la maison. Il fait un signe de la main à Jay.

— Il y a quelqu'un en haut.

— Quelqu'un?

— L'électricien.

— Ah.

— Vous avez vu la pancarte?

— Oui. J'aurais aimé être avertie à l'avance.

Xenakis se gratte le nez d'un air neutre. Les quarante dernières années l'ont habitué au mécontentement féminin.

— Il va y avoir des visites.

Jay fronce les sourcils. La dernière chose qu'elle souhaite en ce moment, c'est de voir des quidams défiler dans son intimité en sondant les prises électriques et les renvois d'eau. Xenakis oscille d'une jambe à l'autre, comme s'il cherchait à formuler une phrase difficile. De l'intérieur, on entend une volée de phrases rapides. «*Naí ! Naí !*» répond Xenakis en se tournant à demi. Il soupire.

— Il faut garder l'appartement propre. Pour les visites.

Jay hausse les épaules. Il faudra bien davantage qu'un appartement propre pour parvenir à vendre cette baraque.

En arrivant dans son salon, elle trouve l'électricien annoncé, debout au sommet d'un escabeau. Il a déposé la carcasse de la Spoutnik sur le plancher, à côté d'une boîte entrouverte qui laisse voir sa remplaçante, une lampe clinquante et chromée, manufacturée en Malaisie. Espérance de vie : dix-huit mois.

— J'en ai encore pour un quart d'heure, dit l'électricien sans quitter son travail des yeux.

Il a tiré du plafond une couette de fils, comme un ver solitaire qui parasiterait les cloisons de l'appartement. Il pleut de la laine minérale et des flocons de plâtre, et Jay bat en retraite.

Dans sa chambre, le plancher est jonché de linge sale. Elle sort de la garde-robe un gros sac militaire et commence à y entasser les vêtements. En s'emparant d'une brassière, elle envoie virevolter les *Œuvres complètes* de Jules Verne, avec leur couverture incisée. Elle ramasse son ordinateur portable, un minuscule Eee, et le fourre entre deux t-shirts. Elle balance le sac sur son épaule, rafle une poignée de vingt-cinq cents dans le vide-poches et s'en va sans un regard vers l'électricien.

La buanderie est déserte, ce qui accentue l'onde de choc des murs violets. Dans l'étroit vestibule on a casé une distributrice de condoms, un présentoir de cartes postales et le dernier téléphone public de cette ville.

Campée sur le seuil, Jay pousse un soupir. À l'âge de trente-neuf ans, n'est-on pas censé avoir une laveuse et une sécheuse? Elle s'ennuie soudain de l'époque où elle vivait dans l'insouciance des objets qu'un être humain doit normalement posséder. Elle bourre deux laveuses, insère la monnaie et s'installe sur un banc, jambes allongées. Les murs sont vraiment très violets. Jay ferme les yeux, adossée contre une sécheuse. Le ressac savonneux des machines finit par la calmer.

Les yeux clos, elle tourne et retourne dans sa tête cette histoire de camionnage distribué. Quelque part dans Montréal, un prestidigitateur russe s'amuse à faire s'évaporer des conteneurs réfrigérants.

Cela dit, elle ne voit pas ce que cette enquête a de si compliqué. La chaîne a été segmentée, soit, mais il suffirait de dresser l'inventaire complet des transporteurs de la région de Montréal et de les appeler un par un afin de vérifier qui s'est vu confier le conteneur PZIU 127 002 7. Pas même besoin d'un mandat : on peut parcourir un bon bout de chemin avec un écusson de la GRC et la bonne attitude.

Il suffit de se taper les appels, un à la fois. La procédure est fastidieuse, mais simple.

Dans les laveuses, le linge tourne sur lui-même, comme un tas d'identités entremêlées.

Jay ouvre les yeux. Le violet des murs la frappe de plein fouet. Elle sort son ordinateur du sac et repère une connexion Wi-Fi non sécurisée. La luminosité de l'écran au minimum, elle se branche au Canada411 et sélectionne la catégorie *Conteneurs – service de transport, Montréal, QC.* La liste apparaît à l'écran : Transport Globalex, Tremblay Express, CargoPro, Transport Nguyen, RTF Express, Logistique Robert – et ça s'étire de la sorte sur vingt-cinq pages. Impossible d'afficher la totalité des résultats sur une seule page. En outre, il faut cliquer sur chaque transporteur pour consulter ses coordonnées. Il faudra tout copier-coller à la mitaine. Sale besogne.

Les yeux fermés, Jay échafaude une méthode plus efficace. Elle pourrait coder un script en Python afin de repérer les liens pertinents sur chacune des vingt-cinq pages de résultats, puis extraire le contenu de chacune des pages où ces liens pointent. Elle pourrait ensuite filtrer et structurer les adresses, ce qui permettrait de les transposer automatiquement sur OpenStreetMap et d'établir un trajet par optimisation combinatoire.

Jay sent un poids s'accumuler sur sa poitrine.

Elle rouvre les yeux – *encore ce violet* – et tourne le regard vers le vestibule de la buanderie. Sous le vieux téléphone public pendouille un exemplaire des *Pages jaunes,* gonflé par l'âge et l'humidité.

Jay n'a pas ouvert d'annuaire en papier depuis au moins vingt ans. Accotée sur la distributrice de condoms, elle feuillette les pages minces et froissées jusqu'à la section *Conteneurs – service de transport.* Une seule page. Elle l'arrache délicatement, la plie en quatre et la glisse dans sa poche. De toute manière, quel dinosaure utilise encore les *Pages jaunes*?

- 11 -

Contre toute attente, Herbert le clown n'a pas trois têtes. Il n'est ni drôle ni glauque, et il ne sent pas le cendrier ou la bière rance. Il s'agit juste d'un quinquagénaire mal rasé qui habite un ancien dépanneur sur le coin d'une rue passante. Appuyé dans le cadre de porte, il a tout l'air d'émerger d'une sieste.

Devant lui, minuscule, Lisa danse d'un pied sur l'autre avec nervosité.

— J'ai appelé pour réserver une bonbonne.

— Lisa?

— C'est moi.

Herbert bâille et, après avoir considéré son interlocutrice, il désigne une bonbonne de cent vingt-cinq pieds cubes postée au garde-à-vous près de la porte. Lisa s'étonne de la découvrir aussi massive. Elle s'attendait à quelque chose de plus maniable, de plus clownesque, rose et lustré, et non à cette grosse bonbonne de soudeur. D'une main craintive, elle caresse la fonte froide. On dirait le marteau de Thor : on pourrait s'en servir pour occire des géants.

Debout sur le trottoir, Robert Routier assiste médusé au paiement du dépôt et des frais de location. Herbert griffonne le montant sur un reçu que Lisa fourre dans sa poche. Ce que Robert ignore, c'est que la location de cette bonbonne découle directement de la vente longtemps attendue des vieux appareils photo que sa fille a trouvés dans le grenier de la maison Baskine.

L'affaire s'est jouée à l'arraché. Les Instamatic 110 ne valaient rien, sauf celui qui renfermait une cartouche de pellicule et qui, grâce au facteur curiosité, grimpa jusqu'à un mirobolant quinze dollars. Les collectionneurs boudaient le Retina IIa et le Mercury pour d'obscures raisons de collectionneurs, et le magnifique Polaroid aurait eu un certain potentiel sans ce léger fumet de guano de chauve-souris qui imprégnait son soufflet – un détail qu'on ne pouvait pas vraiment passer sous silence. Au moment où Éric et Lisa allaient perdre tout espoir, le Leica III, que personne ne voyait venir, déboucha sur le flanc gauche et piqua un sprint étonnant, atteignant enfin, le 17 août à 2 h du matin, la somme de deux cent quarante-cinq dollars.

Soixante-douze heures plus tard, il ne reste presque plus rien de cet argent : les derniers cents sont désormais en possession d'un clown quinquagénaire de Valleyfield.

Le temps de charger la bonbonne à bord de la fourgonnette («Faut qu'elle reste debout!» crie Herbert depuis le pas de la porte) et de l'arrimer solidement, père et fille partent pour le Domaine Bordeur. Le trajet du retour se déroule sans un mot. La radio diffuse une rétrospective sur Willie Lamothe. À deux ou trois occasions, Robert semble sur le point de poser une question au sujet de l'objet attaché derrière son siège. Il se ravise finalement. En arrivant à la maison, il demande seulement – d'un air faussement détaché – s'il peut déposer Lisa et son hélium quelque part. Elle secoue la tête. Non, ça ira.

Tout en déchargeant la bonbonne, Lisa s'étonne du consentement spontané des adultes qui l'entourent. Elle commence à se demander si elle ne traînerait pas une certaine réputation.

Elle traverse chez les Miron où, après dix années d'acharnement thérapeutique – et par une formidable coïncidence –, la Datsun vient justement de démarrer, ô combien brièvement, à peine le temps de lâcher un pet noirâtre, mais de démarrer tout de même. De sa main graisseuse, Gus Miron accueille Lisa avec un déconcertant *high five.* Ce démarrage vient de le faire rajeunir de trente ans en trente secondes.

Puis, monsieur Miron jauge sa jeune voisine du regard. Il connaît cet air : elle a besoin de quelque chose.

— J'ai un truc pesant à transporter. Je pourrais emprunter le diable?

En la voyant attacher la bonbonne au diable sans trop de ménagement, monsieur Miron manifeste une certaine inquiétude. Il avise le losange vert : *contenu non inflammable*. Bon, ça ne risque pas de sauter.

Lisa roule la bonbonne jusque dans l'atelier de son père, puis elle rentre se préparer un sandwich aux cornichons.

Il est 4 h du matin lorsque résonne la rumeur étouffée du radio-réveil que Lisa a caché sous son oreiller.

Elle enfile ses jeans et un épais chandail. En passant par la cuisine, elle attrape une pomme qu'elle va croquer debout dans le gazon mouillé. L'aube s'annonce à peine, au-dessus de la forêt. Elle retire le cadenas de la porte de l'atelier sans faire de bruit. Dans la lumière des fluorescents, la bonbonne semble encore plus massive que la veille au soir. Lisa respire un bon coup, empoigne le diable et, d'un pas vigoureux, entreprend la longue marche vers le cul-de-sac de la Gaieté.

Lorsqu'elle arrive au bout de l'impasse, elle constate avec soulagement qu'une lampe est allumée à la fenêtre du sanctuaire. Elle gratte dans la mousti-quaire et la tête d'Éric apparaît dans le rectangle de lumière. Il considère Lisa, puis la bonbonne.

— Qu'est-ce qui se passe?

— Je ne veux pas réveiller ta mère.

— Elle n'est pas là.

Lisa est étonnée. Elle stationne la bonbonne au pied de l'escalier et entre rejoindre Éric. Encore en pyjama, torse nu, il fait sa routine carcérale. Tous les matins – qu'il soit 4 h ou 9 h –, monsieur entame la journée avec une série de *push-ups* et de redressements assis, soulève ce qui lui tombe sous la main en guise d'haltères, jogge sur place et conclut avec dix minutes de position du cavalier. Il a lu quelque part que les prisonniers se tenaient en forme avec ce genre d'exercices minimalistes – et ce qui est bon pour un prisonnier est bon pour lui.

Pour sa part, Lisa estime avoir déjà fait sa part en poussant la bonbonne jusque-là. Elle essuie son front sur sa manche.

— Ta mère a découché ?

— Une histoire avec un collègue.

Silence lourd de sous-entendus. Éric enchaîne avec les haltères du moment (quatre romans de Stephen King).

— Il faut vraiment que tu termines tes exercices ?

— Hm.

Lisa s'installe sur le lit, dont les draps irradient encore une tiédeur invitante, et elle feuillette un livret mal imprimé, intitulé *Manual Operation for GPG Beacon Garmik 55*. (Avertissement : peut contenir du Chinglish.)

— Et c'est nouveau ?

— Quoi ?

— Ta mère qui découche.

— Ça dure depuis quelques mois.

— J'avais rien remarqué.

— Ma mère est une ninja.

— Et tu le connais, le collègue ?

— L'ai pas encore rencontré. Ma mère n'en parle jamais. Mais je l'ai googlé, juste au cas où.

— Jaloux ?

— Un psychopathe est si vite arrivé.

— Et alors ?

Il pose les Stephen King sur le plancher, regarde l'heure, et passe directement à la position du cavalier. Avec son pantalon de pyjama rayé, ses yeux mi-clos et sa respiration lente, il ressemble à un moine zen de banlieue.

— Et alors rien de spécial. Il s'appelle Anker Høj. Il vient de Copenhague. Ingénieur civil, spécialisé dans le béton précontraint. Publié plusieurs articles sur les additifs hivernaux. Il n'est pas recherché par la police danoise pour un quadruple meurtre crapuleux, en tout cas.

Il termine ses exercices et s'habille. Au moment d'enfiler ses espadrilles, il hésite un instant, et Lisa se demande s'il a définitivement perdu l'habitude de porter des souliers, ou si ses espadrilles sont simplement devenues trop petites. Ils sortent enfin dehors en emportant une grosse boîte de carton et un sac à dos.

En mettant le pied dans la rue, Éric lève le regard vers le ciel étoilé. L'horizon commence à s'éclaircir du côté est, mais on distingue encore très bien la Voie lactée qui s'incline sur la frontière des États-Unis.

— Me souvenais pas que la galaxie était aussi grande.

— Tu devrais sortir plus souvent.

De l'autre côté de la clôture, les champs de fraises sont vides. Voilà plusieurs semaines que les Mexicains sont partis. Les deux conspirateurs enjambent les rangs de fraisiers. Ils ont caché le diable dans le fossé, à l'orée du champ, et Lisa transporte la boîte de carton et le sac à dos, tandis qu'Éric se coltine la bonbonne (il a insisté).

Arrivés à l'autre bout du champ, ils escaladent à tour de rôle une clôture branlante, se passant le chargement par-dessus la broche. Ils manipulent la boîte comme un nouveau-né, et la bonbonne comme une vieille torpille irritable. Le pâturage est brouté au ras du sol et, dans le lointain, du côté de la ferme, on entend le meuglement des vaches qui font la queue devant les postes de traite automatisés. Lisa se retourne pour mesurer la distance parcourue.

— Tu ne crois pas qu'on est assez loin?

Éric secoue la tête et pointe du doigt le champ de maïs voisin. Lisa hausse les épaules. Le ciel commence à s'éclaircir et on perçoit mieux les environs. L'espace s'agrandit autour d'eux au fur et à mesure que la nuit recule – et soudain, Éric s'immobilise net. Il pose la bonbonne au sol, s'agenouille.

Ohmerdeohmerdeohmerde, songe Lisa. Elle n'a jamais assisté à une des crises d'agoraphobie d'Éric, et n'a aucune idée de la façon de gérer ça. Il va falloir improviser.

— OK. Ne panique pas. Il faut que tu respires, d'accord? Est-ce que tu m'entends?

Aucune réaction. Il a viré au blanc, le regard vissé au sol. La sueur perle sur son front. Lisa ne sait pas quoi faire. Doit-elle aller chercher de l'aide? Au bout du champ de fraises, les toits des maisons mobiles semblent situés sur un autre continent. Madame Le Blanc serait la seule personne capable de les aider, et elle se trouve à Valleyfield avec son ingénieur danois spécialisé dans les bétons hivernaux.

Lisa s'accroupit à côté d'Éric et, aussi doucement que possible, pose ses lèvres contre son oreille.

— Écoute-moi. Il y a personne ici. Juste toi et moi. Et ça va aller. Il faut que tu te calmes.

Elle continue de murmurer de la sorte, jusqu'à ce que, après plusieurs interminables minutes, Éric hoche faiblement la tête. Il refait enfin surface, prend plusieurs grandes respirations. Lisa le serre dans ses bras en silence. La crise est finie. Éric se relève comme un boxeur qui vient de passer une minute au tapis : livide, amoché, mais fonctionnel. Il se frotte le visage, reprend la bonbonne sur son épaule et, sans un mot, repart vers la ligne du maïs. Lisa le regarde s'éloigner en fronçant les sourcils.

Ils atteignent enfin une clôture électrique qui sépare le maïs du bétail. Entre les deux filaments orange vibre une énorme toile d'araignée ponctuée de gouttes de rosée. Après avoir glissé le matériel entre les deux fils sans prendre de décharge électrique, Éric et Lisa s'enfoncent perpendiculairement dans le maïs. Ils traversent un rang après l'autre, comme autant de cloisons qui sépareraient d'étroits corridors. Le feuillage odorant frôle leurs visages.

Après avoir parcouru une distance qu'Éric estime suffisante, ils entreprennent d'aplatir les plants de maïs jusqu'à obtenir une trouée bien ronde, bordée de cotons au garde-à-vous. On jurerait qu'une soucoupe volante s'est posée ici au cours de la nuit.

Éric est plutôt satisfait du résultat, mais Lisa trépigne. Sourcils froncés, elle tend l'oreille. On n'entend que des goglus et des carouges. Éric s'apprête à lui demander ce qui ne va pas, lorsque soudain il comprend. La récolte du cannabis va commencer dans deux ou trois semaines. Ce champ de maïs isolé est un endroit tout désigné pour poser le pied dans un piège à ours ou recevoir une décharge de calibre 22. Il considère les environs d'un autre œil, comme si un tigre du Bengale rôdait entre les tiges.

Lisa esquisse un geste : assez perdu de temps.

Ils étalent une bâche sur le sol et organisent le contenu de la boîte de carton. Lisa sort d'abord une glacière jetable blanche, format don d'organes, hérissée de mousquetons. Sur le côté de la glacière, on a pratiqué un hublot pour l'œil noir du Canon PowerShot de madame Le Blanc, réquisitionné au nom de la science. Éric a réussi à le reprogrammer afin qu'il prenne une photo toutes les quinze secondes jusqu'à épuisement des piles ou saturation de la carte mémoire, selon le plus court de ces deux termes. Lisa a coincé des sachets chauffants autour de la caméra, afin d'empêcher les piles de geler.

En plus de la caméra, la boîte contient le Garmik 55, une balise GPS conçue pour retracer un véhicule automobile. Il suffit de démarrer le gadget sous la carrosserie et les coordonnées géographiques de la balise affluent sur un téléphone mobile – en l'occurrence, le téléphone mobile de madame Le Blanc – sous une forme fort instructive, mais (il faut l'avouer) un peu spartiate :

GARMIK (3:03PM) > 06-08-25-190231-UTC-0, 44.9962973, -74.0864321

GARMIK (3:18PM) > 06-08-25-191808-UTC-0, 44.9975719, −74.0866145

GARMIK (3:33PM) > 06-08-25-193354-UTC-0, 45.0008417, −74.0867325

Lorsqu'elle a reçu ces quelques messages d'essai sur son appareil, hier après-midi, Isabelle Le Blanc a lancé un regard dubitatif à son fils.

— C'est qui, Garmik?

— Personne.

— Et ça veut dire quoi, tout ça?

— Ça veut dire que Garmik fonctionne.

Elle a haussé les épaules. Qu'est-ce que ces deux gamins pouvaient bien manigancer?

Après avoir allumé caméra et balise GPS, Lisa scelle la glacière avec trois longueurs de *duct tape*. Elle attache le parachute aux mousquetons fixés sur les côtés de la boîte et entreprend de lover les haubans avec soin. Si le parachute ne se déploie pas correctement, la glacière fera une chute de trente mille mètres, le PowerShot de madame Le Blanc sera pulvérisé en milliers de minuscules fragments de plastique et de circuits imprimés, et les deux jeunes scientifiques devront se taper une causerie parentale sur le thème « Nos enfants disposent-ils de trop de temps libre ? ».

Ils branchent enfin le ballon météorologique sur la bonbonne et Lisa ouvre la valve. Au bout de plusieurs minutes, le ballon atteint la taille d'une petite voiture, une Fiat 500 blanche et diaphane qui flotte dans l'air froid, visible de loin au-dessus de la mer de maïs.

Lisa noue l'embouchure, retire le tuyau et laisse la corde filer entre ses doigts. Le ballon s'élève avec la glacière et s'immobilise à quatre mètres de hauteur, toujours attaché à la bonbonne d'hélium. Du côté est, le ciel vire au bleu. Plafond illimité, turbulences nulles. Lisa consulte Éric du regard. Sans un mot, il lui tend son couteau suisse. Lisa déplie la scie, la lime, les ciseaux et l'alène, avant de trouver enfin une lame. Elle l'appuie contre la corde et, en retenant sa respiration, donne un coup sec.

Le · ballon décolle à une vitesse surprenante. Il monte pratiquement à la verticale dans l'air calme, puis se met à dériver légèrement en direction est. Il atteint l'altitude où le soleil est déjà levé, et la membrane s'enflamme comme une lanterne chinoise. Bouche bée, Lisa et Éric regardent la sphère lumineuse rapetisser contre le bleu sombre du ciel, monter de plus en plus rapidement, comme si un vent de haute altitude venait de la happer, et disparaître au bout de cinq minutes à peine, derrière les têtes des maïs.

La suite se jouera loin de leurs regards : le ballon montera à travers la troposphère, plus haut que le mont Everest, dépassera l'altitude de croisière des avions commerciaux et – avec un peu de chance – arrivera dans la stratosphère, frôlera la couche d'ozone. Dans l'atmosphère raréfiée, il grossira jusqu'à atteindre la taille d'une maison mobile, et éclatera. Le parachute Weisberg se déploiera – Lisa croise les doigts – et la glacière redescendra vers le sol, cependant qu'un flux de coordonnées seront envoyées sur le téléphone de madame Le Blanc. Il n'y aura plus qu'à aller cueillir la glacière en fin de journée.

Selon la simulation faite par Éric, le vol devrait durer deux ou trois heures.

Pour le moment, il n'y a plus rien à voir – et maintenant que le ballon a décollé, l'endroit est vide, un peu sinistre. Ils remballent le matériel et rebroussent chemin : cloisons de verdure, clôture électrique, pâturage semé de bouses. Lisa pense au ballon, quelque part là-haut, qui monte en faisant défiler un mince cordon de chiffres et de photos. Elle jette un coup d'œil en direction est, ne voit qu'un ciel vide.

À côté d'elle, Éric avance à grandes enjambées, visiblement pressé de réintégrer son sanctuaire.

— Tu fais quoi aujourd'hui ?

Lisa cesse de regarder le ciel.

— Maison Baskine, comme d'habitude. On peinture les plafonds. J'ai déjà demandé à mon père si on pouvait aller chercher *quelque chose* en fin de journée.

— Il a accepté ?

— Oui. Mais je n'ai pas dit qu'il faudrait peut-être rouler trois cents kilomètres. Hé ! Tu as vu ?

Elle pointe du doigt une grappe de ballons multicolores qui traverse mollement leur champ visuel, en frôlant les toits du Domaine Bordeur.

Éric s'arrête, tétanisé, et pose la bonbonne au sol – avant de réaliser qu'il s'agit tout bonnement d'un bouquet de ballons échappés d'une fête d'enfants et qui, après une nuit à dériver, commencent lentement à dégazer.

— Drôle de coïncidence, non ?

Éric hoche la tête.

— Pendant une seconde, j'ai eu l'impression qu'une autre toi et un autre moi venaient aussi de lancer un ballon de haute altitude.

Lisa sourit en imaginant un autre Éric et une autre Lisa, dans un autre champ de maïs des environs. Voilà bien une idée improbable. Éric regarde la grappe multicolore s'éloigner, comme s'il s'attendait bientôt à voir le ciel constellé de ballons, d'un horizon à l'autre. L'espèce humaine se lançant à l'assaut de la stratosphère. Les ballons sont sur le point de disparaître, au ras de la forêt. Dans une heure on les retrouvera accrochés aux branches d'un arbre.

Éric balance la bonbonne sur son épaule, et ils se remettent en marche.

- 12 -

Il s'appelle Zhōu Pavel.

Il a attrapé ce prénom russe à l'époque où il travaillait à Nakhodka, l'a traîné jusqu'à Singapour, puis jusqu'à Montréal, et voilà si longtemps qu'il n'utilise plus son vrai prénom qu'il est en passe de l'oublier. Il aura quatre-vingts ans la semaine prochaine. Il a le droit d'oublier de petits détails. Qu'est-ce qu'un prénom, après tout? Pavel sait qu'il ne retournera jamais à Shenzhen. Il mourra dans cette ville nord-américaine, avec ce nom russe, et ça ne lui fait ni chaud ni froid. Pour l'heure il a de la paperasse à classer, un gratte-ciel de paperasse au sommet duquel trônent un Rubbermaid de nouilles froides et un thermos de thé.

Il lève le regard. La bruine tombe sur le station-nement, sur les remorques et les conteneurs brun rouille: la couleur camouflage d'une économie furtive – et, de fait, même Pavel ne les voit plus. Son regard les traverse.

Il prend une gorgée de thé. Additionne quelques chiffres.

Un Dodge Charger blanc apparaît entre deux remorques et se stationne devant le bureau. Pavel fronce les sourcils. Il connaît ce genre de voiture. Il s'agit moins d'un véhicule que d'une forme de langage non verbal. Autrefois, les policiers roulaient en Crown Victoria. Maintenant, ils sont équipés de Dodge Charger, ou de VUS aux vitres teintées. Toujours des modèles américains, jamais d'asiatiques ou d'européennes. Il y a quelque chose de subtilement politique dans la manière dont les corps policiers assemblent leurs flottes de véhicules.

Une femme descend de la voiture. Tailleur, veston de cuir, souliers à talons hauts. Son visage est dur et fatigué, comme si elle arrivait au vendredi d'une semaine de cent jours.

Pavel vide son verre de thé.

Elle passe la porte, balaye les lieux du regard et s'avance vers Pavel. Juchée sur ses talons hauts, cette femme le domine d'un bon mètre cinquante. Elle sort un écusson de la GRC et l'exhibe assez longtemps pour qu'il puisse regarder attentivement la tête de bison et la couronne, s'imprégner de la devise *Maintiens le droit* gravée sur le pourtour.

Pavel hoche la tête. Il ne dit pas un mot, n'a pas l'intention de le faire si rien ne l'y oblige. Son français n'a jamais été excellent. La femme ouvre son porte-documents – il entrevoit des listes d'adresses rayées au stylo rouge –, sort une feuille et la dépose sur la table.

Il fait mine d'ajuster ses lunettes, essentiellement pour gagner du temps. Sur le papier, on a inscrit *Rokov Export* et *PZIU 127 002 7*. La femme explique quelque chose, mais Pavel n'écoute pas vraiment. Il sait très bien ce qu'elle veut. Il le sait depuis qu'elle a mis le pied dans le bureau, depuis qu'il a vu apparaître le Dodge Charger blanc dans le stationnement. C'est à propos de ce damné conteneur. Il savait bien qu'on viendrait lui poser la question tôt ou tard.

Il pose un doigt sur la feuille, l'air de réfléchir, et le retire.

Feignant d'avoir tout son temps, il verse deux verres de thé et en pousse un en direction de la fcmme. Elle regarde le verre, mais n'y touche pas. Pavel se retourne vers le vénérable Pentium, le réveille en secouant la souris, et tape une requête sur le clavier. Le disque dur crisse et chuinte. Quelques secondes plus tard, à l'autre bout de la pièce, l'imprimante crache une facture au nom de Rokov Export. L'histoire de PZIU 127 002 7 est résumée sur cette feuille, dans le dialecte laconique des administrateurs : adresses, dates des déplacements, conditions et modalités. Tout en bas, dans la section Mode de paiement, on a coché la case *Argent comptant*.

La femme semble presque sur le point de sourire. Elle demande si Rokov Export fait souvent affaire avec eux. Pavel secoue la tête et lève un doigt. *Une seule fois.*

Puis, après un bref silence, il porte le verre de thé à ses lèvres. La femme l'imite – et cette insignifiante gorgée la trahit. Jamais une vraie inspectrice de police n'aurait bu ce thé. Pavel suit son geste du regard, leurs yeux se croisent, et il sait aussitôt qu'elle sait qu'il a deviné. Mais ça n'a plus d'importance. Elle se décide enfin à sourire.

Elle vide son verre, glisse la facture dans son porte-documents, et sort sans ajouter un mot.

- 13 -

Septembre passe, un septembre pluvieux et moche, et jamais le téléphone de madame Le Blanc ne reçoit le signal de la balise GPS.

Lisa se perd en théories. Peut-être le ballon est-il monté si vite qu'il est arrivé hors d'atteinte des relais cellulaires ? L'appareil a pu ensuite tomber dans le fleuve, ou dans un parc de transformateurs électriques, ou dans d'autres endroits similairement fatals. Éric a fait des calculs de trajectoire en tenant compte de la vitesse, de la direction du vent et de la capacité de dilatation du ballon, mais Lisa sait bien que l'exercice ne donnera rien. Il reste trop d'inconnues dans l'équation. La capsule a pu retomber n'importe où, entre trente et trois cents kilomètres du point de lancement, dans une pointe de tarte de quinze degrés qui représente l'équivalent de plusieurs dizaines de milliers de champs de maïs.

En attendant un signe du ciel, Éric compile ses notes afin de constituer une sorte de manuel du

106

stratonaute novice, un mode d'emploi détaillé qui facilitera la vie d'un autre Éric, d'une autre Lisa, qui voudraient eux aussi, dans un avenir et un lieu indéterminés, lancer leur propre ballon dans la haute atmosphère. Plutôt que de glaner leurs informations à tâtons, ils n'auront qu'à consulter le manuel. Éric éprouve un certain plaisir à imaginer ce futur alter ego, planqué dans le maïs à l'aube, le mode d'emploi à la main. On peut être claustré et altruiste à la fois.

Tandis qu'Éric rédige ses notes, madame Le Blanc cherche son appareil photo dans tous les coins. Son fils a réussi à éviter le sujet jusqu'à présent, mais combien de temps pourra-t-il lui cacher la vérité?

Cette mauvaise conjoncture est brièvement – et partiellement – adoucie par la résurrection de la Datsun de monsieur Miron.

Cette voiture n'a pas tâté l'asphalte depuis quinze ans. Gus Miron l'a récupérée derrière une grange, où elle hibernait sur des dormants de chemin de fer, et il tente de la ressusciter depuis des années.

Pour Lisa, cette indémarrable Datsun, plantée sur ses blocs de béton, mériterait une place de choix dans le panthéon des véhicules, parmi les chars de feu, les citrouilles ensorcelées, les Saturn V, les sas quantiques, les balais de sorcière, les radeaux en balsa et les BMX volants. Pour tout dire, Lisa commence à se demander si cette voiture ne joue pas un rôle strictement symbolique. Plusieurs fois elle a surpris monsieur Miron assis au volant, tard le soir, accoudé à la fenêtre ouverte, cigarette au bec, en train de rêvasser. Peut-être ne voulait-il pas vraiment la ressusciter?

Quoi qu'il en soit, le moteur n'a pas cessé de démarrer de plus en plus souvent, et de plus en plus longtemps, jusqu'à donner une impression de fiabilité, si bien que le deuxième dimanche de septembre, peu après souper, monsieur Miron vient cogner à la porte des Routier afin de demander si Lisa aurait envie, ouvrez les guillemets, *d'aller faire une ride.*

La voiture est radieuse dans la lumière du couchant. Cédant à une inhabituelle vanité, monsieur Miron a consacré deux heures à cirer la carrosserie et frotter les chromes. Quelques curieux ayant eu vent du décollage se sont approchés afin de ne pas rater l'improbable événement. Il flotte une atmosphère de cirque Barnum sur ce coin de rue.

Le pilote et sa copilote prennent place dans le cockpit, échangent une poignée de main cérémonieuse. La Datsun démarre du premier coup. Monsieur Miron baisse sa vitre et tend l'oreille. Pour quiconque aurait suivi les essais et erreurs des derniers mois, le moteur produit un harmonieux concerto. On le croirait accordé au diapason, 440 Hz pile poil. Pas de claquement suspect, pas de sifflement. Embrayage: la transmission se plaint un peu, mais on entend sous les pneus le gravier crisser comme de gros cristaux de sucre. Agitation dans les rangs des curieux, timides applaudissements. Ne manquent que les confettis et les serpentins.

Gus Miron démarre, vire à droite et entreprend de remonter la rue du Bonheur. Il faut affronter une légère pente, mais la Datsun passe en deuxième sans problème. On sent un bref à-coup lors de l'embrayage, mais le moteur tient bon. Ils donnent le spectacle de l'année, le soleil braqué directement dans l'habitacle. Deux gamins les escortent en BMX. Lisa songe à la tête que fera Éric en la voyant arrêter devant chez lui, le bras posé avec nonchalance sur la portière. Il faudra klaxonner un coup ou deux afin que ce moine s'intéresse un peu à ce qui se déroule dans la rue.

Au moment de passer en troisième, le moteur toussote et s'étouffe. Gus Miron se met aussitôt au neutre et tente de redémarrer. Rien à faire. La voiture s'immobilise en plein milieu de la rue. Ils débarquent afin d'évaluer la distance parcourue : cent cinquante mètres à tout casser. Monsieur Miron donne une tape affectueuse sur la carrosserie.

— On a quand même fait mieux que les frères Wright !

Le retour est une leçon d'humilité. Sous les regards amusés, le duo pousse la Datsun jusqu'à sa place habituelle. Les gens se dispersent en jasant. Dans les buissons, on entend grincer le premier grillon de la nuit.

Monsieur Miron est allé chercher sa baladeuse, et tandis qu'il jette un coup d'œil dans le moteur pour la dix millième fois, Lisa ressent une bouffée d'admiration. *That's the spirit,* songe-t-elle. Ne jamais baisser les bras devant l'adversité, toujours retourner se battre.

Elle se sent soudain idiote d'avoir attendu le signal de la balise GPS durant toutes ces semaines, comme si l'objectif de l'opération était vraiment de prendre des photos de la haute atmosphère. Les photos n'étaient qu'un simple bonus. Le véritable but du ballon, c'était sa construction, les soirées passées à coder, coudre et déboguer, à chercher des réponses aux questions, et des réponses aux questions soulevées par les réponses aux questions. Lisa doit cesser de penser au ballon : il y a encore toute une liste de projets qu'elle doit proposer à Éric.

Laissant monsieur Miron à son moteur, Lisa pivote sur la pointe de son pied et s'apprête à sprinter vers le cul-de-sac de la Gaieté, lorsqu'elle aperçoit madame Le Blanc qui approche – madame Le Blanc piétonne, voilà de quoi étonner – avec un air décidé et sa tête des mauvais jours.

- 14 -

L'ancien garage des Autocars Mondiaux, situé au 230, rue Gibson, est de toute évidence fermé depuis quelques années. Des touffes de fleurs sauvages colonisent lentement les fissures du stationnement. Seule une grande affiche de MVGR Global Rental collée dans la vitrine atteste que l'endroit n'est pas totalement abandonné aux éléments. Ce garage n'a pas l'air du quartier général d'un dangereux groupe de terroristes russes – mais comment en être sûr ?

Zoom arrière, on voit apparaître le parc industriel Saint-Laurent, ses entrepôts morts, ses rues désertes sous le corridor aérien de l'aéroport. En reculant davantage, on découvre le cadre de Google Street View, puis la fenêtre de navigation d'Orweb, et enfin l'écran du Eee posé à même le plancher du salon.

Autour de l'ordinateur sont éparpillés un porte-documents en cuir noir, une facture au nom de Rokov Export et un emballage de papier graisseux parsemé de grains de sel, uniques traces de ce qui fut brièvement un cheeseburger double.

En dézoomant encore un peu, on tombe sur une piste de vêtements qui s'éloigne du Eee : une paire de souliers à talons hauts, un blouson de cuir, un tailleur gris en laine et un chemisier perle, où l'on devine encore une étiquette de prix (spécial 39,95 $). Deux mètres plus loin, on découvre un écusson de la GRC dans son étui en cuir texturé, acheté pour vingt-quatre dollars quatre-vingt-dix-neuf sur eBay, livraison quarante-huit heures. Il s'agit d'une pièce de collection, pas exactement identique à l'écusson qu'utilisent les officiers de Montréal, mais indifférenciable pour un profane.

Travelling arrière en arc, la piste vestimentaire continue – bas de nylon, petites culottes, soutien-gorge – et se termine dans la salle de bain où

Jay marine depuis près d'une heure, les yeux fermés, enfoncée jusqu'au nez dans l'eau brûlante. Un centimètre de plus et il lui faudrait un schnorchel. Dans son sang, le taux d'adrénaline est retombé à la normale pour la première fois depuis trois jours. Elle ressent une plénitude post-orgasmique : jamais elle n'aurait cru qu'une facture de compagnie de transport puisse lui procurer une telle joie.

Le niveau d'eau monte et baisse imperceptiblement au rythme de sa respiration. Tout est calme. Jay perçoit à peine la rumeur d'un téléroman, au rez-de-chaussée.

Dans un recoin de sa conscience, elle se demande s'il est bien prudent d'interférer avec une enquête de la GRC. Il ne lui reste que deux (2) ans, trois (3) mois et huit (8) jours à tirer, ce n'est pas si long que ça. Lorsqu'elle se fera pincer – car elle se fera pincer –, ils vont la retourner *manu militari* à Joliette afin qu'elle purge le reste de sa peine. Qu'en restera-t-il, au fait ? La Commission des libérations conditionnelles doit utiliser un algorithme d'équivalence, comme pour convertir les points bonis sur une carte Air Miles. Si ça se trouve, il lui reste six ans à faire en institution, sans possibilité de réduction de peine ou d'une nouvelle libération conditionnelle – sans compter un nouveau procès avec des chefs d'accusation tout frais. Usage de faux. Fraude à l'identité. Non-respect des conditions. Introduction par effraction. Entrave à la justice. Entrave au travail des policiers.

Jay respire à fond. Elle se sent bien.

Et soudain, elle a faim. Ce cheeseburger double n'était pas assez double.

En sortant de l'eau, elle regrette de ne pas posséder de robe de chambre. À quel âge commence-t-on à porter une robe de chambre ? Elle enfile un pantalon de pyjama et un vieux kangourou gris. Puis, tout en se séchant les cheveux, elle pige une liasse de menus sur le frigo et les étale sur le comptoir, comme une partition musicale. Symphonie numéro trois pour friture et cornichon.

Alors qu'elle compare les mérites respectifs de la poutine au bacon et du combo egg roll, le téléphone sonne. L'afficheur indique un numéro dans le 450. Jay est surprise d'entendre la voix de Laura – à qui elle ne se souvient pas d'avoir donné son numéro. Après trois jours d'absence, sa collègue commençait à s'inquiéter.

— Paraît que tu as un virus ?

— Une espèce de rhume musculaire. Ça va déjà mieux. Je reviens au bureau lundi matin. Je n'ai rien manqué d'important ?

— Je vois que tu n'as pas perdu ton sens de l'humour.

À l'autre bout de l'appartement, on entend le gargouillis du bain qui se vide.

— En fait, maintenant que tu le dis, on a des nouvelles de Papa Zoulou.

— Vous l'avez retrouvé ?

— Oui et non.

Il s'agit de l'une de ces réponses fétiches de Laura – *oui et non, nouuui, c'est compliqué* – qui préludent généralement à de longues explications nuancées.

— Tu te rappelles ce qu'ils ont fait au terminal de Montréal ?

— Les manipulations dans les bases de données ?

— Oui. Le fameux *one-two punch,* comme dit Mahesh. Une manipulation pour rediriger le conteneur, et une autre pour l'effacer des bases de données. Ils ont refait exactement – mais *exactement* – la même chose au port de Caucedo.

L'air vaguement dégoûtée, Jay hésite entre le combo sushi tempura numéro dix-sept et la pizza hawaïenne extra ananas.

— Ça leur a pris une semaine pour confirmer ça ?

— C'est un cas de vieux *backup* sur ruban. Et peut-être aussi de mauvaise volonté. Bref, Papa Zoulou est arrivé avec un code de transbordement pour le Brésil. Il est resté quarante-huit heures dans la gare de triage de Caucedo, puis il a été redirigé vers Long Beach, en Californie.

114

— Tu crois qu'ils essaient de le faire entrer aux États-Unis ?

— M'étonnerait. Ils auraient déjà essayé à Newark-Elizabeth. Enfin, on va le savoir assez vite, il aurait été débarqué depuis une dizaine de jours...

— S'il a été débarqué à Long Beach.

— ... s'il a été débarqué à Long Beach, bien sûr. Tout le monde est sur le dossier. Le FBI, le Homeland Security, les services frontaliers. Montréal est un peu en périphérie, mais il y a de plus en plus de pression pour trouver Rokov.

Jay repousse les menus : la géopolitique est incompatible avec ce qui se trame en ce moment dans son estomac.

— Il y a un problème.

Un bref silence s'ensuit. Laura s'apprêtait à clore l'appel, et ne s'attendait pas à ce nouveau développement.

— Quel problème ?

— D'après Mahesh, l'industrie du transport maritime est impossible à hacker. Pas parce qu'elle est très sécurisée, mais parce que les systèmes sont trop diversifiés. Il y a plusieurs couches logicielles, plusieurs normes, et beaucoup de redondances. Les informations sont distribuées dans plusieurs bases de données qui relèvent de plusieurs entités administratives –

les douanes, le port, les débardeurs, la sécurité frontalière, les transporteurs, les exportateurs. Tout le monde fonctionne avec des logiciels et des protocoles différents. Il y a plusieurs normes, plus ou moins compatibles. Sans compter les copies de secours et les photocopies.

— Oui, Mahesh m'a déjà parlé de ça. Il dit que les ports pratiquent la sécurité par l'opacité.

— Voilà. Alors lorsqu'il a vu les modifications dans les bases de données au terminal Cast, il a tout de suite supposé que c'était de l'infiltration : un ou plusieurs complices, avec les mots de passe et la certification de sécurité, capables de modifier les bases de données sur place. Mais...

— ... mais c'est un peu tiré par les cheveux d'imaginer que Rokov ait pu infiltrer plusieurs zones de sécurité à la fois au port de Montréal *et* à Caucedo.

— Exactement.

— Tiré par les cheveux, mais pas impossible.

Laura a cette inflexion dans la voix qui trahit l'incertitude. Elle va faire des recherches.

Lorsque Jay raccroche, un fin sourire traverse son visage, comme si elle jouait à un jeu très complexe dont elle commence à peine à découvrir les règles.

En posant son pied dûment déchaussé dans le sanctuaire, Lisa perçoit un net changement dans l'atmosphère – et pourtant, à première vue, rien ne semble différent, sinon peut-être un rien de désordre. Les perruches complotent, perchées sur la bibliothèque.

Éric est assis en tailleur sur son lit, et il a jeté la douillette sur sa tête en guise de tente-bunker. Le cordon d'alimentation de son ordinateur serpente sous la douillette, comme un cordon ombilical gorgé d'électricité, et on entend le bruit étouffé des doigts sur le clavier. Sans demander l'autorisation, Lisa se glisse à l'intérieur.

La lueur de l'écran et le ronron du ventilateur créent une ambiance réconfortante. On se croirait à l'intérieur d'un igloo *high tech*. Lisa se tasse tout contre Éric, qui cesse de taper. Sur l'écran s'empilent des lignes de code bien compactes, flanquées de longs commentaires incompréhensibles.

— Je viens de parler avec ta mère.

— Qu'est-ce qu'elle t'a dit ?

— Pas grand-chose. Les infos de base. Les fiançailles avec Anker. Le contrat de deux ans. Copenhague.

— Copenhague.

— Vous partiriez quand ?

Il hausse les épaules.

— Cet hiver.

— Ta mère parle danois ?

— Elle se débrouille. Ça fait des mois qu'elle apprend. J'ai rien vu aller.

— Tu veux dire qu'elle se préparait sans t'en parler ?

— Elle jure que non. Que c'était juste pour faire une surprise à Anker.

— Tu la crois ?

— Je sais pas. Oui, j'imagine.

Hors de la tente, on entend les perruches roucouler, effectuer un tour de chambre et retourner sur leur perchoir habituel. Du bout de l'index, Éric joue avec le pointeur. Lui fait décrire d'élégants 8 de long en large de l'écran. Puis s'en lasse brusquement.

— Elle t'a parlé de moi ?

— Non.

Il n'y a rien à ajouter sur le sujet, et ils restent là, assis côte à côte, sans dire un mot. L'écran de l'ordinateur tombe en veille, et les voilà soudain plongés dans le noir. On n'entend plus que le ronronnement du ventilateur et les perruches qui se chamaillent. Lisa se demande combien de temps durera leur réserve d'oxygène.

— Tu crois qu'on peut s'intoxiquer au gaz carbonique en dessous d'une douillette?

— Je peux googler ça, si tu veux.

Il fait apparaître Google sur l'écran et tape *sous-marin + monoplace + autonomie + "dioxyde de carbone"*. Du coin de l'œil, Lisa le voit sourire. C'est déjà ça de gagné.

- 16 -

Le parc industriel Saint-Laurent est calme comme une estampe japonaise. Ne manquent que les bambous, la silhouette du mont Fuji sur l'horizon. Nul signe de vie sur toute la longueur de la courte rue Gibson, à part une fourgonnette blanche qui approche du numéro 230, passe tout doucement et disparaît au coin de la rue Griffin.

Le silence, à nouveau. Il est 7 h du matin, dernier samedi de novembre. Rien ne bouge, pas même un moineau. Cet endroit est la tache aveugle de Montréal.

Au bout d'une minute, la fourgonnette revient en sens inverse et s'arrête dans le stationnement des anciens bureaux d'Aeroflot, à cent mètres en diagonale du numéro 230. Le moteur cesse de tourner, un calme préhistorique retombe sur la rue.

La distance est idéale : de cet endroit, Jay dispose d'une vue d'ensemble sur le garage des Autocars Mondiaux, tout en se gardant une saine marge de manœuvre. Elle recule son siège et met la radio en sourdine.

Tout en écoutant distraitement les actualités, elle prend ses jumelles et détaille le délabrement des lieux. Un mélange d'entrepôts, d'ateliers et de garages occupe le paysage. Du côté nord s'étire un centre de distribution dépourvu de fenêtres, mais percé d'une série de quais où sont arrimées des remorques. Du côté sud s'élève le bar-salon Total Sexe, téléporté dans ce trou par une race d'extraterrestres incompétents. Juste en face s'étend un terrain vague flanqué d'une borne-fontaine isolée, qui semble rêver à de distants incendies.

Le garage des Autocars Mondiaux paraît particulièrement décrépit, dans la lumière rasante de l'aube. Jay examine l'édifice avec soin, ne repère aucune caméra, aucune trace d'activité humaine. Elle ne veut pas prendre de risques : les reflets dans les vitres empêchent de voir à l'intérieur du garage.

Elle baisse ses jumelles, songeuse. Elle a tant étudié cet endroit sur Google Street View qu'elle éprouve une étrange familiarité. L'impression d'avoir une mémoire synthétique.

Jay incline légèrement son siège. Cette fourgonnette de location est propre comme un bloc opératoire. Ça sent les solvants et le tapis frais. Pas une égratignure, ni à l'intérieur ni à l'extérieur.

À la radio, on repasse le reportage annuel sur le Black Friday. Les clients écrasés contre les vitres en attendant l'heure d'ouverture des magasins. Les gamins piétinés, les chevilles foulées, les côtes fêlées. Afin d'atteindre une pyramide de Xbox en solde, une femme de Los Angeles s'est frayé un chemin au poivre de Cayenne. L'an prochain, la mode sera au Taser. On verra ensuite apparaître le cocktail Molotov, la mitrailleuse, le bazooka. Rien n'arrête la marche du progrès.

Les actualités se terminent sur la météo. On annonce du soleil. Il fait zéro à l'aéroport Trudeau. La fourgonnette va refroidir comme une vieille boîte de conserve trouée – d'ailleurs, le pare-brise se couvre déjà de buée. Grandeurs et misères des planques. Jay entrouvre sa fenêtre, remonte la fermeture éclair de son duvet et sort le thermos de café. Tasse fumante en main, elle commence à apprécier la situation. Elle se cale confortablement dans son siège. Elle n'a pas d'amoureux, pas d'enfants, pas d'avenir. Elle a tout le temps nécessaire pour guetter des garages hantés.

∼

Les heures passent, creuses et statiques. Nulle trace de vie chez Autocars Mondiaux. Le voisinage au complet semble déserté, à peine sillonné par les voitures de patrouille. Garda, SPVM, SQ, CRQ – même la GRC surveille le secteur, sans doute à cause de la proximité de l'aéroport. Personne ne prête attention à la fourgonnette.

Assis sur le siège du mort, Horacio tripote un Cohiba éteint.

— *¿Esos coches, tendrán cámaras?*

Jay fronce les sourcils. La question est judicieuse : les voitures de patrouille sont maintenant équipées de caméras. Elle se félicite d'avoir stationné la fourgonnette de manière que la plaque d'immatriculation soit invisible depuis la rue.

À part ces patrouilleurs désœuvrés et un occasionnel fourgon UPS, le secteur est résolument mort. Calme plat et persistant. Sans doute l'effet fin de semaine. On n'entend que le bruit des avions qui décollent de l'aéroport, tout près d'ici, avec une cadence régulière. En entendant passer un Airbus, Jay réalise qu'elle a loué le Dodge Charger dans le coin, il y a quelques jours. Elle se redresse sur son siège et repère, vers l'ouest, les lampadaires vert pomme du Park'N Fly. Le bureau de location se trouve quelque part de ce côté, à cinq ou dix minutes de marche. Horacio mordille son cigare, l'air moqueur.

— *No hay coincidencias, Pequeña.*

Jay hausse les épaules.

La journée passe, le soleil décrit sa parabole habituelle et redescend derrière la tour de contrôle de l'aéroport. Le quartier est toujours aussi tranquille, comme s'il tentait de broyer Jay à force d'ennui. Manque de pot : sept ans à la GRC l'ont blindée contre la monotonie. Elle mord dans un sandwich au poulet portugais sans quitter le garage des yeux.

Au coucher du soleil, le quartier se renverse comme une gravure d'Escher.

À l'ouest, les lampadaires du Park'N Fly s'allument. Les premiers camions arrivent peu à peu. Les néons roses du Total Sexe clignotent et le stationnement se remplit vite. Jay braque ses jumelles et inspecte les voitures. Audi, Mercedes et Jaguar. Le Total Sexe sert apparemment de club informel pour les pilotes de ligne. Spécial du mercredi pour les copilotes, points Air Miles sur les cocktails.

Toujours aucun signe de vie du côté des Autocars Mondiaux. Le garage est plongé dans le noir, et un lampadaire municipal baigne le stationnement dans une lueur orangée qui rend l'endroit spécialement glauque. Les camions et les semi-remorques se multiplient, arrivent et repartent, téléguidés par de mystérieux répartiteurs.

Les provisions de sandwichs s'épuisent vers minuit. À la radio, une entrevue s'éternise avec un analyste de hockey. Jay sort se dégourdir les jambes sous un ciel mandarine. Elle regarde l'entrepôt voisin, ses quais de chargement alignés comme des portails intergalactiques. Elle fait le point : dix-sept heures de surveillance et zéro activité humaine au numéro 230. Elle peut passer à la phase opérationnelle – mais pas sans une nuit de sommeil.

Elle rentre dans la fourgonnette, verrouille les portes et déroule une momie – 40 °C. Le plancher de l'habitacle est en acier gaufré, mais elle a déjà dormi sur des surfaces plus ingrates. Elle se glisse dans le sac de couchage, se roule en boule. Quelques minutes plus tard, elle dort dur dans le duvet.

Le froid et l'inconfort la réveillent peu avant 7 h. Elle se redresse et se frotte les yeux. À quoi rêvait-elle, quelques secondes plus tôt? L'action se passait dans un champ de maïs. Elle ne se souvient plus. Elle veut une douche brûlante, un café. Le thermos est vide depuis la veille. Elle s'habille en claquant des dents. La température est tombée sous le point de congélation durant la nuit.

Dehors, le quartier est redevenu désert. D'autres remorques, d'autres conteneurs occupent les quais de chargement. Différents, mais indifférenciables. Dans le stationnement du Total Sexe, il ne reste plus un seul véhicule.

On entend le rugissement des premiers Airbus de la journée, en provenance d'Europe. À bord, les passagers bâillent, brossent les miettes de leurs genoux, roulent leurs écouteurs. Ils vont bientôt passer l'immigration et la douane. Prendre la navette, retourner chercher leur bagnole au Park'N Fly. Réintégrer la vie normale.

Jay s'étire, fait craquer ses jointures. Elle tremble de froid, de faim, de sevrage de caféine. Elle démarre et part en quête d'un endroit où l'on sert du café un dimanche matin à l'aube. Elle échoue au service au volant d'un Tim Hortons. S'en fout, c'est la civilisation. Commande un grand deux crèmes et un bagel. Le café sent le cramé, le bagel est un crime

contre l'humanité. S'en fout. Elle mange en condui-
sant, et revient rue Gibson. Toujours personne.

Elle recule la fourgonnette devant le garage
d'Autocars Mondiaux, coupe le moteur et se glisse
à l'arrière. Elle tasse la momie dans un coin, s'accroupit
devant un sac à dos dont elle tire une combinaison
de mécanicien, une casquette et une pochette en
plastique noir.

Elle ouvre la pochette. À l'intérieur sont cordés un
palpeur, un demi-diamant, quelques tendeurs – la
douzaine d'instruments classiques. Elle les a achetés
sur Kijiji à la dernière minute, et il suffit d'un coup
d'œil pour comprendre que ça ne vaut pas les outils
d'Horacio. Le vieux brigand bricolait tous ses crochets lui-même, comme un luthier, avec des pièces
d'essuie-glace et des baleines de parapluie. Jay devra
se débrouiller avec cette trousse de débutant.

Elle enfile une paire de gants de nitrile et, après
un bref coup de radar aux environs, sort de la
fourgonnette en arborant un air occupé et professionnel. Deux options s'offrent à elle : crocheter la
porte vitrée de la réception ou bien l'immense porte
du garage. Il y a peut-être un accès à l'arrière du
bâtiment, mais Jay veut faire vite.

Elle s'approche de la porte de la réception et jette
un coup d'œil à l'intérieur. Pas de clavier, pas de
voyant lumineux. L'autocollant pelé des Alarmes GPR
doit remonter aux années soixante-dix. Elle tire sur
la poignée. Verrouillée, bien entendu. Elle caresse la
serrure avec le pouce. Un vieux pêne dormant

Weiser. Rien d'exotique, mais Jay a tout de même le trac. Elle ouvre la trousse, choisit un tendeur et un crochet simple. Le tendeur trouve sa place tout seul entre les doigts de sa main droite.

Jay se met à siffloter un vieux merengue d'Antonio Morel sans même s'en apercevoir.

Elle teste le barillet. Antihoraire. Elle introduit le crochet et palpe les goupilles tout en douceur, fait deux ou trois passes. Le tissu de l'univers se contracte autour de la serrure : toute l'attention de Jay converge vers de minuscules sensations, d'infimes cliquetis. Elle travaille les yeux mi-clos, les dents serrées, persuadée qu'Horacio surveille ses moindres gestes par-dessus son épaule. Elle peut sentir son haleine de tabac et de rhum. La serrure est un peu encrassée, les goupilles jouent mal. Tout en gardant la tension, Jay envoie une giclée de lubrifiant dans le trou. Puis, en sifflotant, elle s'arme d'un demi-diamant.

La serrure cède au bout d'une interminable minute. Le bruit du barillet qui tourne, du pêne qui glisse dans sa gâche est comme une musique aux oreilles de Jay. Elle se retourne pour lancer un regard victorieux à Horacio, mais il n'y a personne dans le stationnement.

Jay se faufile à l'intérieur et referme derrière elle.

Il fait sombre. Les vitres opaques ne laissent filtrer qu'une fraction de la mince lumière de novembre. Jay a l'impression d'être sous l'eau d'une piscine abandonnée. Elle tend l'oreille. Aucun son. L'odeur est dense – poussière, huile et peinture.

Elle allume une minuscule lampe de poche et la promène sur la salle d'attente. On se croirait dans un musée d'ethnologie industrielle. Des cartes professionnelles traînent sur le comptoir, recouvertes d'une fine couche de poussière, et dans un coin trône une machine distributrice à moitié pleine d'arachides. Un calendrier Shell 2003 pend sur le mur, les pages arrachées jusqu'en novembre. Rien d'intéressant derrière le comptoir : les tiroirs et les étagères ont été vidés. Dans la toilette, le bloc de désodorisant a ratatiné jusqu'à la taille d'un jujube, mais répand une faible odeur de cerise.

Difficile de croire que cet endroit a été utilisé récemment, mais le plancher ne ment pas : la poussière est sillonnée de traces de pas. Jay éclaire le comptoir en lumière rasante. Les surfaces doivent être couvertes d'empreintes digitales et de matériel génétique. Le corps humain s'effrite et s'éparpille en données – mais Jay n'est pas équipée pour prélever des cils ou des traces de doigts, et elle n'a pas accès aux laboratoires ni aux bases de données de la GRC. Ce qu'elle fait ici s'apparente à un hobby. Certaines personnes mettent des bateaux en bouteille, Jay traque le conteneur sauvage.

Elle traverse dans le garage en retenant son souffle.

Première observation : l'endroit a les dimensions nécessaires pour accommoder un conteneur de quarante pieds sur une remorque. Il doit être difficile de dénicher des locaux industriels du genre, à Montréal. La plupart des conteneurs sont amarrés à des quais extérieurs, ce qui suffit pour accéder au contenu à l'abri des regards indiscrets. Pourquoi avoir entreposé Papa Zoulou dans un garage ? Les membres de Rokov Export souhaitaient visiblement un surplus de discrétion.

Le long du mur court un grand établi en acier sur lequel traînent des tas de vis, des bouts de fils électriques, un tube de graisse vide. Dans le coin du garage, on a entassé des débris de construction. Jay remarque aussitôt les boîtes de carton posées contre le mur, sur lesquelles on peut lire *Pommes du Québec – Quebec Apples*. Elle retourne l'une des boîtes. Variété Empire.

Jay vacille un peu. L'excitation lui monte à la tête. Elle ferme les yeux. Trois profondes inspirations plus tard, elle recouvre son calme. Son cerveau passe en vitesse supérieure.

Elle commence par faire l'inventaire des débris. Elle dénombre une dizaine de boîtes de pommes dépliées, portant des traces d'usure, sans doute récupérées dans les ordures d'un grossiste ou au Marché Jean-Talon. Les retailles de bois sont nombreuses et variées. La ferraille est à l'avenant : tôle, tiges, tuyauterie de cuivre, et plusieurs éléments provenant d'un quelconque appareil électrique. Jay a beau regarder ces ordures, elle n'arrive pas à comprendre ce qu'elles disent. Sur le côté du tas, on a roulé des bâches de plastique maculées de peinture blanche et noire. Ils ont sans doute remaquillé le conteneur, modifié son numéro de série.

Jay considère le reste de l'atelier. Elle remarque aussitôt, accrochée sur le mur, une balance à crochet du genre qu'utilisent les bouchers pour peser les carcasses. Sous l'établi, on a lové un long tuyau d'arrosage. Il y a aussi un jerrican en plastique rouge, dans lequel clapote un fond de liquide. Jay dévisse le bouchon, approche son nez de l'ouverture. De l'essence.

Çà et là on voit des traces de bricolage. Des clous, des vis, de la sciure de bois. Elle saisit un tube de graisse. Vide. En le reposant sur l'établi, Jay note une trace rouge sur le tube. Elle regarde son pouce : le gant de nitrile est sectionné sur trois centimètres, barbouillé de sang. Elle a dû se couper en manipulant la ferraille. La blessure est étrangement indolore.

Jay regarde autour d'elle, essaie de se remémorer où elle a bien pu poser la main au cours des dernières minutes. Elle fouille dans ses poches en espérant y trouver un vieux mouchoir. Rien – et son pouce saigne de plus belle. De grosses gouttes tombent sur le sol, imprimant des idéogrammes écarlates dans la poussière. La plaie commence à chauffer.

— Merde, merde, merde.

Elle file aux toilettes, le bras levé dans les airs. À côté de la cuvette, il ne reste qu'un tube de carton où pendouille un lambeau de papier.

— Meeeerde.

La lampe de poche coincée entre les dents, elle retire son gant aussi doucement que possible, afin d'éviter les éclaboussures, et l'enroule autour de la blessure. Il fallait évidemment que ça tombe sur sa main gauche. Elle essuie les gouttes de sang sur le plancher, examine les surfaces environnantes avec attention. À part le tube de graisse, tout semble net.

Elle s'adosse contre le mur. Son moral s'est affaissé d'un coup, malmené par le froid et la fatigue. Elle regarde les indices éparpillés dans ce vaste atelier, découragée. Pensait-elle vraiment accomplir à elle seule le travail qu'abat d'habitude toute une équipe d'analystes ? À travers les carreaux sales, elle devine un mouvement, entend un bruit de moteur étouffé dans la rue. Elle retombe brutalement sur terre. Il est temps de s'éclipser.

Elle ne remarque la poubelle qu'au moment où elle va sortir de l'atelier.

Il s'agit d'un énorme baril bleu en acier bosselé, tellement banal que le regard glisse dessus. Jay soulève le couvercle, découvre un plein sac d'ordures. Elle écarte le plastique avec sa main valide. Papiers, retailles, emballages. Jay considère sa main ensanglantée. À quoi bon hésiter, sa décision est prise.

Elle noue le sac et entreprend de l'extirper du baril. Le salopard est indélogeable, à la fois trop gonflé et trop lourd. Elle renverse le baril sur le côté d'un solide coup de pied et hale le sac à l'horizontale – mais rien à faire : le baril suit le mouvement.

Elle pose son pied contre le rebord et tire sur le sac de toutes ses forces. Le plastique s'étire, se déchire à quelques endroits, mais le sac cède enfin avec un bruit de succion.

Jay reprend son souffle. Elle est en sueur. Elle rêve d'une robe de chambre et d'un café au lait.

Elle traîne le butin à travers la pièce comme une carcasse, traçant dans la poussière une incriminante trace. Avant de sortir, elle marque une pause, le temps de jeter un coup d'œil au voisinage. Personne en vue. Elle charge le sac dans la fourgonnette, lourd et prometteur. Elle songe avec un demi-sourire que sa prédiction est en train de se réaliser : la voilà devenue *bag lady*.

Une minute plus tard, le garage est désert et la fourgonnette déjà loin.

- 17 -

La première neige oblitère la Montérégie, recouvrant la Datsun de monsieur Miron et les champs hérissés de chicots, effaçant la frontière américaine, coiffant la pancarte *À vendre* que Robert Routier a enfin plantée devant la maison Baskine.

Par la fenêtre du salon, Lisa regarde la neige tomber à plein ciel. On devine à peine la silhouette de l'érable, vingt mètres devant la maison.

Il y a maintenant deux semaines qu'Éric est parti. Anker doit entrer en poste juste après Noël, et Isabelle Le Blanc voulait abréger le mélodrame. Lisa a refusé de les accompagner à l'aéroport, et toute cette affaire s'est terminée avec l'élégance brutale d'un dynamitage.

Peu après, Robert apposait sa touche finale à la maison Baskine : une restauration minutieuse des bibliothèques encastrées qui, avec leur vernis neuf et leurs portes en verre taillé, donnent une allure princière au salon. Robert s'est surpassé.

Dès le lendemain, après avoir fait une inhabituelle grasse matinée, bu un troisième café et planté la pancarte *À vendre par le propriétaire* sur le terrain, il s'est plongé dans les journaux immobiliers en quête de son prochain chantier. Questionné sur le sujet, il jure que ce sera un truc moins ambitieux, sans défi ni surprise financière, sans doute un bon vieux bungalow.

En attendant qu'un acheteur se manifeste, père et fille nettoient la maison en grelottant (la fournaise a été mise en veilleuse afin d'économiser le mazout). Tandis qu'à l'étage Robert darde l'aspirateur dans les moindres recoins, Lisa passe la vadrouille sur les planchers du rez-de-chaussée. Elle termine dans le salon avec une série de méandres paresseux et se redresse afin de contempler le travail accompli. Le bois brille, ça sent le vinaigre et la peinture au latex. Les bibliothèques sont glorieuses, et Lisa se prend à les imaginer pleines de livres. On placerait un énorme fauteuil près de la fenêtre, avec une lampe de lecture. Un feu crépiterait dans le foyer.

Elle va vider sa chaudière dans le grand évier de faïence de la cuisine. Pendant que le jus de plancher tourbillonne vers son obscur destin, Lisa regarde la porte de la dépense. Elle songe au passage secret, caché dans les entrailles de la maison, scellé sous le plâtre et la peinture, à jamais inaccessible. Elle repense à la trace de rouge à lèvres sur le bord du verre et aux piles de magazines *Life*.

Elle se demande s'il neige à Copenhague.

Elle chasse aussitôt la question de son esprit. Elle ignore à quoi ressemblent les hivers danois, et ne veut pas le savoir. Elle fait du déni depuis le mois d'octobre, refuse de consulter ne serait-ce que la page Wikipédia de Copenhague. Rien à foutre de ce bled de Vikings neurasthéniques.

La dernière fois qu'elle a vu Éric, il emballait ses effets personnels. Le gros de leurs affaires avait été mis en boîte, cordé dans un conteneur et expédié par voie maritime. Bonus appréciable : dans le branle-bas du déménagement, madame Le Blanc avait fini par inscrire le PowerShot aux pertes et profits. En dépit du caractère herculéen de ce déménagement, Lisa notait des indices suggérant que la situation n'était peut-être que temporaire : plusieurs meubles, ainsi que toute la vaisselle et les ustensiles de cuisine, avaient été entreposés à Varennes. Isabelle Le Blanc ne brûlait pas tout à fait ses vaisseaux. Lisa et Éric tentaient de se convaincre que l'exil ne durerait qu'un an, maximum deux. Que madame Le Blanc détesterait Copenhague.

Que sa balloune péterait, qu'elle reviendrait sur terre, que le vent tournerait – et autres métaphores aéronautiques rassurantes.

Éric se consolait au moins sur un point : le fameux Anker était authentiquement sympathique. Ce gaillard un peu timide était intelligent, porté sur la bonne bière, les bretzels et l'épistémologie de fin de soirée. Pas de coup de tabac du côté beau-paternel, c'était déjà ça de gagné.

Puis, soudain, la discussion a viré à l'engueulade. Comme ça, en moins d'une minute. Lisa ne se souvient même plus à quel sujet – un banal coup de vapeur. La soupape qui cède sous la pression. Elle est partie en claquant la porte du sanctuaire, et ils n'ont pas eu l'occasion de se réconcilier avant le grand départ.

Depuis, elle reçoit des mises à jour par intermittence. Aux dernières nouvelles, l'imbécile ne souffrait même pas du mal du pays : il avait simplement changé de chambre, traversant l'Atlantique comme on aurait franchi un couloir large de cinq mille kilomètres, flottant entre les cumulonimbus et les bouffées de sédatifs. Les perruches, au moins, avaient eu la décence de mourir. Le voyage avait déréglé leur configuration migratoire. Les pauvres bestioles étaient restées désorientées pendant des jours, avant de succomber l'une après l'autre sur une période de soixante-douze heures.

Elle finit de vider l'eau sale dans l'évier, tord la vadrouille et revient vers le salon. Debout sur le seuil, l'aspirateur à la main, son père contemple l'état des lieux. Elle se glisse à côté de lui. Réfugiés sous le massif cadre de porte, ils semblent attendre une secousse sismique. Lisa soupire.

— On pourrait fêter Noël ici.

— Ici?

— Dans le salon. On pourrait décorer, installer un sapin.

— Il n'y a même pas de meubles.

— On mangera par terre. Sur une nappe.

— Un pique-nique de Noël?

— Et on fera un grand feu dans le foyer.

Robert ouvre la bouche afin d'exprimer l'un ou l'autre des douze contre-arguments qui lui viennent à l'esprit, mais il s'arrête. Il regarde longuement sa Lisa, qui a encaissé cet invraisemblable chantier sans courber l'échine. Il passe son bras autour de ses épaules et la serre un peu trop fort.

- 18 -

Jay prend une douche brûlante, applique un nouveau pansement sur son pouce. Pyjama, café –

ce qui s'appelle un café –, muffin anglais avec beaucoup de beurre. Le sac à ordures trône au beau milieu du salon, mais Jay s'efforce de ne pas le regarder. Elle fait durer le plaisir. Elle mange son muffin en regardant dehors. Les premiers flocons tombent sur Montréal. Elle brosse les miettes sur la table et se fait un second café, le premier ne comptait pas.

Puis elle va s'asseoir sur le sofa, jambes croisées, sa tasse fumante posée avec négligence sur un genou, et considère le sac.

Elle repense à une vieille discussion avec Horacio – une discussion récurrente, à vrai dire. Son ex-beau-père était particulièrement pointilleux à propos des ordures qui sortaient de leur domicile. On ne pouvait pas se contenter de vider les corbeilles dans un sac vert et de larguer ledit sac vert au coin de la rue. Chaque ordure avait un statut, une portée, un sens. Selon Horacio, certains détritus devaient être brûlés, d'autres finement déchiquetés, d'autres encore nécessitaient d'être jetés à la mer un soir de nouvelle lune. Il orchestrait le contenu de ses sacs avec la minutie d'un artiste visuel qui aurait préparé une importante exposition au Guggenheim.

Retrospective Horacio Mejía Guzman

Treinta Años de Basura – Thirty Years of Waste

Jay était sceptique, mais le beau-père s'entêtait à inspecter le moindre sac qui sortait de chez lui, un cigare coincé entre les molaires.

— *Nunca te olvides de Abimael Guzmán, Pequeña. El cabrón no cuidó su basura.*

Cet Abimael Guzmán – aucun lien de parenté – était son exemple préféré. À l'époque de sa capture, le leader du Sentier lumineux se terrait en banlieue de Lima, en haut d'un studio de danse dont on soupçonnait depuis un moment qu'il servait de QG aux *senderistas*. La police gardait un œil sur la résidence, sans oser intervenir. On surveilla les ordures pendant un an. Le matin, un faux camion à ordures manœuvré par de faux éboueurs parcourait la rue et ramassait les sacs de tout le monde. Passé le coin, les ordures du studio de danse prenaient la direction des bureaux de la police nationale. Les enquêteurs voyaient bien que le volume de déchets ne correspondait pas à la réalité. La directrice du studio prétendait vivre seule dans l'appartement du second ; or ces sacs contenaient les ordures d'un petit commando.

Durant des mois, des policiers gantés analysèrent le moindre kleenex jeté par les occupants du studio. Ils ne pouvaient pas se permettre d'erreur. C'est finalement un tube d'onguent contre le psoriasis qui les a convaincus que Guzmán se planquait là. Il souffrait de psoriasis, le redoutable terroriste.

«¡Fíjate! disait Horacio en triant le contenu des poubelles de la maison, ils ont placé des groupes

armés dans tout le pays, fait des milliers de morts, menacé la police. Ils sont passés à deux doigts de faire tomber le gouvernement – et c'est un tube de crème qui a causé leur perte. »

Horacio ne portait pas Abimael Guzmán dans son cœur, mais il insistait : *esta historia lleva una lección, Pequeña.* Cette histoire recèle une leçon. Soigne tes ordures.

Des années plus tard, assise dans son salon, Jay se surprend à convoiter un sac à ordures format jumbo avec un sourire gourmand.

Elle finit son café d'un trait et se met au travail. Elle défait le nœud avec délicatesse, résiste à l'envie d'éventrer le sac et d'éparpiller son contenu sur le plancher. Sous le plastique, les ordures s'entassent en ordre chronologique : les déchets les plus récents en surface, les plus anciens au fond. Il existe jusque dans la plus humble des poubelles une cohérence qu'il faut sinon apprécier, du moins respecter.

Jay commence à extraire les artefacts, un à la fois, en les triant au fur et à mesure. Le contenu du sac, comprimé sous son propre poids, prend aussitôt de l'expansion. Jay doit vite le diviser en petites piles qui l'entourent bientôt de tous les côtés, comme la maquette fluctuante d'une ville champignon.

Dès les premières strates, elle pense être tombée sur le gros lot : un coupon de réservation Park'N Fly pour trois mois de stationnement, du 11 octobre au

11 janvier. Quelqu'un a visiblement filé hors du pays. Le coupon est anonyme, ne porte aucun numéro de carte de crédit ou d'immatriculation. Peut-être le reçu du billet d'avion apparaîtra-t-il, plus creux dans le sac.

Alors qu'elle s'affaire à analyser une poignée d'emballages de barres de chocolat, on sonne à la porte. Son regard se braque aussitôt sur l'horloge. Qui peut bien se pointer chez elle un dimanche matin à 9 h ?

Elle n'a pas le temps d'appuyer sur le bouton qu'une clé joue dans la serrure. Le visage de monsieur Xenakis apparaît au bas de l'escalier. Il fait un signe de la main qui ressemble à une salutation, mais qui n'en est pas une, avant de céder le passage à Alex Onassis et ses soixante-douze dents, suivis d'un jeune couple d'acheteurs potentiels. Même à cette distance, Onassis sent le dentifrice.

— Bonjour, on vient pour la visite.

— La visite ?

Pas le temps de protester, le groupe est déjà engagé dans l'escalier. Jay se replie vers le salon, au milieu duquel trône ce qui pourrait difficilement passer – même avec un considérable effort d'imagination – pour autre chose qu'un sac à ordures en cours de dissection. Derrière elle, Onassis a commencé son laïus sur l'espace et la lumière et l'orientation du bâtiment, tandis que Xenakis inspecte le nouveau plafonnier d'un air approbateur. Trop tard pour dissimuler quoi que ce soit.

Onassis effectue un crochet vers la gauche – «...spacieuse chambre à coucher...» – tandis que Xenakis balaye la pièce du regard en faisant distraitement sonner son trousseau de clés. Ses yeux s'arrêtent sur le sac à ordures, qu'entourent des tumulus de déchets classés en cercles concentriques. Il désigne le désordre avec la clé de l'appartement en cherchant à articuler un mot, une phrase. *L'horreur, l'horreur.* Jay prend un air détaché.

— J'ai jeté un chèque aux poubelles par erreur.

Xenakis étire le cou, dubitatif, ce qui accentue sa ressemblance naturelle avec une tortue géante des Galapagos. À court de mots – en grec comme en français –, il agite sa clé de manière à suggérer qu'il faut vite balayer tout ça avant que... Trop tard. Onassis et le jeune couple ressortent de la chambre et se positionnent face à la scène.

— Et ici nous avons, euh...

Onassis dérape latéralement, comme s'il peinait à négocier une courbe verglacée.

— ... le salon. Le salon et son puits de lumière.

Il continue son dérapage (non sans une certaine élégance) vers l'arrière de l'appartement, où les visiteurs feignent d'ignorer la vaisselle encroûtée, le linge sale, les boîtes de pizza vides. Ils ressortent au bout de trois minutes quarante-cinq secondes. Xenakis ferme la marche. Au moment où il s'engage dans l'escalier, il lance un regard noir vers Jay, qui agite la main d'un air guilleret.

— Vous repasserez!

Il lui faut près d'une heure pour vider le contenu du sac sur le plancher. Les différentes piles et sous-piles s'organisent en petits quartiers, sortent du salon et colonisent le corridor. Jay examine la scène avec une posture de conquérante, les poings sur les hanches. Elle est la Citizen Kane des ordures.

Côté factures, les pistes sont maigres. Les plus anciennes remontent au 15 juin et les plus récentes datent de la première semaine d'octobre. Tout a été payé comptant. Pas un seul numéro de carte de crédit à se mettre sous la dent. Les factures évoquent de grands travaux: bois d'œuvre, vis, rivets, baguettes de soudage, compresseur et fusil à peinture. En tout, Jay répertorie trois douzaines de factures de quincaillerie qui totalisent plusieurs milliers de dollars. Elle essaie en vain d'imaginer un dispositif dont la construction aurait nécessité pareille diversité de matériel. Il pourrait s'agir de n'importe quoi. Elle a l'impression de chercher à assembler un puzzle tridimensionnel dont elle ne connaîtrait ni la fonction, ni l'apparence, ni même la taille exacte.

Jay se concentre sur les indices alimentaires. Les vrais chasseurs traquent leurs proies grâce à ce qu'elles mangent et éliminent. Taille, texture et distribution: la moindre crotte trahit son auteur. Jay empile les verres Tim Hortons (rebords mordillés, mais non déroulés), étudie les factures de pizzeria et de supermarché, comptabilise les emballages de caramels mous.

Après un long moment, elle en arrive à une conclusion invraisemblable.

Elle peine à y croire, mais les données sont sans équivoque. Les pizzas ne dépassent jamais douze pouces de diamètre et sont invariablement hawaïennes. Les factures n'indiquent qu'un seul café, format moyen, deux crèmes, et toujours le même sandwich BLT. Les menus et les formats se répètent, sans la moindre variation.

Une seule personne.

Il n'y avait qu'une seule personne au 230, rue Gibson.

Une seule personne qui s'est enfermée tout l'été dans ce garage afin de construire un dispositif secret à l'intérieur de Papa Zoulou.

Soudain, autour de Jay, les ordures prennent une couleur différente. Il ne s'agit pas du témoignage collectif d'un groupe, mais de l'histoire d'une seule et unique vie : intime, détaillée, et pourtant abstraite. Jay écarte les déchets les moins significatifs. Des mouchoirs, des guenilles graisseuses, une vieille brosse à dents qui a servi à nettoyer quelque chose de très sale. Rien qui indique le sexe, l'âge, l'apparence ou l'origine ethnique de ce mystérieux individu. Tout au plus les sandwichs BLT permettent-ils de déduire qu'il ne s'agit pas d'un bricoleur djihadiste.

Jay a l'impression d'écouter le monologue d'un interlocuteur qui s'exprimerait non par l'intermédiaire du morse ou du sémaphore, mais par le truchement d'un sac à ordures – mode de communication moderne entre tous. Elle paierait cher pour entrevoir, ne serait-ce qu'un infime instant, le visage de cet interlocuteur.

Le sac est maintenant vide et plat comme une baudruche. Jay s'apprête à l'envoyer au recyclage lorsqu'elle sent un corps étranger tout au fond, dans les replis du plastique. Elle retourne le sac comme une chaussette et, parmi une pluie de miettes, un appareil photo tombe sur le plancher avec un bruit de pavé. Un éclat de plastique vole sous le sofa.

Éberluée, Jay considère ce Canon PowerShot qui semble avoir fait la campagne d'Afghanistan. Le protège-lentille est ouvert comme l'œil d'un animal mort. Elle appuie instinctivement sur l'interrupteur, mais l'appareil ne bronche pas. Au fond du compartiment à piles, une main inconnue a retiré la carte mémoire.

Jay retourne l'appareil vers elle, examine la pupille noire de l'objectif. La lentille lui renvoie son image, bombée et perplexe.

- 19 -

Les mois filent comme un soupir, et Lisa se transforme. Ce qui a longtemps passé pour une tristesse contextuelle se révèle bientôt être son caractère propre – avec quelques grammes d'anxiété maternelle, ponctuée de la tendance paternelle à l'autodestruction.

Sinon, tout est pareil et invariable, et le quotidien a pris une teinte grisâtre depuis le départ d'Éric. Les deux complices se sont réconciliés, ce qui est toujours mieux que rien, et ils se parlent sur Skype au moins une fois par semaine. En l'absence de ces petits riens qui faisaient le charme insipide des soirées au Domaine Bordeur, leurs conversations gagnent en substance.

Si la vie de Lisa est au neutre, ça se bouscule plutôt de l'autre côté de l'Atlantique. Madame Le Blanc a commencé en bricolant une demi-sœur à Éric : la petite Lærke Høj-Le Blanc a déjà six mois et une paire d'incisives acérées. Un calcul rapide permet d'estimer que madame Le Blanc est tombée enceinte au moment où Éric et Lisa lançaient leur ballon vers la stratosphère. Tous les projets entamés cette nuit-là n'auront pas forcément foiré.

La famille Le Blanc a considérablement augmenté sa qualité de vie depuis son arrivée au Danemark, troquant la maison mobile minable près d'un champ de fraises pour un confortable cottage en bordure d'un bras de mer. Éric dispose désormais d'une chambre mansardée dans un grenier du dix-neuvième siècle, où il partage son temps entre l'apprentissage intensif du danois et quelques contrats de programmation. Qu'il ait pu tirer son épingle du jeu aussi vite dépasse l'entendement.

Lisa a néanmoins le sentiment – même si la question demeure taboue – qu'il s'occupe à noyer quelque chose dans le travail.

Mais tout le monde ne tente-t-il pas de noyer quelque chose?

Lisa a donc l'âge des états d'âme, mais elle a surtout l'âge d'emprunter le Dodge de papa afin de donner un coup de main à maman, qui doit «transporter un machin trop gros pour la Yaris» – évocation à peine voilée de la virée dominicale au IKEA.

Après la fermeture de l'usine n° 2, Josée Savoie n'a pas tardé à se faire réembaucher ailleurs. Elle moule maintenant des pièces de voiture en plastique injecté. Sa dignité et son pouvoir d'achat sont demeurés intacts, ainsi que ses visites au temple bicolore du boulevard Cavendish.

Magnanime, Robert a donné son accord. Il n'a pas besoin de la fourgonnette. Il traverse une de ces phases creuses, entre deux chantiers, où il passe ses après-midi dans le garage à affûter des lames en écoutant du jazz sur la radio AM américaine.

Il a fallu un certain temps à Lisa pour mesurer à quel point son père exècre IKEA – ses bibelots et ses meubles et ses vis hexagonales dont la tête semble scientifiquement conçue pour supporter un nombre précis de rotations, pas une de plus, et qui s'égueulent dès que l'on se hasarde à démonter ou remonter un meuble une fois de trop.

À l'époque où Robert et Josée vivaient encore ensemble, les méandres du IKEA Cavendish ont été le théâtre de nombreuses altercations. Robert suffoquait dès qu'il passait la porte du magasin, cependant que Josée s'y épanouissait comme un lotus en fleur. Dès l'escalier roulant, le couple passait en mode passif-agressif. Le magasinage se concluait inévitablement – et généralement dans la section tapis et coussins – sur une franche engueulade. On aurait pu résumer la vaste erreur que constituait ce couple en dessinant leurs trajets respectifs sur une carte du magasin : Robert progressant par grandes lignes droites, comme un char d'assaut, avec de légers infléchissements vis-à-vis des raccourcis qu'il brûlait d'emprunter ; Josée décrivant des courbes et des boucles, des allers-retours sinueux ponctués de mille pauses. Pendant ce temps, assise à bord du panier, Lisa malmenait la marchandise.

L'épisode se répétait tous les dimanches, cinquante semaines par an. Vers la fin, fulminant, Robert refusa tout bonnement de mettre les pieds dans le magasin. Deux mois plus tard, le couple se dissolvait. Depuis ce temps, Josée demeure convaincue qu'IKEA a causé leur rupture. Cette histoire fait partie des petites fictions qui l'aident à tenir bon – et qui est Lisa pour contredire sa mère ?

Voilà pourquoi, en ce dimanche pluvieux, alors que le stationnement déborde dans toutes les directions, Lisa tente de trouver une place assez grande pour le Dodge. Elle doit être à trois kilomètres du magasin au moins. En fait, elle n'est même plus certaine qu'il s'agisse encore – d'un strict point de vue cadastral – du terrain d'IKEA. L'aéroport semble vraiment tout proche et les Airbus passent en rase-mottes au-dessus des voitures.

Le magasin s'annonce bondé et Lisa regrette de n'avoir pas insisté pour arriver tôt ce matin, avant l'ouverture. Sa mère aurait sans doute refusé. L'atmosphère de stampede fait partie intégrante de l'expérience. Entrer en relation avec ses contemporains ne suffit pas : il faut entrer en collision avec eux. Magasiner au IKEA constitue une activité intensément civilisationnelle – ou alors, au contraire, profondément enracinée dans ce que nous conservons de l'insecte. Quoi qu'il en soit, Josée Savoie aime son IKEA surpeuplé.

Dès l'escalier roulant, Lisa est immédiatement frappée par l'odeur indéfinissable du lieu, une fragrance composite où le nez peine à discerner le bois, la sève et le vernis, les produits d'entretien, l'huile, la vanille et la cannelle et la colle, les solvants, les ignifuges, et une lointaine touche de cire d'abeille. Une odeur plaisante, à la manière du parfum de l'essence ou d'une voiture neuve, et sans doute cancérigène. Lisa se demande si un chimiste dans un labo, quelque part, a synthétisé cette odeur. IKEA no 5.

La mission des deux femmes consiste à faire l'achat d'une nouvelle bibliothèque afin de remplacer la Billy noire qui occupait le coin du salon – et qui pourtant semblait encore en bon état, lors des derniers passages de Lisa à Huntingdon.

— C'est quoi au juste le problème avec ton ancienne bibliothèque?

— Le problème?

Lisa attend la suite de la réponse, mais sa mère ne daigne pas développer. Il s'agit de sa réponse. Juste : « *Le problème ?* » Quoiqu'à bien y penser, Lisa n'est même pas certaine d'avoir perçu un ton interrogatif, si bien qu'elle ne peut pas déterminer si sa mère lui demande de préciser le sens du mot *problème,* ou s'il s'agit d'une amorce de réponse, voire d'une réponse entière – ou si, au final, l'ambiguïté générale de cette pseudo-réponse fait partie d'une stratégie générale de brouillage d'ondes. La vieille Billy n'a sans doute aucun problème.

Le IKEA est encore plus labyrinthique que de coutume. Des travaux d'agrandissement bouleversent la géométrie habituelle des lieux : des rideaux de plastique obstruent le parcours çà et là, masquant des corridors percés ou en cours de percement. Josée Savoie a cessé de s'orienter dans le IKEA après sa rupture avec Robert. Elle ne craint plus de se perdre : elle *souhaite* se perdre. S'égarer constitue un acte mystique. Ne plus s'orienter, c'est ne plus désirer.

Dans la section des bibliothèques, elle griffonne sur sa liste d'achats. Elle note les codes des produits et leurs coordonnées dans l'entrepôt, allée et casier, elle hésite entre rose clair et rouge ultrabrillant, se trompe de code, grogne, efface, et tend l'étiquette du produit à Lisa.

— Tu peux me dicter les chiffres?

Lisa s'exécute. La litanie s'étire. Une étiquette pour la Billy, et une autre pour la porte vitrée, et encore une autre pour le petit module bas. La mine casse. Lisa repère un distributeur de crayons à proximité. Tous ces crayons, comme des balles dans un chargeur de mitrailleuse. Quelque part dans les tréfonds du IKEA, il existe des boîtes énormes contenant des millions de minuscules crayons HB bruns, aux mines impeccablement aiguisées. Le capitalisme est lubrifié au graphite. Josée change cinq fois d'idée pour la couleur, compare noyer pâle et pseudo-bouleau. À chaque couleur correspond un code qu'il faut transcrire, biffer, souligner.

— Qu'est-ce que tu en penses? Noyer ou bouleau?

— Sais pas.

— Allez, un peu de bonne volonté. Bourgogne, peut-être?

— Tu sais pourquoi les meubles d'IKEA portent des noms, et pas juste des numéros?

— Hmm, aucune idée.

— Ingvar Kamprad était dyslexique. Il trouvait ça plus simple d'avoir un système avec des noms.

— C'est qui, Ingevar Kamprate?

— Le fondateur d'IKEA.

— Le fondateur d'IKEA. Qui sait ce genre d'affaires-là ?

— J'ai fait un travail à l'école.

Après avoir rempli, recopié, déchiré trois listes d'achats, il faut enfin penser à sortir du dédale. Les deux femmes regardent les alentours. Lisa a l'impression qu'elles sont Hansel et Gretel au milieu d'une forêt médiévale et germanique. Les flèches ont disparu du plancher et les panneaux donnent des informations contradictoires. Dans toutes les directions on ne voit que des enfilades de salons et de bureaux, comme si les pièces de centaines de maisons avaient fusionné en un vaste magma domestique. Ce magasin est une zone de subduction : le réel s'enfonce sous la salle d'exposition comme sous une plaque tectonique.

Lisa s'immobilise devant une potiche à motif crétois.

— On est déjà passées ici.

— Non.

— J'ai déjà vu ce vase.

— Il y en a plusieurs comme ça, dans le magasin. J'en ai vu deux ou trois.

— Je crois qu'on a pris un raccourci dans le sens inverse.

— Tu crois ?

Sa mère se laisse tomber sur un pouf orné d'un taureau manière Picasso, et reconsidère le vase. Elle tente pendant quelques secondes de le voir comme une balise géodésique et non comme un objet de consommation. Peine perdue. Elle inscrit le code sur sa liste.

Elles finissent par trouver la sortie sur un pur coup de chance. Elles raflent les boîtes à l'entrepôt et se dirigent vers les caisses enregistreuses. On se croirait à Ellis Island. Les immigrants poussent leur cargaison de lampes et de paniers en rotin, de chaises, de tiroirs, de miroirs, font la queue jusqu'aux guichets au-delà desquels s'étend la terre promise. Des tas d'articles gisent abandonnés, des bougies, des paquets de cintres, des coussins, des coupes à vin.

Dehors, la météo est guerrière. Lisa court chercher la fourgonnette tandis que d'énormes gouttes de pluie éclatent comme des shrapnels.

Quarante minutes plus tard, Lisa s'attaque au montage de la nouvelle bibliothèque et de ses élégantes portes de verre brevetées. Sa mère lui présente un tournevis que Lisa refuse d'un geste de la main.

— Je te l'ai déjà dit. IKEA utilise du Pozidriv, pas du Phillips.

— C'est la même affaire.

— C'est pas la même affaire.

Lisa tire de son sac les douilles empruntées à Robert, et sa mère bat en retraite avant de recevoir un autre cours détaillé sur l'évolution du tournevis à travers les âges. De toute façon, il faut jeter un coup d'œil à la mijoteuse. Elle allume la télé au passage afin de créer une tapisserie sonore.

Lisa soupire bruyamment et se concentre sur le cahier de montage. Dix étapes, trente pièces. Elle espérait quelque chose de plus compliqué. Dans son dos, LCN diffuse un bilan du Black Friday qui vient de se terminer. Lors de l'ouverture du Walmart de Long Island, les portes vitrées ont failli céder sous la pression de la meute et un homme a été piétiné à mort. À l'écran, des clients se ruent sur des tours de Wii et de iPhone.

Dans la cuisine, Josée touille le bœuf bourguignon. On entend les claquements de la cuillère et du couvercle de la mijoteuse, le roulement à billes du tiroir, suivi du bruit distinctif d'une bouteille de vin que l'on débouche. Une minute plus tard, Josée s'appuie dans le cadre de porte du salon, une coupe de pinot à la main. Lisa songe aux interactions médicamenteuses, mais ne souffle mot. Après tout, sa mère est stable. Homogène, fade et parfois exaspérante, mais stable.

— Comment va ton père?

Lisa plisse le nez sans lâcher son plan des yeux. Il lui faut douze vis 118331, qu'elle compte et met de côté, et seize chevilles en bois 101351. D'où vient cette question sur son père? Sa mère s'informe rarement de lui, et chaque fois la question manque de naturel, semble plutôt le produit d'une sorte de calendrier interne que d'un intérêt spontané. À la télé on parle d'une éventuelle pénurie mondiale d'hélium, qui ne constitue apparemment pas une ressource renouvelable. «Les ballons d'anniversaire seraient-ils en voie de disparition?» demande le commentateur sur un ton mi-tragique, mi-amusé.

— Papa va bien.

Seize chevilles en métal 101532 et douze rondelles de serrage 119081.

— Il va bien. Un peu fatigué, je trouve. J'ai l'impression qu'il a moins de plaisir qu'avant à rénover des maisons. Il voudrait arrêter, mais…

Lisa fait un geste qui se passe d'explications. Robert ne peut pas arrêter. Il est financièrement et moralement pris en otage. Dix-huit clous 101532 et une équerre de fixation murale. Le compte est bon, elle peut commencer le montage.

Sa mère sirote une gorgée de vin, regard embrumé et sourire vague. La vacuité postconsommation: meilleure que le lithium.

Il ne reste que deux (2) ans, trois (3) mois et quatre (4) jours au compteur – cinq (5) jours, en fait, si l'on considère que la journée de travail n'est pas encore officiellement commencée. Il est 8 h 53, et Jay allume un Nokia usagé qu'elle vient de se procurer dans une boutique indienne, sous un faux nom déjà oublié. Elle s'affaire à ajouter des fonds avec une carte d'appel, lorsque Laura arrive dans l'Enclave.

— Heureuse de voir que tu as survécu à ton virus.

Jay lève un pouce jovial et Laura remarque aussitôt le pansement.

— Blessée?

— Me suis coupée en cuisinant.

Laura fait une grimace de douleur et allume son ordinateur.

— On a des nouvelles de Papa Zoulou.

— Déjà?

— Il s'est passé pas mal de choses durant la fin de semaine.

— Ils l'ont retrouvé à Long Beach?

— Le conteneur n'est jamais arrivé à Long Beach. Il a été transbordé au Panama, sur un bateau de la China Shipping Lines. Il a traversé le Pacifique, sans escale, et il a *probablement* été débarqué à Shenzhen dans la nuit de jeudi à vendredi.

— Toujours la même méthode?

— Toujours la même méthode, et ça confirme ce dont tu parlais vendredi. Rokov ne peut pas avoir infiltré les ports de Montréal, Caucedo et Panama. Ce serait insensé. Ça laisse l'option du hack.

— Qui est tout aussi insensée.

Laura hausse les épaules. Jay réalise qu'elle tient toujours le Nokia dans sa main. Elle croise les bras afin de le soustraire à la vue de Laura.

— C'est quand même étrange : Papa Zoulou s'éloigne des États-Unis, mais la CIA continue de s'y intéresser.

Mahesh entre dans l'Enclave et saisit la balle au bond.

— Depuis quand la distance est un critère, pour la CIA?

— Touché.

— Laura te met à jour sur le dossier Papa Zoulou?

— Paraît que l'écart se réduit.

Mahesh charge sa cafetière; la journée sera longue.

— Ça ne durera pas, si Shenzhen refuse de collaborer. Dans trois ou quatre jours, Papa va être n'importe où dans un rayon de deux mille kilomètres.

— Si le conteneur repart de Shenzhen.

Jay vient de toucher un nerf sensible. Rien n'indique que le conteneur a été (ou sera) transbordé en direction d'un autre port – et des dizaines d'enquêteurs travaillent pourtant à partir de cette présomption.

Laura hausse les épaules.

— De toute façon, Papa Zoulou n'a peut-être même pas été débarqué là. On attend encore une confirmation de l'autorité portuaire. Le gouvernement de Shenzhen essaie probablement de régler ça à l'interne. Ou alors ils ne veulent pas s'en mêler du tout.

Jay secoue la tête.

— Je ne comprends pas. Le *gouvernement* de Shenzhen? Je croyais que Shenzhen était une sorte de zone franche?

Mahesh fait un geste familier de son répertoire : *prière de vous adresser à Laura Wissenberg*. La principale intéressée lève les yeux au ciel.

— Je ne suis pas spécialiste en géopolitique chinoise.

— On te donne dix minutes pour le devenir.

— Bon, bon, bon. D'après ce que je sais, Shenzhen est une ville avec les pouvoirs d'une province, à l'intérieur de la province du Guangdong.

156

La plus grande partie de Shenzhen est effectivement une zone économique spéciale. Ils produisent la moitié de ce que l'Occident consomme.

— Alors on parle d'un gros port.

— On parle d'un port colossal. Le taux de croissance le plus rapide en Asie. Ils envoient des centaines de milliers de conteneurs vers l'Amérique chaque trimestre – et nous, en échange, on leur renvoie des matières premières et des déchets.

— Des déchets?

— *Yes indeed*. C'est notre principale filière d'exportation, depuis quelques années. De la ferraille, mais aussi du papier et du plastique. Et aussi des déchets électroniques. C'est la version moderne du commerce triangulaire.

— Tu es un puits de science.

— Aucun mérite. La Division E a enquêté sur la contrebande de déchets, il y a trois ans. Je peux te trouver le rapport, si tu veux.

— De la contrebande de déchets?

— Très lucratif.

Tout l'avant-midi, Jay attend d'être enfin seule dans l'Enclave, mais ça ne dérougit pas. Mahesh ne s'éloigne pas de sa cafetière, Laura fait soixante appels téléphoniques, l'adjoint de bureau vient vider les bacs à recyclage, et même le sergent Gamache se pointe brièvement (avec bagels, mais sans information).

Jay décide finalement de changer de tactique et va s'enfermer à la salle de bain. Elle sort le Nokia de son sac. Le signal est faible, mais ça ira. Elle s'assied sur la toilette et compose un numéro sans frais. *Welcome to Canon Canada,* bienvenue chez Canon Canada. *To continue in English, please press 1.* Pour continuer en français, faites le 2. Notre service à la clientèle est ouvert du lundi au vendredi, de 9 h à 17 h, heure normale de l'Est. Merci, nous transférons votre appel à un de nos agents. Veuillez noter que cet appel pourrait être enregistré afin d'assurer la qualité du service.

— Bonjour, Mariann à l'appareil, comment puis-je vous donner un excellent service aujourd'hui?

Faibles grésillements, traces d'accent britannique. Impossible de savoir si Jay parle à une Indo-Canadienne de Toronto ou si son appel a été transféré en banlieue de Mumbai.

— Oui bonjour, je... je ne sais pas si vous pouvez m'aider. Je dois faire réparer l'appareil photo de ma belle-mère.

— Oui?

— Elle avait pris une garantie prolongée, mais... Je sais que c'est ridicule, mais elle ne se souvient plus dans quel magasin elle a acheté son appareil. Elle n'arrête pas de dire qu'elle l'a pris chez Sears, mais je sais qu'elle se trompe. J'ai vérifié.

— Est-ce que votre belle-mère a gardé la facture?

Jay baisse le ton, prend une voix affligée.

— Non, vous savez, elle commence à... enfin... On n'a pas encore de diagnostic, mais on pense qu'elle fait de l'Alzheimer. On essaie de garder de l'ordre dans ses affaires, mais c'est pas facile, vous savez.

— Je comprends.

— Elle perd beaucoup de choses.

— Avez-vous le numéro de série?

Jay retourne l'appareil et localise le numéro. La chair de poule court sur ses avant-bras alors qu'elle égrène les chiffres. À l'autre bout du fil, Mariann pianote sur son clavier.

— L'appareil a été acheté chez Caméra Expert, à Valleyfield.

— Aha, je savais bien.

Sous son air assuré, Jay est en fait déboussolée. Valleyfield? Quel groupe terroriste digne de ce nom installerait son quartier général à Valleyfield? Elle ne sait même pas où ça se trouve exactement. Son sens de la géographie régionale s'arrête à la sortie des ponts. À l'ouest de Montréal – ou alors au sud-est? Non, elle confond avec Granby.

— Avez-vous besoin de l'adresse?

— Non, non merci.

— Est-ce que je peux faire autre chose pour vous?

Jay griffonne le nom du magasin sur un bout de papier de toilette.

— Non, rien d'autre, je vous remercie.

Aussitôt revenue dans l'Enclave, elle lance une requête sur Google Maps. Une carte apparaît avec, au centre, une flèche rose saumon fichée dans une île en forme de foie : Salaberry-de-Valleyfield, QC, future capitale mondiale du terrorisme nébuleux.

- 21 -

Lisa s'en va à Montréal. Pour de bon.

À ses yeux, le Domaine Bordeur est devenu une maladie dégénérative. Les samedis soir sont mortels. La démographie ne cesse de s'affaisser. Monsieur Miron a renoncé à faire rouler sa Datsun. Sans parler de son père qui s'enlise, un bungalow après l'autre, sans qu'elle puisse y faire quoi que ce soit.

Pendant ce temps, de l'autre côté du méridien de Greenwich, Éric progresse à grands pas. Il n'en parle jamais, par discrétion, afin de ne pas emmerder Lisa. Il se croit protégé par la distance et par la barrière linguistique, mais Lisa sait googler. Voilà un bon moment qu'elle sait tout : Éric a fondé une compagnie de logiciels et les affaires roulent tempête. Les journaux consacrent au jeune prodige de longs articles en danois qui, même passés au hache-viande des traducteurs automatiques, conservent leurs accents dithyrambiques. Ce gamin ira loin. Ce gamin est déjà loin.

Et Lisa doit impérativement se casser.

Elle s'est inscrite au cégep à Montréal. En électronique, à défaut de savoir ce qu'elle voulait vraiment. Elle a acheté une Honda rouillée avec trois cent mille kilomètres au compteur. Elle a loué une chambre dans un appartement de Villeray occupé par trois inconnus. Elle part demain matin, sa voiture chargée à bloc, comme si elle prenait la route de l'Oregon, avec des trucs et des machins qui dépassent par le toit ouvrant, sans son père – elle insiste pour faire ça seule – afin d'aller conquérir les circuits électriques, la soudure à l'étain et les signaux analogiques.

Éric ira loin et Lisa avance un centimètre à la fois – mais elle aura au moins réussi l'essentiel : quitter le Domaine Bordeur.

À soixante-sept ans, Robert Routier se retrouve soudain seul.

Il fait celui qui a vu pleuvoir. Il n'a jamais eu besoin de personne pour cuire ses nouilles et laver ses chaussettes. D'ailleurs, il s'aperçoit à peine de l'absence de Lisa : il a une nouvelle maison à rénover, un bungalow prometteur auquel il pense annexer un sauna-jacuzzi.

Fin janvier, il attrape un virus. Une rhinite assez banale, un de ces maux qui courent. Le rhume s'éternise néanmoins, vire à la bronchite, se transforme en triple sinusite qui dégénère en pneumonie d'une variété exotique. Robert est un cas rare. Trois laboratoires s'arrachent les biopsies de ses poumons. On l'hospitalise deux semaines. Il est intubé, aspiré, saturé et drainé, puis contraint (sur un ultimatum du médecin) à un mois de repos complet. Il cède en grommelant.

Pour la première fois, Lisa s'inquiète pour son père. Il faut bien un début à tout.

Robert se remet au travail à la fin mars, mais ce n'est plus le même homme. À première vue, rien n'a changé. Pourtant, il se met à commettre des erreurs de jugement inhabituelles. Lui qui avait l'œil acéré et le geste sûr, il se trompe désormais à une fréquence préoccupante. Les distractions deviennent si nombreuses qu'elles menacent bientôt sa mince marge de profit.

C'est cependant l'histoire des marteaux qui sonne définitivement l'alarme.

Durant la journée, Robert est entouré d'outils en permanence, comme autant d'extensions de son anatomie. La plupart sont accrochés à son ceinturon, mais d'autres attendent à portée de main, posés pour un moment sur une traverse ou une lisse, entre deux solives – et il suffit d'une minute d'inattention pour refermer une cloison en y oubliant un tournevis, un marteau, un pied-de-biche. Or, les minutes d'inattention deviennent courantes. Robert tente de tourner l'affaire en dérision, mais il rigole avec de moins en moins d'entrain.

Lorsqu'il emmure son troisième marteau en dix jours, il cesse tout à fait de rire.

Il regarde longuement la cloison de gypse dans laquelle il vient de visser une centaine de vis – et, brusquement, il lui allonge un coup de poing. Puis un autre. Puis un troisième, qui imprime sur le papier quatre jointures sanglantes.

Ça ne l'a pas calmé.

Il sort de la maison et, le temps d'un aller-retour à la fourgonnette, revient se planter devant le mur avec sa hache de charpentier : trois livres et demie d'acier aiguisé de manière chirurgicale, montées sur un manche en noyer. Robert pulvérise les panneaux de plâtre, déboîte les madriers avec le dos de la cognée, arrache jusqu'aux fils électriques. Deux heures de labeur saccagées en cinq minutes douze secondes.

Robert jette sa hache sur le côté, vacille un peu, puis se laisse tomber sur le sol. Dans le mouvement, il sent quelque chose heurter le plancher. C'est le manche de son marteau, accroché à son ceinturon de travail.

Jay est coincée dans le trafic du vendredi soir. Ça bouchonne ferme depuis deux kilomètres et le bulletin de circulation annonce une succession de catastrophes qui s'étend de Dorval jusqu'à Baie-D'Urfé. Les gens se tapent vraiment cette expérience dystopique chaque jour ?

Elle éteint la radio, se retrouve enveloppée par le bruit monocorde du moteur. Cette Yaris sub-sous-compacte n'a rien à voir avec les véhicules qu'elle a récemment loués – l'obscène Dodge Charger et la fourgonnette de filature immaculée –, mais elle est équipée d'un GPS. Jay a quand même acheté un atlas routier : hors de question qu'elle entre la moindre adresse dans cet appareil. L'historique des recherches et des déplacements est conservé dans la cache, et le contenu de la cache peut être consulté, perquisitionné, présenté en cour. Ainsi se décline le monde moderne : bardé de caches.

Jay a éteint le GPS en montant dans la voiture, et si ce damné appareil n'avait pas été encastré dans le tableau de bord, elle l'aurait emballé dans trois épaisseurs de papier d'aluminium. Ces précautions sont sans doute inutiles : une autre balise GPS doit être dissimulée ailleurs dans cette bagnole afin qu'elle puisse être localisée vingt-quatre heures sur vingt-quatre. De toute façon, les probabilités de voir ses collègues remonter la piste jusqu'à ce GPS en particulier sont faibles. Jay a des années d'avance sur la GRC.

Elle arrive enfin à la tête de l'île et s'engage sur le pont Galipeault. Un coup d'œil à l'atlas, un autre à l'horloge. Tout va bien. Elle maîtrise le temps et l'espace. Il est 17 h 16 et personne sur cette planète ne pense à elle. Au moment où elle passe sous un immense panneau indiquant *Salaberry-de-Valleyfield, 28 km,* elle repense à la clause 5(a) de son contrat : « La Bénéficiaire s'abstiendra de quitter Montréal sans permission préalable ; un itinéraire pourra être exigé. »

Fuck l'itinéraire.

Rue Victoria, les passants rentrent la tête dans leurs épaules. Il reste vingt-six jours avant Noël, on sent la panique poindre.

Jay a stationné la voiture en face de Caméra Expert. Assise au volant, elle examine la boutique, se prépare mentalement. Elle ne sait pas ce qui l'attend derrière cette porte vitrée. Les petits détaillants sont devenus si rares. Acheter chez Best Buy a fini par distendre notre vision du monde. L'habitude s'est installée des employés innombrables et blasés, des incessantes rotations de personnel, des planchers labyrinthiques. La perspective de commercer en temps réel avec un être humain véritable a désormais quelque chose d'intimidant.

Jay glisse l'appareil photo dans sa poche de manteau et sort affronter l'inconnu. Lorsqu'elle passe la porte de la boutique, une clochette sonne – une vraie, en bronze, pas un timbre électronique. Jay est aussitôt frappée par l'atmosphère du lieu. La lumière découpe des zones de manière quasi artistique, comme dans un musée où les artefacts seraient des trépieds, des téléobjectifs et des chiffons à lentille. On a aménagé dans un coin, derrière une vitrine discrète, une exposition d'appareils photo antiques. Jay pose la main contre le verre, fascinée par ces appareils massifs et compliqués, aux noms peu familiers : Ricohflex, Asahi Pentax, Univex Mercury, Leica III.

— Je peux vous aider ?

L'homme derrière le comptoir approche les soixante-dix ans. Il a l'air d'un vieux passionné qui aurait ouvert cette boutique durant la Révolution tranquille. Il a vu passer l'argentique, les Polaroid, les 110 bon marché, les premiers appareils jetables, puis les premiers appareils numériques. Il porte la moustache et des lunettes de lecture à cordon. Pas d'alliance au doigt. Jay l'imagine enfermé tous les dimanches dans la chambre noire, à développer d'anciennes bobines de négatifs dégotées dans les ventes de garage. L'ouverture d'Expo 67. La construction de la Voie maritime du Saint-Laurent. Le défilé de la Saint-Jean-Baptiste en 1968. Un déraillement de train en hiver.

Elle sort le Canon de sa poche, le pose sur le comptoir aussi délicatement que possible.

— J'avais une garantie prolongée sur cette caméra.

L'homme examine la caméra d'un œil perplexe, évalue les dommages. Il note l'éclat de plastique qui manque sur le coin du boîtier.

— Vous vous en êtes servie pour planter des clous?

Jay sourit nerveusement.

— Il a été acheté en quelle année?

— En 2005, il me semble.

Jay se félicite d'avoir googlé le numéro de modèle avant de venir, et d'avoir mémorisé diverses informations – notamment l'année de mise en marché. Elle se sent documentée. La documentation engendre la vraisemblance. La vraisemblance procure la force.

— Quel est le problème?

— Il n'allume plus. On appuie sur le bouton, aucune réaction. Kaput.

— Rien que ça.

— Il prenait encore de bonnes photos.

L'homme ne dit rien, mais son regard est lourd de sous-entendus. Ses yeux épellent *euthanasie*. Il ajuste ses lunettes sur son nez et entreprend un large détour diplomatique autour du problème que représente cette épave.

— Vous dites que vous avez une garantie prolongée?

— Il me semble, oui. Je suppose qu'il y avait un papier…

— Quel est votre numéro de téléphone?

Jay improvise un numéro dans le 450. L'homme pianote sur son ordinateur, n'obtient évidemment aucun résultat. Jay se tape le front.

— Une minute… Vous avez probablement mon ancien numéro. Qu'est-ce que c'était déjà?

— On peut trouver autrement.

— Je suis tellement nulle avec les chiffres.

— Pas d'inquiétude. Votre nom?

— Nancy Ouimet.

Nouveau pianotage.

— Rien. Êtes-vous certaine d'avoir acheté votre appareil ici? Attendez un peu, je vais regarder avec le numéro de série. Sept, quatre, cinq… Ah, voilà. Madame Le Blanc?

— Ma belle-mère.

— Vous aviez une garantie prolongée, mais elle est expirée depuis trois ans.

— Sérieusement ? Vous blaguez.

Il fait pivoter l'écran vers elle.

— Voyez vous-même.

Jay fixe intensément l'écran. Elle dispose de dix secondes pour tout mémoriser d'un seul bloc – nom, prénom, adresse, deux numéros de téléphone et la date de naissance. Elle regrette la mémoire photographique de ses vingt-cinq ans.

L'homme pointe un champ, sur l'écran.

— Vous voyez ? Fin de la garantie prolongée, 18 octobre 2009.

— Ah oui. Trois ans. Bon, tant pis. Si la garantie est terminée, je vais laisser tomber.

— Je peux quand même examiner l'appareil.

— Non, merci. Pas la peine. Désolée de vous avoir dérangé.

Elle ramasse l'appareil et sort du magasin avant que son scénario ne déraille. Repli général des troupes, tout le monde aux tranchées.

L'habitacle a déjà eu le temps de refroidir. Jay allume son Eee, souffle sur ses doigts et transcrit d'une traite ce qu'elle a vu sur l'écran de la boutique : Louise Le Blanc 5 rue de la Gaieté Domaine Bordeur Huntingdon date de naissance 14 mai 1972 (la même année que Jay, tiens, tiens). Elle a oublié les numéros de téléphone.

Elle démarre le moteur et ouvre l'atlas routier. Elle localise Huntingdon, mais pas le Domaine Bordeur. La voiture ronronne, Jay réfléchit.

Première option : rouler jusqu'à Huntingdon, puis interroger des quidams. Deuxième option : saisir les coordonnées dans le GPS, laisser les satellites s'occuper du sale boulot et souffrir d'insomnie pendant les douze semaines à venir. Troisième option : trouver une connexion Wi-Fi et googler les coordonnées.

Jay lance l'utilitaire de recherche de réseaux. Rien d'ouvert dans un rayon de cinquante mètres, il va falloir renifler le voisinage. Voilà au moins une tâche claire à accomplir. Elle pose l'ordinateur sur le siège du mort, l'écran tourné vers elle, et embraye.

Les rues du quartier sont étroites, les maisons datent de l'entre-deux-guerres. La voiture se fraye un chemin dans le foisonnement invisible de réseaux sécurisés, comme une baleine dans le plancton. On dirait bien que les gens ont appris à verrouiller leurs réseaux domestiques, après tout – mais Jay est patiente. Au bout de cinq minutes, elle repère un antique routeur 802.11 appartenant à la famille Théberge. Le signal est bon.

Elle se gare, tire le frein à main, et démarre le casseur de clés. Quelques minutes suffisent pour craquer le mot de passe. On croirait une charade composée par un élève de première année. Mon premier n'est qu'à moitié. Mon second est propre. Mon tout est le félin familial. La réponse est «Minette» – et les Théberge devraient se procurer un nouveau routeur.

Aussitôt en ligne, Jay cherche *"Domaine Bordeur + Huntingdon"*. Ça charge lentement, mais ça charge. Google lui renvoie la carte d'une microscopique agglomération, à mi-chemin entre Huntingdon (population : 2587) et la frontière des États-Unis (population : 317 095 000). Elle ajuste l'échelle de la carte, mémorise le trajet. Après une seconde d'hésitation, elle fait une saisie d'écran. Par précaution.

Elle doit se taper trente kilomètres supplémentaires, et s'il n'y a pas d'embouteillage à prévoir, il faut néanmoins composer avec le pont Larocque, qui enjambe la Voie maritime du Saint-Laurent, et qu'on a relevé afin de laisser passer un navire. Une douzaine de voitures font la file, laissant échapper des fumerolles dans la nuit glacée. Près du feu rouge, un cadran numérique indique encore sept minutes d'attente.

Les mains croisées derrière la nuque, Jay médite. Que fait-elle donc dans l'arrière-pays de la quatrième couronne de Montréal? Est-elle vraiment en train de pister un conteneur réfrigérant qu'aux dernières nouvelles on aurait vu à Shenzhen, en République populaire de Chine – le verbe *voir* étant ici un abus de langage, le conteneur en question étant notoirement élusif –, et qui, à l'heure actuelle, croise possiblement au large des Philippines?

Une vieille barge CSL s'engage enfin entre les piles du pont et s'éloigne en laissant une odeur de combustion déficiente. Une minute plus tard, le tablier du pont redescend. Jay ferme les yeux, bercée par le grincement mécanique. Lorsqu'elle les rouvre, le feu est vert, les autres voitures sont déjà loin.

Ce pont est invraisemblablement long, comme s'il raccordait deux univers. Jay écoute l'antenne de la Yaris siffler dans le vent, la percussion cardiaque des pneus sur les joints d'expansion, puis à nouveau la terre ferme et le chuintement feutré de l'asphalte. Dans le lointain, entre deux courbes, les feux de position des autres voitures s'apprêtent à disparaître, réduits à quelques pixels rouges.

Sur le siège du mort, l'ordinateur irradie une lueur bleutée. Toutes les deux minutes, l'écran tombe en veille et Jay doit le réveiller d'un coup d'index, comme un copilote narcoleptique. Le chemin est pourtant simple : il faut continuer tout droit.

Passé Sainte-Barbe, elle débouche dans une plaine sans fin. À perte de vue s'étendent des champs morts, plantés de chicots. Le pays du maïs zombie. Les nuages se sont écartés, dévoilant un ciel étoilé étourdissant. On devine à l'horizon les lumières d'une ferme, la silhouette d'un élévateur à grain.

La municipalité de Huntingdon est plus étendue que Jay le prévoyait, mais il faut admettre qu'elle ne prévoyait pas grand-chose. Distraite par des décorations de Noël excessives, elle rate un pont, rebrousse chemin, progresse par à-coups. Elle traverse le patelin non cartographié de Hinchinbrooke, à partir duquel les panneaux deviennent carrément sibyllins. Par ici se trouve Herdman, et par là Athelstan, et dans cette direction on atteint Chateaugay, New York.

Les décorations de Noël se raréfient, puis se terminent brusquement sur un Rudolph écaillé et cauchemardesque, suivi d'une procession de pancartes DuProprio. Toutes les maisons sont à vendre. L'apocalypse immobilière a déferlé sur le paysage, emportant bungalows et hangars.

Après quelques kilomètres, Jay est persuadée d'être perdue pour de bon. Elle fait escale dans la cour d'un concessionnaire New Holland, le temps d'étudier la carte. Un lampadaire jaunâtre éclaire des moissonneuses-batteuses en hibernation. À la périphérie du cercle de lumière, un chien jaune jappe et tire sur sa chaîne. Ce chien ne figure pas sur la carte. Jay l'ignore. Où a-t-elle pu se tromper au juste ? L'échelle de sa carte ne convient plus, mais impossible d'en charger une nouvelle version sans connexion internet. Elle consulte la liste des réseaux disponibles. Le vide absolu. Aventure au cœur du *no Wi-Fi land*.

Jay lève les yeux de son ordinateur. De l'autre côté de la route se dresse un manoir disproportionné, toutes lumières éteintes, abandonné et glauque. La pancarte RE/MAX semble clouée sur la porte depuis des années.

Jaillissant de nulle part, une Honda Civic passe à cent quarante kilomètres à l'heure – DEL noires fugaces autour de la plaque d'immatriculation – et disparaît dans un égal nulle part. Le chien ne se lasse pas de japper, régulier comme un métronome.

Penchée sur l'atlas routier, l'index dans l'oreille, Jay décide qu'elle n'est pas perdue. Ce pays est un labyrinthe qui ne repose pas sur la complexité des routes, mais sur l'impossibilité de les distinguer les unes des autres. Elle redémarre, abandonne le chien à la nuit.

Elle s'enfonce de plus en plus creux dans la plaine. Chicots de maïs, touffes de forêts. Le temps s'étire comme un sac de plastique. L'escale à Valleyfield semble remonter à plusieurs heures – pourtant, selon l'horloge de bord, ça ne fait que trente-cinq minutes. Sur l'horizon, Montréal se résume à un trait orange de pollution lumineuse.

Lorsqu'elle trouve enfin l'entrée du Domaine Bordeur, Jay marque une brève pause afin d'étudier les boîtes postales. Elle compte une quarantaine de résidences. Pas d'adresses ni de noms sur les casiers, que des numéros impersonnels. Fixé avec de la broche sur une épinette ébranchée, un panneau annonce internet haute vitesse. Une grappe de sacs publicitaires pend sous un abri primitif en tôle ondulée. Près du conteneur à déchets, on a abandonné une lampe torchère et une bonbonne de propane rouillée. Nature morte numéro vingt-sept.

Jay se demande quelle heure il peut bien être au large des Philippines.

Elle pénètre dans le domaine et navigue entre les maisons mobiles. Après le trajet dans les champs désolés, elle a l'impression de revenir à la civilisation. On a accroché des lumières de Noël aux arbustes taillés. Quelques lampadaires éclairent les rues, ce qui n'empêche pas de voir les habitants s'activer à l'intérieur des maisons.

Elle remonte la rue de l'Extase, tourne dans la rue du Bonheur, ralentit pour passer les dos d'âne, vire sur l'Allégresse et s'engage dans le cul-de-sac de la Gaieté, là où se dessine le vaste trou noir d'un champ. L'endroit est mal éclairé, mais impossible de se perdre – avantage stratégique des impasses. Elle roule tout doucement, presque émue. Elle a le sentiment d'atteindre une sorte d'épicentre, même si, à bien y penser, elle n'a aucun plan de match. S'imagine-t-elle vraiment cogner à la porte, l'air ingénu, et poser la première question qui lui vient à l'esprit ? Pardon, c'est bien ici la cellule terroriste Rokov Export ? Reconnaissez-vous cet appareil photo ? Que faisiez-vous dans la nuit du 12 juin au 12 octobre ?

Elle passe devant le 1 et le 3. Contact visuel avec l'objectif. Son pied quitte l'accélérateur, glisse sur le frein.

175

Le numéro 5 est toujours visible, à gauche du cadre de porte, même si autour de la porte il ne reste plus rien. La maison est une perte à peu près totale. L'incendie doit remonter à quelques jours à peine, et n'a laissé que des ruines minimalistes. Les quatre murs et le toit se sont effondrés, ne laissant que le châssis dénudé de la remorque. Stationnée sur le terrain, une excavatrice attend un nettoyage imminent. Une pancarte annonce *Travaux exécutés par Sinistres 3000, Valleyfield.*

Jay fait demi-tour et repart pour Montréal.

- 23 -

Les mois passent et Robert maigrit. Son dernier bungalow a été revendu à perte, et l'infatigable travailleur est au repos forcé pour une période indéterminée, possiblement pour de bon. Il regarde la télévision et classe des clous, pendant que son état de santé continue de péricliter. Le vocabulaire s'échappe de lui, un mot à la fois, comme le sable d'un sablier. Il peine bientôt à nommer l'égoïne, la cafetière, la porte. Son environnement glisse dans un brouillard sémantique.

Il prend néanmoins la situation avec un humour noir que Lisa ne lui connaissait pas. «J'ai oublié un marteau là-dedans», grogne-t-il en se frottant le crâne.

Du point de vue de Lisa, l'état de son père se détériore d'autant plus vite qu'elle ne le voit que par intermittence. Elle tâche de l'appeler tous les soirs et de le visiter chaque dimanche, mais il suffit de rater une seule visite pour être à moitié larguée. Robert est devenu une télésérie vénézuélienne dont l'action évolue à une vitesse folle. Gus et Sheila Miron l'ont à l'œil, et il reçoit la visite hebdomadaire d'une infirmière du CLSC, mais ces soins d'appoint ne suffisent déjà plus. Lisa doit souvent rester chez lui jusqu'au lundi matin, et parfois revenir d'urgence en milieu de semaine.

Elle n'arrive bientôt plus à combiner ces allers-retours avec des études à temps plein. Elle doit passer son horaire à la machette et ne garde que deux misérables cours par session. En conséquence, le ministère de l'Éducation lui retire le peu de prêts et bourses qu'elle recevait. À défaut d'étudier à temps plein, elle devra désormais étudier *et* travailler en même temps – ce qui, en fin de compte, n'arrange rien du tout.

Certaines personnes ont des plans de vol. Lisa doit se contenter de cercles vicieux.

Un dimanche de novembre, elle débarque au Domaine Bordeur avec un poulet portugais emballé dans de l'aluminium huileux, des frites, de la salade de chou. Robert mange peu. Il apparaît plus démoralisé que de coutume – ou peut-être seulement plus lucide. La conversation s'étire, sans contenu ni consistance. Robert mène désormais une vie sans rebondissements narratifs, et il éprouve de la difficulté à s'intéresser à quoi que ce soit. Il mange ses frites avec les doigts, l'air complètement absorbé par cette tâche. Il s'absente durant de longues minutes, revient sur terre, repose les questions qu'il a posées dix minutes auparavant, n'écoute pas vraiment les réponses. Lisa vient d'un autre univers, qu'il n'est plus outillé pour comprendre.

Après le repas, il cherche la boîte de thé pendant plusieurs minutes, la repère enfin à l'endroit où elle se trouve depuis vingt ans, depuis toujours, jette une poche dans la théière et verse l'eau bouillante sans rien dire. Puis, pendant que le thé infuse, il fait signe à Lisa de le suivre, l'air d'un conspirateur.

Ils sortent par la porte arrière et se rendent jusqu'à l'atelier. La vigne vierge a envahi les parois du vieux conteneur, qui semble recouvert d'un épais camouflage militaire.

À l'intérieur, l'air est froid, mais sec. Tous les outils de Robert sont là, plusieurs rangés dans leurs boîtes ou sur leurs crochets, d'autres disposés en éventail sur l'établi, dans la lumière clignotante des fluorescents. Des lames antiques, plusieurs générations de serre-joints, des équerres qui feraient la joie d'un conservateur de musée d'ethnologie, mais aussi la perceuse à percussion achetée l'hiver précédent, le niveau laser et la ponceuse orbitale. L'endroit offre une vue en coupe d'un siècle et demi de travail du bois.

Robert s'approche, se frotte lentement les mains. Il s'empare avec déférence d'une varlope en érable polie par des générations de paumes. Il caresse le bois, remet la varlope à sa place, mais sa main reste suspendue au-dessus de l'établi. Il cherche un outil, il cherche ses mots. Il esquisse des *s* dans l'air avec le bout de l'index.

— Les outils les plus vieux… la varlope, l'herminette, le ciseau… ils appartenaient à Simon, ton arrière-arrière-grand-père.

Lisa ouvre de grands yeux.

— Mon arrière-arrière-grand-père? Mais… tu m'as toujours dit que…

Sa phrase s'éteint comme une allumette, en laissant échapper une volute de fumée. Robert a toujours prétendu que les outils provenaient de ventes de garage. De marchés aux puces. Des petites annonces. Jamais Lisa n'a entendu parler de ce Simon. Robert continue sur sa lancée.

— Grand-papa Simon travaillait dans les cales de radoub, au chantier maritime. La St. Lawrence Marine Works. Près du Vieux-Port. Ça n'existe plus. Il y a une autoroute à la place, maintenant. Tu sais laquelle… l'autoroute…

— La 15?

— Non, l'autre.

— Bonaventure.

— Non, l'autre.

Lisa hausse les épaules. Robert enchaîne aussitôt. Il brandit un vilebrequin énorme, pourvu d'une mèche assez longue pour envoyer une goélette par le fond.

— Ça servait à poser des chevilles. Et l'herminette, ici, c'est grand-papa qui l'a forgée lui-même. Tu vois, il y a sa signature ici.

Il désigne le côté de la lame, mais Lisa ne voit aucune signature, que de l'usure. Il continue de détailler les maillets à calfeutrer, les bouvets mâles et femelles, la gouge droite, la cuillère, le burin, les limes. Un outil après l'autre, il fait revivre les bassins disparus du Vieux-Port de Montréal. Le vocabulaire lui vient à l'esprit sans effort apparent.

Lisa s'émerveille de découvrir ces bouts de mémoire intacte, au moment même où tout le reste s'effrite — et elle ne peut s'empêcher de se demander quelle est la part d'invention dans ce cours d'histoire familiale. Peut-être devient-il plus facile, à l'heure où la vie sombre dans la narration, d'évoquer le passé lointain. Et au final, peu importe que tout ça soit fallacieux ou non, que les outils proviennent d'un aïeul mythique ou d'un marché aux puces de Valleyfield : en cet instant même, dans ce conteneur glacé, Lisa peut voir les troncs équarris sur le bord des bassins, les coques pesantes sur leurs bers, les rivets d'acier chauffés au rouge dans des braseros, l'odeur de vidange et l'iridescence de l'huile à la surface de l'eau, ponctuée ici et là par un rat mort qui flotte, la panse tournée vers le ciel.

Et Robert continue à parler, indifférent au paysage qu'il fait naître dans l'air froid de l'atelier, il avance dans le temps, il parle de l'arrière-grand-père Jean-Charles, de ses pierres à affûter et de son racloir d'ébéniste, de sa vastringue, de ses trusquins, de sa collection d'équerres et de compas.

Lisa écoute de plus en plus distraitement. Non que les outils aient cessé de l'intéresser, mais elle réalise soudain que trois de ses aïeux ont travaillé au chantier naval, à construire et réparer des bateaux à vapeur et des goélettes, jusqu'à ce que son grand-père Émile ferme le chantier en 1950 – et que Robert a donc été le premier, en quatre générations de Routier, à exercer un autre métier.

Sur les entrefaites, Robert remet une grande râpe à sa place, et il reprend son souffle. Il n'a pas discouru aussi longtemps depuis des mois. La buée qui s'échappe de sa bouche et de son collet de chemise l'entoure d'un nimbe argenté.

Il désigne les outils d'un geste semi-circulaire.

— Tout est à toi, maintenant.

Lisa a l'impression de recevoir un uppercut dans le diaphragme. Robert a pourtant prononcé cette phrase sans la moindre emphase. Il est désormais très au-delà – ou très en deçà – des effets dramatiques.

— J'ai pas de place pour mettre ça, papa ! J'habite dans un cinq et demie avec trois colocs.

— Tu feras de la place.

— C'est vingt ans de ta vie. Tu peux pas me donner tout ça.

— J'ai le droit de te donner tout ce que je veux.

Robert frappe l'établi avec sa paume, puis refrappe, un peu plus fort, comme s'il voulait ajouter quelque chose. Il laisse tomber, l'air d'avoir immédiatement oublié sur quoi portait la discussion.

Lisa sent la température de son corps chuter de quelques degrés. Madame Miron l'a avertie que son père devenait irritable, après l'heure du souper. L'infirmière du CLSC appelait ça le syndrome crépusculaire. Il faut éviter de le contrarier, manœuvrer avec délicatesse. Lisa décide de temporiser : si elle prétend plutôt vouloir emporter les outils la semaine suivante, son père oubliera cette histoire entre-temps. Mais Robert secoue la tête.

— Tu vas devoir faire plusieurs voyages de toute façon. On va remplir ta voiture. Tu prendras le reste la semaine prochaine.

Lisa soupire.

— D'accord. Si tu y tiens. En attendant, le thé doit être prêt.

— Quel thé ?

24

Aussitôt revenue chez elle, Jay déballe son ordinateur et son quart de poulet rôti extra piri-piri, dans l'ordre. Assise en tailleur, le papier d'aluminium déplié sur le plancher, elle dévore avec les doigts en gardant un œil sur l'indicateur de charge de l'ordinateur. La pile s'est totalement vidée sur le chemin du retour, et Jay a dû se débrouiller de mémoire. Huntingdon, la Voie maritime du Saint-Laurent, Valleyfield. Le trajet lui a semblé plus court en sens inverse. Le kilomètre connu passe toujours plus vite que le kilomètre inconnu.

Elle ronge un métacarpe en faisant le bilan de la soirée. Elle revient de Valleyfield avec un nom : Isabelle Le Blanc. Elle ne voit pas encore le lien entre cette femme et Rokov Export, mais ça viendra. Il reste beaucoup de petits os à croquer, dans cette enquête.

Elle se lèche les doigts. Le poulet est parfait, juste assez piquant pour arracher quelques larmes.

Quelle est l'étape suivante ? Attendre lundi matin pour faire des recherches à la GRC ? Négatif. Les civils n'ont pas d'accès direct aux bases de données, il faudrait demander à un acolyte d'effectuer la recherche pour elle. Très mauvaise idée.

Remballage de la carcasse dans l'aluminium, dégraissage des doigts. Les claviers font mauvais ménage avec les grillades portugaises. Jay se débouche une bière, réveille l'ordinateur et charge la page d'accueil de Facebook. Elle se crée un compte bidon et se lance aussitôt à la recherche d'Isabelle Le Blanc. *Le Blanc* en deux mots. Ça ne doit pas être si fréquent.

Résultats sommaires : une quinzaine d'Isabelle Le Blanc possèdent un compte Facebook, sans oublier les Isabelle-Leblanc-en-un-seul-mot et les Isabelle-LeBlanc-sans-espace-mais-avec-deux-majuscules, ainsi que les Isa-ou-Isabel-Le[ ]Blanc, qui restent des candidates possibles. N'importe qui peut souffrir d'inconstance orthographique, surtout sur Facebook.

Jay fait défiler la liste. Ça s'étire à l'infini. Elle a l'impression d'avoir mis les pieds dans un monde parallèle exclusivement peuplé d'Isabelle Le Blanc – voire d'une seule Isabelle Le Blanc, pourvue de multiples extensions et excroissances. Une sorte d'intelligence distribuée qui est à la fois mariée, célibataire, mineure, lesbienne, ménopausée. Qui est jeune, vieille, sans âge, porte le chapeau de paille et la minijupe. Qui a étudié au Cégep de Saint-Hyacinthe, à l'Université Laval, à Paris 4, au MIT. Qui est francophone, anglophone, bilingue, qui parle tagalog et italien, et même un peu vietnamien, qui mange de la salade de concombre aux agrumes, qui aime la poutine et les chiens saucisses, qui fait de la poterie et du parapente et du vélo, et qui vient de placer un mot de quatre-vingt-trois points au Scrabble. Isabelle a beaucoup d'amis, de tous les âges et de toutes les couleurs. Des vieux, des trolls, des discrets, des bavards, des amis qui aiment tout ce qu'Isabelle publie, annonce, révèle, relaye. Mais, surtout, Isabelle habite partout. À Trois-Rivières et à

Montréal, à Paris, à Kedgwick, à Longueuil et à Lévis, et encore à Longueuil (Jay note une impressionnante concentration d'Isabelle Le Blanc au kilomètre carré sur la Rive-Sud de Montréal), à Iqaluit, à New York, à Copenhague, à Tunis, à Lyon.

Bref, il y a des Isabelle Le Blanc partout – sauf, et sans l'ombre d'un doute, sauf dans l'axe Valleyfield-Domaine Bordeur. On jurerait qu'il règne là comme un périmètre d'exclusion des Isabelle Le Blanc. Un embêtant trou statistique.

Comment distinguer chaque Isabelle de ses homonymes – et surtout, comment les éliminer une après l'autre jusqu'à ne plus en avoir qu'une seule ? Jay n'a aucun indice en dehors de la géographie.

Elle prend une gorgée de bière, fait craquer ses doigts. Il va falloir trianguler.

Elle tape la recherche *"Isabelle Le Blanc"* + *Huntingdon OR Valleyfield OR "Domaine Bordeur"*. Elle doit reformuler plusieurs fois sa requête avant que Google ne consente à cracher ce qu'elle veut – et, après quelques minutes, elle sent une première touche au bout de la ligne. En trente-cinquième position dans les résultats, après les pages de généalogie et les sites de rencontres, Jay trouve un lien vers un compte LinkedIn. Une Isabelle Le Blanc a été adjointe administrative dans une firme de génie-conseil de Valleyfield entre 2003 et 2006, avant d'aller relever de nouveaux défis dans un bureau d'ingénieurs à Copenhague.

Jay se frotte les mains. Un certain kilométrage sépare la rue Gibson de Copenhague, pour ne pas dire un kilométrage considérable, mais il s'agit de sa piste la plus solide. Sur la photo, Isabelle a l'air intelligente et détendue, la jeune quarantaine resplendissante.

Voilà donc sa cible.

Retour sur Facebook, où Jay repère rapidement l'Isabelle entre les Isabelle. Il se produit comme une explosion qui fauche toutes les excédentaires, ne laissant qu'une seule rescapée au milieu d'un cratère fumant. Isabelle Le Blanc habite donc à Copenhague. Elle a deux enfants, Éric et Lærke, et vit en couple avec Anker Høj, un ingénieur civil avec une bonne bouille. (Une recherche rapide permet de déterminer qu'il est spécialiste en béton précontraint et qu'il a publié plusieurs articles sur les additifs pour basse température.)

Isabelle aime les sports d'hiver, Discovery Channel et les scones chauds avec de la confiture de *stikkelsbær*. Elle rédige ses statuts en anglais et en danois, et occasionnellement en français. Elle semble très confortablement intégrée dans son nouveau pays, considérant qu'elle n'habite au Danemark que depuis six ans. Elle a passé ses dernières vacances à Palma. Elle intervient souvent sur la page d'un groupe danois consacré à l'agoraphobie. En faisant dérouler sa page, Jay constate qu'on y trouve un taux de photos de chats légèrement supérieur à la moyenne. Un taux notable, disons, qui ne relève pas encore de la pathologie, ni même de l'anormalité criante, mais qui témoigne d'un intérêt marqué.

Un déclic se produit dans l'esprit de Jay : il est impossible que cette Isabelle Le Blanc soit mêlée de près ou de loin au détournement de Papa Zoulou. Jay ne saurait dire pourquoi, mais elle en est convaincue. Sans doute est-ce à cause des chats. Le nombre de photos de chats publiées sur un compte Facebook est inversement proportionnel à la probabilité que l'usager soit un terroriste. Ils ont assurément développé des algorithmes pour repérer ce genre de déviations sociales, chez Facebook. Relation entre les photos de reptiles et la psychopathologie. Fréquence de publication et cleptomanie. Habitudes alimentaires et dépression. Le forage de données est l'avenir.

Jay fait à nouveau le tour des photos. L'évidence la frappe soudain. L'album *Sommerferie 2012* montre Isabelle sur les plages de Palma en juillet, puis dans le petit village de Skagen en août. L'album *Fødselsdag Éric,* daté de septembre, la montre en train de préparer un gâteau d'anniversaire. Elle n'a pas pu être à Montréal entre juin et octobre.

Isabelle Le Blanc, acquittée.

Jay s'étire, saisit l'appareil photo dans la poche de son manteau, et le regarde dans tous les sens. Que faisait-il au fond des poubelles, dans ce garage de la rue Gibson ? Peut-être Isabelle Le Blanc l'a-t-elle simplement perdu dans un lieu public, ou vendu par les petites annonces. Peut-être le lui a-t-on volé. Peut-être s'agit-il d'une combinaison de toutes ces possibilités. Des tas de scénarios pourraient expliquer comment l'appareil a pu passer des mains (jusqu'à preuve du contraire innocentes) d'Isabelle Le Blanc jusqu'à celles (vraisemblablement criminelles) du gang Rokov.

Jay vide sa bière. Résiste à l'envie d'en ouvrir une autre. Elle est en train de perdre le fil. Elle ferait mieux d'éteindre l'ordinateur et d'aller se pieuter. Elle pourrait aussi prendre une autre bière, essayer encore une fois de lire *Vingt mille lieues sous les mers*. Elle tombe dans la lune. Dans deux semaines, elle va avoir quarante ans. Elle se demande à quoi ressemble la météo à Copenhague. Elle gratte machinalement l'étiquette sur la bouteille embuée.

Elle formule alors une cinquième hypothèse : Isabelle a pu prêter la caméra à quelqu'un de son entourage, sans savoir ce qui en adviendrait.

Jay refait le tour des amis d'Isabelle. Beaucoup de Danois, peu de Le Blanc. Ce compte suggère une famille éparpillée, où plus personne ne se parle. Peut-être Isabelle est-elle fille unique. Mieux : fille unique de parents enfants uniques – aucun oncle, tante ou cousin dans le portrait. Une famille moderne. Quoi qu'il en soit, les amis dont Isabelle s'est entourée ne ressemblent pas précisément à un groupe d'islamistes radicaux. Cette Hilse a tout l'air d'une amatrice de danse sociale, et ce Karl, on jurerait qu'il aime pêcher le saumon, et ce Bjørn collectionne sûrement les cartes de hockey.

De clic en clic, Jay aboutit sur le profil du fils d'Isabelle. Éric Le Blanc, vingt ans à tout casser. Il ressemble à sa mère, en plus jeune, et il porte le même patronyme, ce qui suggère qu'Anker est son beau-père. Le jeune Éric aura sans doute quitté le Québec en même temps qu'Isabelle, alors qu'il était encore mineur, ce qui veut dire que son père biologique n'est plus du tout dans le portrait. Disparition? Toxicomanie? Décès précoce? Difficile de tirer des conclusions à partir d'un simple compte Facebook. D'ailleurs, Éric semble assez discret. Ses statuts sont en danois et concernent une compagnie nommée Weiss PSL.

D'un geste machinal, Jay se dirige vers le site de la compagnie – et soudain, le ciel se déchire en deux, inondant la pièce de lumière. La compagnie Weiss PSL s'occupe de la logistique intermodale. En page d'accueil défilent des conteneurs, des grues à portique, des camions, et encore des conteneurs, une véritable orgie de conteneurs, des conteneurs la nuit, au coucher du soleil et dans la brume, photographiés par des professionnels avec l'œil juste et une sensibilité pour la poésie industrielle.

Jay tremble et regarde passer les photos, trop ahurie pour sourire. Tous ces conteneurs et ces porte-conteneurs et ces chariots élévateurs et ces grues à portique. Elle n'a. Jamais. Rien vu. De plus beau.

25

Lisa vit désormais entourée d'outils, dans un trois et demie lézardé.

Chaque fois qu'elle a visité son père dans les derniers mois, elle espérait qu'il aurait oublié cette histoire – mais non. Il oublie de prendre ses médicaments, de se nourrir, de changer de sous-vêtements, il oublie le nom des voisins, l'endroit où il se trouve, il oublie le jour de la semaine et le temps de l'année – mais jamais il n'a négligé, à chaque visite de Lisa, de charger la Honda avec une scie à onglets, un ensemble de douilles, des serre-joints, une caisse de vis, une soudeuse à gaz. Rien d'autre ne lui importait, désormais, que cette dernière mission : transmettre la quincaillerie familiale à sa fille unique.

Douze fois, quinze fois, Lisa est revenue de Valleyfield avec une Honda chargée à mort, les amortisseurs enfoncés sous le poids de centaines d'outils, d'appareils et de lames. Les outils de son père ont peu à peu envahi tout l'espace disponible de sa petite chambre, un coin du salon et la remise du balcon, jusqu'à ce que ses colocs lui posent un ultimatum : ça ne fonctionne plus, les outils doivent partir.

Bref, Lisa habite maintenant à deux pas de Notre-Dame-de-la-Défense, au troisième étage d'un multiplex en voie d'écroulement. Elle n'a pas vraiment plus d'espace vital qu'avant, mais personne ne râle parce qu'il s'est cogné le gros orteil contre un rabot.

Le déménagement remonte à vingt-quatre heures à peine, elle n'a même pas eu le temps d'accrocher le rouleau de papier de toilette. Elle monte l'escalier, en titubant un peu, avec une ultime caisse. Elle vient de passer la journée au Domaine Bordeur pour une visite médicale, et son père en a profité pour lui fourguer une dernière salve d'outils. L'atelier est maintenant vide, à l'exception de l'établi et d'un planeur en fonte qui pèse une demi-tonne.

Pour une fois, son père a paru assez calme, quasiment serein. Il venait de clore un chapitre important et pouvait enfin lâcher prise.

Lisa ouvre la porte de son appartement et allume la lumière d'un coup d'épaule. Les outils sont partout : dans le corridor et dans la chambre, empilés jusqu'au plafond du salon, et il flotte dans l'air une odeur de résine et d'huile à machinerie. Lisa se répète que la situation est temporaire – mais, en vérité, elle n'a aucune solution en tête. Elle dispose d'un espace de rangement au sous-sol, mais l'endroit est trop humide pour entreposer quoi que ce soit.

Elle remonte le corridor jusque dans la cuisine, enjambe les outils, se prend les pieds dans la grille de chauffage dévissée. Son ordinateur est posé sur le comptoir, entre le micro-ondes et une pyramide de boîtes de conserve. Elle se verse un grand verre de lait et lance Skype. Une minute plus tard, Éric apparaît à l'écran, coiffé d'un micro-casque quasiment invisible tiré d'un film de science-fiction. Il attendait l'appel de Lisa en prenant son deuxième café.

— Le médecin a un diagnostic?

Elle secoue la tête, vide son verre d'un trait.

— Paraît que ces maladies-là, on les diagnostique à l'autopsie.

— Joyeux.

— Ils essaient un nouveau médicament, mais je ne retiens pas mon souffle.

Bref silence. Lisa s'apprête à se verser un autre verre de lait, débouche plutôt la dernière bière. Éric hausse un sourcil.

— Et ton nouvel appartement, il est comment?

— Mal isolé.

— Plinthes électriques?

— Non. Il y a une espèce de fournaise centrale, au sous-sol, mais je commence à croire qu'elle ne marche pas. Tu m'attends une minute? Vais aller mettre un chandail.

Elle descend le corridor, enjambe les outils, s'accroche les pieds dans la grille de chauffage dévissée (elle note mentalement qu'il faudra la revisser – mais il faudra retrouver les tournevis au préalable), enfile un chandail et revient.

— La bâtisse appartient à une compagnie à numéros. Mon voisin dit qu'il n'y a pas eu de réparations depuis dix ans. Ils achètent des immeubles branlants et ils attendent que ça s'effondre pour encaisser le remboursement des assurances et construire des condos.

— De la spéculation catastrophe.

— Hm.

— Je ne comprends pas pourquoi tu as déménagé.

— Les outils, mon cher. Les outils.

— Tu aurais pu louer un entrepôt et rester dans ton ancien appart. Même en comptant la location de l'entrepôt, ça t'aurait coûté moins cher.

Lisa ne sait pas quoi répondre. Sa vie n'est pas un fichier Excel, les chiffres ne doivent pas forcément être équilibrés. Elle voulait peut-être simplement posséder enfin son espace à elle. Les outils fournissaient un prétexte commode, le coût était un facteur secondaire. D'ailleurs, elle a refusé les multiples offres d'aide financière d'Éric : elle a un appartement en ruine, mais un ego en béton armé.

Éric aussi a déménagé, il y a deux semaines. Malgré les demandes répétées de Lisa, il refuse encore de lui faire faire le tour du proprio. Elle a tout de même remarqué plusieurs écrans et des baies vitrées immenses. L'animal a élu domicile dans une tour de contrôle.

— Remarque, moi non plus je ne comprends pas pourquoi tu as déménagé. Ta chambre au grenier était plutôt géniale. J'aimais les poutres. Ça ne fonctionnait plus, avec ta mère?

— Ça fonctionnait très bien avec ma mère. J'ai déménagé pour des raisons fiscales. Si tu veux l'explication complète, je peux te fournir les coordonnées de mon service de comptabilité.

Éric annonce qu'il va se faire un troisième café. Il s'éclipse une minute, et on entend cogner les tasses, chuinter la vapeur. Une perruche traverse brièvement le champ visuel. Il revient avec un macchiato fumant que Lisa accueille avec un sifflement admiratif.

— La belle vie. On ne dirait pas que tu as un empire à diriger.

— Je délègue.

— C'est un cliché, non?

— Je te jure. Mes deux compagnies se passent plutôt bien de moi. Ça m'étonne encore. Je fais des vidéoconférences trois ou quatre fois par semaine, je reçois la paperasse à signer par messagerie, et c'est à peu près ça. Tout fonctionne sur le pilote automatique.

— C'est beau, la retraite.

La question de la retraite est une blague récurrente entre eux, même si, en réalité, le sujet n'a rien de drôle. Éric s'emmerde. Il manque de stimulation.

Depuis quelques mois, il occupe son temps libre à créer une nouvelle compagnie, une drôle de chose appelée eQ, mais qui n'est pour l'instant qu'une coquille vide. Éric n'a engagé qu'une assistante et un programmeur, tous deux à temps partiel. Cette nouvelle compagnie lui donne surtout une excuse pour gribouiller sur un tableau blanc, les yeux dans le vide.

Lisa se demande comment on peut diriger trois compagnies, être multimillionnaire, et néanmoins s'emmerder. Sans doute s'agit-il de l'un des inconvénients de réussir sa vie à dix-huit ans.

~

Lundi, 8 h 30 : Lisa se lève en sursaut. Elle n'a plus le temps de déjeuner, plus le temps de prendre le bus. Elle saute dans une paire de jeans, enjambe un coffre de douilles de toupie, rafle son sac à dos, son ordinateur et ses notes de cours.

Dehors, la température a encore chuté de quelques degrés. Ça sent la neige. Lisa achète au passage un café et un muffin au Colmado Real, et monte dans sa bagnole, dont le démarreur râle et geint avec une insistance croissante. Chronique d'une panne annoncée.

Lorsqu'elle entre dans la quincaillerie, avec cinq minutes de retard et son sac de papier brun, elle a le net sentiment que *nobody gives a shit*. Elle pourrait aussi bien arriver avec dix, vingt ou quarante minutes de retard, au choix. Les affaires stagnent, ces temps-ci – l'expression *ces temps-ci* désignant les dix dernières années.

— 'Morning, Ed !

— 'ning.

Voilà neuf mois que Lisa travaille à la quincaillerie HardKo, et elle ne comprend toujours pas pourquoi elle a été embauchée. Edwin Schwartz appartient à cette race de propriétaires qui n'ont besoin ni d'employés ni de clients. Il a un caractère de prophète et la dégaine d'Isaac Asimov, et passe ses journées dans son minuscule bureau, sur une mezzanine qui surplombe le plancher de vente. Il arrive tôt le matin, s'en va tard le soir, et ne quitte son bureau qu'en cas de stricte nécessité.

La quincaillerie occupe cette adresse depuis 1954. Bien que les installations n'aient jamais été modernisées, le commerce a la réputation de vendre des systèmes de fixation rarissimes, ce qui lui assure la clientèle maniaque des réparateurs d'aéronefs et de machines à coudre. Derrière la caisse, dans un cadre dépoli, trône une photo de la sonde Pioneer 12. Selon la légende, Schwartz père avait fourni à la NASA trois vis en alliage tungstène-cobalt, au printemps 1976, et ces vis orbiteraient désormais autour de Vénus.

On ne trouve rien de très exotique sur les tablettes du rez-de-chaussée : toute la marchandise spéciale occupe une section occulte située sous le niveau du sol, où Lisa elle-même n'a pas l'autorisation de pénétrer. Lorsqu'un client demande dix vis en niobium de dix-sept millimètres Torx numéro six à double filet, c'est Edwin qui, le trousseau de clés à la main, quitte sa mezzanine en grommelant des imprécations bibliques, débarre la porte et descend à la cave.

Lisa s'aventurerait volontiers là-dessous, de temps en temps. Ça changerait le mal d'étage.

Elle accroche son manteau, soupire. Cette journée va ressembler à toutes les précédentes, elle le sent. Travailler huit heures à la quincaillerie. Ranger des vis sur les étagères. Étudier pour un examen de maths. Faire la lessive. Aller à Huntingdon. Aider son père. Faire le plein. Revenir de Huntingdon. Tchatter avec Éric. Jogger cinq kilomètres. Parler à sa mère. Promettre de la voir bientôt. Huit heures à la quincaillerie. Mentir un peu. Manger ramen, boire café. Aller-revenir de Huntingdon. Discuter linge sale avec l'infirmière du CLSC. Laver la vaisselle. Laisser passer la semaine. Les semaines. Les mois. S'interroger sur le sens de la vie. Broyer du noir.

Lisa mène une vie à l'infinitif.

Elle s'installe à la caisse. Des générations d'avant-bras et de paquets de vis ont poli le bois du vénérable comptoir, et on s'assoit derrière ce meuble comme on s'assoirait aux commandes de l'Histoire elle-même. Elle regarde le menu du jour : il faut classer le stock livré hier en fin d'après-midi.

Rien d'important, sinon Ed s'en serait déjà chargé. Ça peut donc attendre dix minutes de plus.

Elle déroule le sac de papier, sort le muffin. À peine a-t-elle soulevé le couvercle du verre de café que son téléphone portable sonne. Numéro privé. À l'autre bout, une voix de femme enrouée demande Élisabeth Routier-Savoie.

— Ch'est moi, fait Lisa en mordant le rebord de son muffin.

— Sergent Perrault de la Sûreté du Québec. Vous êtes la fille de Robert Routier?

- 26 -

À l'étage des Xenakis, les prises de bec gagnent en fréquence et en intensité. Incidemment, voilà plusieurs jours qu'aucun acheteur n'est venu visiter l'appartement. Ça sent la révision de prix à la baisse.

Jay ne s'aperçoit de rien, trop occupée par le cas Éric Le Blanc. Il s'avère que le jeune homme est une sorte de célébrité, non seulement au Danemark mais dans la sous-culture globale du transport intermodal. Jay vient de passer deux jours à dénicher des dizaines d'articles dans des journaux à potins et sur des sites économiques, des articles en anglais, en portugais, en allemand, en néerlandais – et beaucoup d'articles en danois, tout ça traduit de travers grâce à des engins de traduction. Jay sait maintenant qu'en danois, *conteneur* se dit *skibscontainer,* que *portalkran* est une grue à portique, et que *bølgede galvaniseret stål* signifie acier ondulé galvanisé.

Éric Le Blanc, avec ou sans accent, parfois orthographié Erik selon les fantaisies du journaliste, et occasionnellement converti en Erik Weiss afin de faire couleur locale, s'est fait remarquer très tôt comme prodige de la programmation. Il débarque à Copenhague à quinze ans et, en dépit d'une méconnaissance presque totale de l'idiome local, obtient rapidement plusieurs contrats. Des années plus tard, certains de ses clients admettront qu'ils n'avaient jamais rencontré leur mystérieux partenaire en personne et qu'ils ignoraient à peu près tout de lui – en particulier son âge.

Éric s'amuse et travaille, sans trop faire la différence. Grâce à l'un de ses contrats initiaux, il se découvre une passion pour l'industrie du transport maritime. Il élabore dans ses temps libres un outil de gestion à mi-chemin entre la réalité et la fiction. On compare son travail à un SimCity intermodal où les conteneurs, les gares de triage et les navires seraient les quartiers d'une vaste ville mouvante.

Après deux ans, il abandonne la pige et fonde sa première compagnie. XYNuum offre une suite logicielle qui permet «l'intégration verticale et horizontale des différentes dimensions spatiotemporelles du continuum intermodal». Toujours SimCity, mais traduit dans l'argot des affaires. Loin de lui nuire, la crise financière lui ouvre des parts de marché. Partout dans le monde, des centaines de milliers de conteneurs vides hibernent, empilés dans les cours de triage. L'industrie a besoin d'optimiser le moindre aspect de ses opérations, et le jeune Éric compte bientôt parmi ses clients quelques masto-dontes comme Maersk et CMA CGM.

Un an plus tard, le gamin fête ses dix-huit ans et vend XYNuum pour cent quatre-vingts millions d'euros. Il peut prendre sa retraite – mais il ne le fera pas.

Dans les années qui suivent, il fonde plusieurs compagnies, dont Weiss PSL (gestion des gares de triage), T2T (pistage des conteneurs réfrigérants), ainsi que eQ, une microcompagnie au rôle imprécis. Jay a beau fouiller le web, elle ne trouve aucune information sur cette entreprise : impossible de savoir ce qu'on y fait, ni même où sont les bureaux. Pas de site web, pas d'adresse postale, pas de téléphone. Bon.

En plus de mener ses activités professionnelles, Éric Le Blanc contribue généreusement à de nombreux organismes danois pour aider les jeunes sans-abri, les toxicomanes et les personnes souffrant de problèmes de santé mentale, et a mis sur pied plusieurs bourses et fonds pour stimuler les talents émergents dans les secteurs de la science et des technologies.

En dépit de sa philanthropie, Éric semble vivre en marge du monde. Plusieurs articles soulignent qu'on ne lui connaît aucune affiliation politique, et que jamais on ne l'a entendu se prononcer sur les affaires publiques ou économiques du pays. Il refuse la plupart des demandes d'entrevue, ne donne aucune conférence, n'appartient à aucun club ou chambre de commerce.

Il s'agirait en somme d'un jeune homme un peu insipide – si, du moins, de nombreuses rumeurs et légendes urbaines ne circulaient pas à son propos.

La seule qui soit avérée, c'est son agoraphobie qui depuis des années l'empêche de sortir de sa résidence. Il mène la totalité de ses opérations depuis la sphère privée – et comme, en outre, on connaît peu de photos de lui, il occupe une situation paradoxale : il a été placé en huitième position dans le palmarès annuel des Danois de moins de trente ans les plus célèbres, mais pourrait sortir dans la rue sans risquer d'être reconnu.

Plus elle lit d'articles, et plus Jay ronge son frein. Cet Éric Le Blanc serait son suspect idéal s'il pouvait seulement sortir de chez lui. Reste à savoir pour quelle raison un jeune génie du logiciel domicilié à Copenhague viendrait passer ses vacances dans un ancien garage du parc industriel Saint-Laurent.

La revue de presse finit par être répétitive, et Jay écume les bas-fonds du web où elle découvre toutes sortes de miettes sur Éric Le Blanc. Un blogue (abandonné) où il a publié un manuel sur l'art de lancer un ballon dans la stratosphère. Un compte Flickr (abandonné) rempli de photos de perruches prises à la caméra infrarouge. Un compte GitHub (abandonné) contenant un projet d'application de pilotage de drone. Un compte Twitter (abandonné) formé de trois tweets insipides. Cette histoire ressemble de plus en plus à une succession de culs-de-sac.

Jay se rabat sur les cent trois amis Facebook du jeune prodige, un nombre tout à fait modeste considérant sa notoriété. Ces cent trois amis représentent néanmoins beaucoup de pistes à ratisser, fouiller, classifier, et si Jay ne se sent toujours pas la vocation des travaux manuels, elle ne peut rien automatiser dans cette corvée. Elle en est réduite à se frayer un chemin parmi les noms scandinaves en doutant de tout, y compris de ce qui devrait relever de l'évidence – par exemple, cet(te) Asløg qui utilise un séquoia en guise de photo est-il(elle) un homme ou une femme?

À propos, comment un agoraphobe notoire a-t-il réussi à s'entourer d'une pareille galerie de jet-setters? Jay regarde un *selfie* pris à l'aéroport international de Hong Kong, un grand latte soja commandé au Starbucks de Dubaï, des états d'âme rédigés au Marriott Rio de Janeiro. Elle a l'impression croissante de tourner en rond dans différentes langues. *Hvad har du på hjerte? No que você está pensando?* Éternel retour à la case départ: tout le monde est similaire jusque dans la différence. Il a fallu vingt ans de GeoCities, de Tumblr et de Facebook pour en arriver à cette conclusion collective.

Parmi les cent trois amis modernes et globalisés d'Éric Le Blanc, un seul compte fait référence à ce bled perdu de l'arrière-pays occidental appelé Montréal: celui d'une jeune femme nommée Lisa Baskine.

Sur sa spartiate page d'accueil, la jeune Baskine affirme être née à Huntingdon, détail géographique qui en soi devrait suffire à convaincre Jay qu'il s'agit de l'Individu avec un grand *i* – mais elle se méfie de la géographie et des grands *i*, et de quoi que ce soit issu du web en général. À vrai dire, elle se demande si Lisa Baskine est vraiment une jeune fille, et non un prof de philosophie bedonnant avec une barbe de satyre. À qui se fier ? Il approche minuit et, après quarante-huit heures de recherches intensives et quatre théières de Earl Grey, Jay commence à ressentir une paranoïa aiguë doublée d'une séparation des couleurs en périphérie de son champ visuel. Partout dans la pièce, les objets arborent le double halo rose-bleu des vieux films en 3D. Jay est brûlée.

Comment trouver cette Lisa en chair et en os ? Selon le 411, les plus proches Baskine habitent Calgary et Miami. Jay pourrait pirater le compte Facebook de Lisa, mais elle n'a aucune garantie d'y dénicher la moindre information utile. Le seul lien définitif avec le monde réel, ce sont les adresses IP à partir desquelles on a accédé au compte – et pour les obtenir, il faudrait consulter les registres de Facebook et ceux du fournisseur internet, ce qui nécessiterait d'obtenir plusieurs mandats dans le cadre d'une enquête officielle.

Jusqu'à présent, Jay n'a rien trouvé de concret, à part un appareil photo fêlé et une liasse de pièces à conviction. Elle est débrouillarde, certes, mais ses ressources personnelles demeurent dérisoires comparées à la machine de la GRC, et elle commence à ressentir une certaine usure.

Couchée sur le plancher, elle observe à l'envers le Canon posé sur la table du salon. L'œil mort de l'appareil soutient son regard, impassible.

- 27 -

Il est 7 h du matin lorsqu'on intercepte Robert Routier à la douane de Covey Hill, vêtu d'un pyjama, au volant de son vieux Dodge RAM noir. Monsieur Miron avait caché les clés, mais il restait sans doute un double de secours quelque part, dans un vide-poches ou au fond d'un tiroir.

Lorsque le douanier se présente à sa fenêtre, Robert est incapable de produire la moindre pièce d'identité. D'ailleurs, il n'a jamais eu de passeport. Plus tard, le douanier le décrira comme « confus, mais courtois ». Interrogé sur sa destination, il affirme vouloir « aller en 1978 », ce qui occasionne une certaine perplexité.

— *I'm sorry sir. You'll have to park your vehicle over there and come inside with me.*

Tout se passe dans le calme et la docilité. Les douaniers installent Robert dans la salle d'attente avec un café et un vieux numéro de *Fly Rod & Reel*, et ils appellent la SQ afin de signaler qu'un ressortissant canadien incohérent est venu cogner aux portes du Grand Empire, et qu'ils seraient bien aimables de venir le chercher. C'est ainsi que Robert se retrouve à l'hôpital de Valleyfield.

Lisa, arrivée aussi vite que le permet sa Honda, écoute une agente de la SQ lui relater le dialogue entre Robert et les douaniers.

— Il a dit *quoi*?

— Qu'il voulait aller en 1978.

Lisa est perplexe, non seulement parce que l'épisode dévoile l'ampleur de la maladie de son père, mais parce que 1978 ne signifie rien pour elle. Que s'est-il donc passé, cette année-là, pour que son père veuille y retourner? Il venait d'avoir trente-sept ans. Qu'avait-il fait, où était-il allé? Qui avait-il rencontré?

À l'évidence, Robert Routier cachait lui aussi des passages secrets dans ses murs.

Lisa repense aux paroles de son père, une heure plus tard, tandis qu'elle fouille dans ses tiroirs. Elle lance des vêtements dans un vieux sac de sport ou dans le panier de lavage, selon l'odeur. Robert éprouvait visiblement des difficultés croissantes à tracer la ligne entre le linge sale et le linge propre. Elle ajoute sa brosse à dents, quelques revues et – après un moment d'hésitation – un cadre où père et fille posent fièrement, l'égoïne à la main, dans l'immense escalier d'érable de la maison Baskine.

Lisa ne sait même pas combien de temps son père sera absent de la maison, ni même s'il y reviendra. Leur conversation, à l'hôpital, l'a troublée. Il a d'abord semblé la reconnaître, mais plus ils discutaient et plus

Lisa avait l'impression que son père s'adressait en fait à une personne hybride, composée à moitié de Lisa et à moitié de Josée Savoie.

Elle lève le regard et découvre dans le miroir une jeune fille vannée, avec des plis sur le front et l'air d'avoir encaissé dix ans en cours de journée. Elle a les yeux de sa mère, certes – mais à qui ressemble-t-elle? Difficile de s'élever au-dessus de soi-même, de prendre de l'altitude afin de se voir objectivement, tel que nous voient les autres. Elle cherche dans ses traits ceux de ses parents, comme si cela devait témoigner de la résurgence d'un caractère. Sera-t-elle bipolaire comme Josée ou Alzheimer comme Robert?

Une fois qu'elle a assemblé tout le nécessaire, elle regarde sa montre et se lance dans le ménage de la maison. Elle n'arrive pas à croire que les lieux aient pu se dégrader de la sorte en quelques jours. Elle fait trois brassées de lavage, passe la vadrouille, récure le comptoir. Le frigo est un cas de toxicologie. Elle le vide de tout ce qui est périmé – ou sur le point de l'être –, ne laissant dans son sillage qu'une bouteille de sauce aux prunes et un tube de Krazy Glue.

En faisant le ménage de la chambre, elle découvre quelques centaines de petits comprimés blancs jetés pêle-mêle dans le tiroir de la table de chevet. Il doit y avoir là, estime Lisa, le contenu d'une dizaine de flacons d'Ebixa. Une année complète d'ordonnances que son père a refusé de prendre. Ceci explique cela.

Tandis que la troisième brassée de vêtements culbute dans la sécheuse, Lisa s'attaque au vide-poches où aboutit le courrier que madame Miron ramène tous les matins de la boîte postale, et que Robert négligeait d'ouvrir. Il y a de tout : des prospectus, des publicités de pizzerias, deux cartes de Noël, des vœux de bonne année de la députée néodémocrate, quelques factures impayées (Lisa s'étonne soudain que le téléphone et l'électricité n'aient pas été coupés), des papiers du CLSC, des coupures de journaux aléatoires. Il y a même du courrier pour elle : une offre de carte de crédit platine (frais minimes, taux avantageux) et un avis de livraison de Postes Canada.

Lisa regarde l'avis, à la fois intriguée et mécontente. Il faudra effectuer un crochet par le bureau de poste de Huntingdon et ça ne fait pas son affaire. La journée file et elle aimerait passer encore une heure avec son père avant de repartir pour Montréal. Il lui reste à réviser ses notes en montage de circuits avancé pour l'examen de demain soir, et elle ne voit plus trop où elle trouvera le temps et l'énergie pour ça.

Par la fenêtre, une fine neige commence à tomber.

À l'heure de partir, la Honda atteint sa date d'expiration. Cette fois-ci ça semble sérieux. On pourrait difficilement imaginer pire moment, et l'exaspération empêche Lisa de penser. Elle malmène le démarreur quelques minutes, jusqu'à ce qu'une silhouette sombre apparaisse à côté de la voiture. Lisa pousse un soupir, baisse la vitre.

Monsieur Miron se penche vers elle. Sa moustache est picotée de flocons de neige, vite transformés en minuscules gouttes d'eau.

— Comment va ton père?

Lisa fait un geste. Ça va. Ça ira. Monsieur Miron tend son index, sur lequel oscille un trousseau de clés.

— Prends son Dodge. Je vais m'occuper de ta voiture.

Lisa se sent sur le point de plier en deux. Elle pose sa tempe contre le dos rugueux de la main de monsieur Miron. Elle dormirait là, avec la neige qui s'accumule doucement sur sa tête.

Lorsqu'elle arrive finalement au bureau de poste de Huntingdon, de gros flocons secs s'écrasent dans le pare-brise du Dodge, comme des débris d'avion. Il reste une dizaine de minutes avant la fermeture. L'endroit est mort, l'atmosphère feutrée par la neige et la musique de Noël. Une vieille dame fait timbrer une cinquantaine de cartes de souhaits. Dans un coin, un employé assemble un sapin artificiel rose, une branche à la fois, trèèès lentement. La scène achève de déprimer Lisa, qui n'a soudain qu'une seule envie : s'encabaner chez elle, une bière à la main, son ordinateur sur les genoux, pour regarder un film de kung-fu. Elle se tourne vers la vitrine, se demande s'il est bien sage de prendre la route. On devine à peine la silhouette de l'église presbytérienne, de l'autre côté de la rue.

Si sa mère habitait encore dans le voisinage, Lisa se serait volontiers invitée pour la nuit, mais Josée vit désormais sur la Rive-Sud avec un nouveau copain qui n'aime pas IKEA.

— Suivant !

Lisa tend l'avis de livraison au commis, qui ajuste ses lunettes.

— Ça date du mois de septembre.

— Je sais. Mon père a oublié de me le donner.

— On garde les colis trois semaines, d'habitude.

— Bon, d'accord. Pas de problème.

— Je peux quand même aller voir.

Tenant l'avis entre le pouce et l'index comme un mouchoir usagé, il s'éclipse à l'arrière où Lisa l'entend remuer des boîtes. Il revient avec un air surpris et une grande enveloppe à bulles, qu'il retourne dans tous les sens.

— Pas d'adresse d'expéditeur.

Lisa regarde les lettres parkinsoniennes tracées sur le papier jaune.

Madame Routier

46 rue de l'Allegresse, RR 5

Huntingdon Quebec.

Cette main d'écriture ne lui dit rien. Elle coince l'enveloppe sous son bras et ressort affronter ce qui a de plus en plus l'apparence d'une tempête. Cinq minutes dans le bureau de poste ont suffi pour ensevelir la fourgonnette. Lisa se met au volant sans déneiger les vitres, démarre le moteur et règle le dégivreur à pleine puissance. Puis, dans la pénombre de ce cocon, déchire l'enveloppe, arrache un peu de plastique à bulles, et tire sur ce qui a tout l'air de matériel d'emballage.

Ses doigts réagissent au premier contact. La sensation tactile est à la fois si familière et si étrange que Lisa croit ressentir un picotement électrique. Sa main gauche agrippe le volant, comme à la recherche d'une mise à la terre. Elle sort de l'enveloppe ce matériel d'emballage qui est, en réalité, la soie grisâtre de plusieurs chemises ayant autrefois appartenu à un chanteur d'opéra. Le parachute glisse lentement hors de l'enveloppe – et soudain, tout se déballe sur les cuisses de Lisa : le PowerShot de madame Le Blanc, la balise GPS et le bout de carton sur lequel Lisa avait inscrit son adresse. Au verso on a griffonné, avec la même calligraphie sismique : *trouvé à Thetford Mines, 9 septembre.*

Elle retourne l'appareil dans tous les sens, incrédule. Réflexe irrationnel, elle appuie sur le bouton de démarrage. Aucune réaction. La corrosion a soudé les piles au fond du compartiment. Lisa éjecte la carte mémoire et examine les connecteurs. Comme neufs.

Elle ouvre son sac, saisit son ordinateur portable et introduit la carte dans la fente SD. Le ressort produit le clic satisfaisant des pièces qui tombent à leur place. L'ordinateur hésite, et affiche enfin le contenu de la carte : plusieurs répertoires nichés les uns dans les autres, et contenant les deux cent cinquante-trois photos – *deux cent cinquante-trois photos !* – que l'appareil a prises.

Lisa tape ⌘-a et lance le diaporama.

Éric et elle apparaissent dans le champ de maïs, à l'aube. Les photos sont un peu sous-exposées, mais on devine quand même la tête des deux stratonautes : jeunes, dépeignés, affairés. Suivent plusieurs photos de maïs, une mer d'aigrettes et de feuilles. Puis, le champ rapetisse. Le ballon tourne sur lui-même et la caméra immortalise n'importe quoi, au gré du vent. La ferme porcine Ouimet. Le Domaine Bordeur. La route 209. Elle devine leurs maisons respectives, et un microscopique point orange qui doit être la Datsun de Gus Miron.

Lisa fait maintenant défiler les photos à toute vitesse. Le ballon prend de l'altitude. On voit apparaître des pans complets de la région. Huntingdon, entourée d'une mosaïque grise et jaune, l'usine nᵒ 2 de Cleyn & Tinker, le Vermont. De vastes langues de forêt, coupées par la ligne du fleuve. La mosaïque devient de plus en plus indistincte. Les frontières et les détails s'estompent, on ne peut plus distinguer les routes et les édifices. Le vent ballotte l'appareil dans tous les sens. L'horizon se courbe de plus en plus. De temps en temps, le soleil explose dans l'objectif.

Sur la toute dernière photo, le ballon flotte si haut que l'on peut clairement voir la réelle nature de la Terre : une grosse boule de quilles bleutée, striée de cirrus. Dans la marge supérieure de l'image, le ciel vire au bleu sombre. L'espace commence là.

- 28 -

Jay monte l'escalier et sort de la station Lionel-Groulx. À la surface, il fait lundi matin. Il a neigé toute la fin de semaine, et maintenant il pleut, et les quidams courent en tous sens comme des réfugiés climatiques.

Elle longe la file de bus qui ronronnent aux arrêts et entreprend sa montée quotidienne vers Westmount. Chaque matin elle lutte contre la gravité pour se rendre jusqu'au boulot, et chaque soir la gravité la tire vers le métro. Elle tente de n'y voir aucun sens caché.

Elle remonte l'avenue Greene et ses maisons aux façades sédimentaires, s'engage sous l'autoroute Ville-Marie avec le nez en l'air. S'il faut recevoir un fragment de travée ou un pigeon mort, autant voir venir. Comme tous les matins, elle observe le ventre avarié de l'autoroute, les plaques de béton qui manquent. La vibration de l'heure de pointe se propage à travers les piliers et jusque sous ses pieds. Au-dessus de sa tête, la voie sud traverse lentement son champ visuel, puis une fine ligne de ciel gris, puis la voie nord, suivie de la bande forestière de la falaise Saint-Jacques et du viaduc du CPR. Chaque matin, elle traverse la même séquence, bande après bande – béton, ciel, béton, boisé, voie ferrée –, comme un code-barres qui renfermerait les secrets de la ville.

Lorsqu'elle arrive au coin Dorchester, le feu est rouge. Elle lève les yeux vers le quartier général de la Division C. Un pur produit du brutalisme des années soixante-dix, l'apologie du béton naturel et de la ligne de coffrage. Bienvenue au boulot.

Une eau brunâtre recouvre le plancher du vestibule, que le concierge vadrouille sans hâte. L'heure de pointe est déjà passée et Jay prend seule l'ascenseur. Elle agite sa carte d'accès, monte au septième, agite à nouveau sa carte afin de franchir les portes vitrées. Il lui reste officiellement deux (2) ans, deux (2) mois et vingt-huit (28) jours à tirer.

Elle met le cap sur la cafetière, salue distraitement un collègue des fraudes, ramasse un café au passage, tourne le coin, traverse le microclimat des photo-copieuses, et entame le dernier droit vers l'Enclave.

Vingt mètres à l'avance, elle sait que tout le monde est là : le sergent Gamache, Laura et Mahesh, tous plantés devant l'ordinateur de ce dernier. Le sergent Gamache parle au téléphone. Plus elle approche, et plus Jay distingue ce qui se passe sur

213

l'écran de l'ordinateur. Elle saurait reconnaître une page Google à cent mètres : le logo, la liste des résultats de recherche, le bleu royal des hyperliens, le vert pomme des URL. Mahesh vient de faire apparaître la mosaïque grise et jaune d'une carte géographique. Quelques clics supplémentaires et le voilà sur Google Street View.

Jay est figée sur le seuil de l'Enclave – mais même à cette distance, elle reconnaît la photo des Autocars Mondiaux, sis au 230 de la rue Gibson.

deux

Au bout de quarante-huit heures dans le purgatoire hospitalier, et après une série de prises de sang, de radiographies et de résonances magnétiques, d'échantillonnages d'urine et de mucus, d'examens et d'entrevues et de formulaires, il est manifeste que Robert Routier n'ira nulle part. Le principal intéressé ne comprend pas pourquoi on l'empêche de retourner à la maison ou, mieux encore, en 1978. (Lorsqu'on l'interroge à ce propos, ses réponses demeurent évasives.)

Les médecins ne peuvent pas nommer avec certitude la maladie dont Robert souffre. Ils parlent de *sclérose périfrontalière envahissante* et de *dégénérescence des cloisons temporales* – mais il est clair que tout ce blabla demeure pure spéculation.

Quoi qu'il en soit, la prochaine étape est le centre de soins de longue durée. Lisa trouve l'expression *longue durée* assez inadéquate, pour un homme qui a déjà oublié ce qu'il a mangé pour déjeuner. Un centre de soins de l'éternel maintenant, voilà de quoi son père aurait besoin. Peu importe. En attendant qu'une place se libère, on l'a catapulté au pavillon Westmacott, à Saint-Anicet-de-Kostka, vingt-cinq kilomètres à l'ouest de Valleyfield.

La nouvelle chambre de son père est défraîchie et exiguë. De la pensionnaire précédente, morte ou transférée, il ne reste qu'un arbre de Noël miniature posé sur l'appui de la fenêtre et un diffuseur de pot-pourri synthétique branché dans une prise de courant. *Greensleeves* joue en boucle dans le corridor. Lisa a l'impression de vivre un film d'horreur au ralenti – mais elle baisse la tête, elle serre les dents, elle fait ce qu'il faut faire. Elle s'assure que son père a suffisamment de chaussettes, de sous-vêtements, de camisoles. Elle l'encourage à manger. Elle installe une fougère qu'elle sait condamnée à l'avance. Lorsqu'elle sera morte, elle la remplacera.

Décembre déferle sur les basses terres du Saint-Laurent, moche et gris. Lisa s'interroge sur le sens de la vie et refuse les invitations répétées de sa mère pour une virée au IKEA. Elle résiste à l'envahisseur. Éric est aux abonnés absents depuis trois jours, accaparé sans doute par le temps des Fêtes. Lisa s'est empressée de lui montrer les deux cent cinquante-trois photos prises par la sonde lors de son ascension depuis le champ de maïs jusqu'à la stratosphère. Elle ne peut regarder ces images spectaculaires sans ressentir une sorte de dissonance cognitive – comme si, d'un seul coup, leur adolescence grisâtre au Domaine Boredom avait été transmutée en reportage du *National Geographic*. D'ailleurs, Éric a eu une drôle de réaction en les voyant.

Edwin Schwartz a décidé de fermer la quincaillerie pour deux semaines, sans préavis ni explication. Lisa se retrouve temporairement sans salaire et sans occupation. Elle mange des macaronis blancs et dresse de longues listes plus ou moins ordonnées de tâches à accomplir – acheter des pantoufles à son père (point numéro trois), communiquer avec le bureau du procureur général du Québec (point numéro onze), étudier pour préparer l'examen de fin de session qu'elle a fait reporter «pour raisons familiales» à la fin décembre (point numéro vingt-trois), commencer à vider la maison paternelle (point numéro huit), faire couper le téléphone et payer l'électricité (points numéros quinze et seize). Les listes s'allongent et se ramifient de jour en jour, d'heure en heure. Tout est accablant et compliqué.

Le 24 décembre, peu avant minuit, Lisa se retrouve seule dans son trois et demie. Elle a refusé l'invitation de sa mère, sous prétexte de fêter le réveillon au Domaine Bordeur. Ce gros mensonge est passé inaperçu : Josée Savoie ignore que son ex-conjoint a été hospitalisé, et Lisa ne compte pas mettre les pendules à l'heure. Elle aime que les différentes zones de sa vie restent clairement cloisonnées. Chacun dans son alvéole.

On entend des cris à l'étage du dessus, où les occupants s'attaquent aux cadeaux. Assise dans son lit, enfouie sous plusieurs couches de couettes et de couvertures, Lisa consulte pour la vingtième fois les prix des billets pour Copenhague (point numéro soixante-quatorze). Ils ont grimpé en flèche pour la période des Fêtes et ne retomberont pas avant la fin janvier. Selon ses recherches, Lisa aurait bénéficié de tarifs raisonnables en acceptant de faire successivement escale à Toronto, New York, Paris et Bruxelles, un total de quarante-sept heures en aéroport et de quinze heures de vols nolisés avec quatre compagnies différentes – mais même à ces délirantes conditions, elle n'a pas les moyens de s'envoler pour le Danemark. Elle convertit les prix en euros, puis en dollars américains, puis en yens, à la recherche d'une devise où le montant paraîtrait moins élevé. Ah, cette époque lointaine où l'on pouvait traverser l'Atlantique en trimant dans les cuisines d'un paquebot.

De toute façon, inutile de rêver à des départs précipités : Lisa n'a même pas de passeport, et après étude approfondie des démarches pour en obtenir un (point numéro soixante-treize), elle en est arrivée à la conclusion que le mandat de Passeport Canada consiste à empêcher les gens de quitter le pays.

Lisa ferme tous les onglets, puis le navigateur, et jette un coup d'œil à Skype, au cas où. Éric est encore et toujours déconnecté. Il doit être en train de s'empiffrer d'*æbleskiver,* de touiller un chaudron de *gløgg,* ou d'initier Lærke au Monopoly, couché à plat ventre devant des liasses de billets multicolores.

Elle rabat l'écran de l'ordinateur. Minuit approche, et on entend à nouveau une clameur tribale à l'étage du dessus. Quelqu'un vient de recevoir un iPad, ou un chauffe-mitaines, ou une mijoteuse programmable. Lisa commence à se demander si ce n'était pas une erreur de lever le nez sur l'invitation de sa mère.

Par la fenêtre, où elle doit encore installer des rideaux (point numéro trente et un), on devine la lumière rosée des décorations de Noël du voisin d'en face. Elle sort de sous les couettes et, frissonnante, va appuyer son front sur la vitre glacée. Un brouillard de fins flocons tombe sur le quartier, blanchissant la silhouette massive de Notre-Dame-de-la-Défense. En contrebas, devant l'édifice, le vieux Dodge RAM disparaît lentement sous la neige.

- 30 -

— C'est un Dodge RAM, répète le sergent Gamache. Mon beau-frère avait le même.

Mahesh est dubitatif : selon Wikipédia, il pourrait aussi s'agir d'un Plymouth Voyager, ou d'un Chevrolet série G. Laura réserve son jugement. Jay se fait minuscule.

L'excitation règne depuis trois jours au sein de l'Enclave. Après avoir retracé Rokov Export grâce à un compte (impayé) d'Hydro-Québec et après quarante-huit heures de surveillance intensive des anciens locaux d'Autocars Mondiaux, sis au 230 de la rue Gibson, la GRC a déclenché l'opération Éperon, qui consistait à vider le garage au pinceau et à la pincette, et à tout emballer dans des milliers de petits sacs Ziploc. Les photos s'accumulent sur le serveur de la GRC, et Laura suit la procédure d'un air critique. Les opérations ont été prises en charge par un collègue qu'elle n'apprécie pas trop. Elle parcourt l'index des pièces à conviction en secouant la tête.

— Faut discriminer davantage. On dirait qu'ils vident la maison des frères Collyer.

Pour l'heure, la prise la plus intéressante est le disque dur de la caméra de surveillance de l'entrepôt voisin, d'où l'on a extrait quelque trois mille sept cents heures de vraiment-pas-grand-chose. Grâce à une manœuvre épique dont il a le secret, Mahesh est parvenu à rassembler tout ça en un interminable long métrage qui roule en continu sur un de ses écrans, comme un film expérimental tourné en noir et blanc avec une webcam et un objectif grand-angle de mauvaise qualité. Des scènes d'une infinie lenteur montrent toujours les quatre mêmes quais de chargement où, de temps à autre, vont et viennent des remorques. Dans le coin supérieur gauche de l'écran, presque en dehors du champ visuel, on aperçoit un bout du garage des Autocars Mondiaux devant lequel est stationnée une fourgonnette noire – noire, ou très foncée – dont la plaque est, à cette distance et à cette résolution, résolument illisible.

Un Dodge RAM, selon le sergent Gamache, mais Mahesh ne compte pas concéder le point si facilement. Son écran est couvert de photos de fourgonnettes qu'il compare avec le film de la caméra de sécurité.

— Ça pourrait aussi être un GMC Savana, ou un Vandura. Ou bien un Sportvan Beauville.

Le sergent Gamache se tape sur les cuisses.

— Un Sportvan Beauville! Pourquoi pas un Westfalia, tant qu'à y être?

Laura fixe la fourgonnette, les yeux plissés.

— Et elle a passé l'été là?

— Ouais. Elle arrive tous les matins vers 7 h. Disparaît tard en soirée.

L'index sur la souris, Mahesh fait défiler le film en accéléré. À l'écran se succèdent les jours et les nuits, les allers-retours de camions et de remorques sur les quais – et, durant ce temps, la fourgonnette apparaît et disparaît dans le stationnement du 230, Gibson, toujours conduite par le même individu (cinq pieds huit pouces, race blanche, cheveux courts, sexe indéterminé), qui trimballe des boîtes, des sacs, des madriers, des appareils et des outils.

Le manège se poursuit jusqu'au 9 octobre, date à laquelle la fourgonnette disparaît. Le 11 octobre au matin, un tracteur arrive et recule jusque dans le garage. Au bout de dix minutes, il ressort en tirant une remorque surmontée d'un conteneur réfrigérant d'un blanc parfait, sur le flanc duquel on devine le code PZIU 127 002 7.

— On sait depuis quand le conteneur était au garage ?

— Les vidéos commencent en juillet, mais on sait que Rokov Export a loué le garage à partir du 1er juin. Un bail de six mois, payé d'avance. Virement en argent comptant. Ah, salut Micheline !

— Salut les portuaires !

Micheline Saint-Laurent fait son entrée dans l'Enclave, déformant le champ magnétique autour d'elle. Cette toute petite femme aux cheveux gris est la fondatrice, l'âme et le cerveau de l'Unité de mécanique judiciaire. Elle a la réputation d'être un ordinateur humain, capable d'analyser sans effort apparent la trace d'un pneu, un éclat de feu arrière ou un flocon de peinture de carrosserie.

Son arrivée dévoile de subtiles hiérarchies au sein de l'Enclave. Elle commence par saluer tout le monde d'un seul hochement de tête neutre, puis elle adresse un bref clin d'œil à Laura, échange une poignée de main musclée avec le sergent Gamache. Mahesh porte deux doigts respectueux à sa tempe. Jay joue la femme invisible. Laura, enfin, esquisse un salut vaguement japonais : Micheline est son *sensei,* sa mentore, son modèle. Lorsque Laura est entrée à la GRC, simple stagiaire naïve, elle a fait ses premières armes en mécanique judiciaire. À ses yeux, Micheline Saint-Laurent est l'überbibliothécaire suprême.

Une fois les salamalecs terminés (durée totale : cinq très denses secondes), Micheline promène ses yeux gris acier sur les troupes, un sourire moqueur au coin des lèvres.

— Je sens qu'il y a eu des paris.

— Un léger désaccord entre Maurice et Mahesh, disons.

— *Alors ?*

— Dodge RAM.

— Tu es sûre ?

— À 100 %. La forme de la calandre. La diagonale entre les phares et le pare-chocs, l'angle du pare-brise. J'ai croisé dix paramètres, la marge d'erreur est nulle. Dodge RAM série B, 1976 ou 1977. Pour la couleur, vous avez le choix entre noir, rouge vin ou bleu. Personnellement, je penche pour noir à dix contre un.

Le sergent Gamache jubile. Mahesh cherche aussitôt une image sur Google et compare avec la vidéo. Il doit en convenir : il avait tort et il paiera la bière. Laura effectue un calcul mental.

— Un Dodge RAM 76 ou 77, ça réduit les candidatures, non ?

— Plus ou moins. J'ai fait une requête avant de monter ici. Il en reste encore deux cent vingt-trois en circulation au Québec. Si on compte tous ceux immatriculés à l'est du Manitoba, ça frôle les quatre cent quelque. C'étaient des machines intuables.

— Mon beau-frère avait encore le sien l'an dernier.

— D'accord, Maurice. On a compris.

— Et pour ce qui est de la deuxième fourgonnette, c'est un Ford Econoline 2007.

Tout le monde se retourne d'un bloc vers Micheline.

— Quelle autre fourgonnette?

— Tu peux avancer au 25 novembre, Mahesh?

Mahesh déplace la barre de défilement jusqu'en novembre. Les dates passent en accéléré, puis ralentissent. Un soleil gris se lève enfin sur le dimanche 25. Il y a si peu d'action à l'écran que l'image semble figée. À 7 h 17, un Econoline blanc s'arrête devant les Autocars Mondiaux et fait marche arrière jusqu'au garage.

Debout derrière Mahesh, Jay a l'impression de tomber en chute libre.

Personne ne souffle un mot. Trois minutes quarante s'écoulent sans le moindre mouvement. Puis, à 7 h 20, un individu sort de la fourgonnette, vêtu d'un *overall,* le visage invisible sous la visière de sa casquette, et disparaît derrière le coin du garage. L'image redevient parfaitement statique, et Mahesh pèse sur *avance rapide*. L'individu ressort du garage à 7 h 39 en traînant un sac à ordures, qu'il charge à bord de l'Econoline. Soixante secondes plus tard, la fourgonnette démarre et sort de l'écran.

Mahesh revient en arrière et fait un arrêt sur image à l'endroit exact où le type traîne son sac à ordures.

— Bizarre, non?

— Bizarre.

— Un camion noir, puis un camion blanc. On dirait une partie d'échecs. Les noirs jouent toujours les premiers.

— Les blancs jouent en premier, aux échecs.

— Tu es sûre?

— C'est peut-être le même individu dans une fourgonnette différente...

Perplexe, Mahesh repart le film au ralenti.

— Qu'est-ce qu'il peut traîner dans son sac?

— Aucune idée. Il a peut-être fait du ménage.

— Du ménage? Tu as vu l'état du garage?

— Il est resté vingt minutes.

— Ça a l'air lourd, en tout cas.

Ils regardent le type hisser le sac à bord de la fourgonnette avec la lenteur d'une plaque tectonique. Ça n'en finit plus de finir, et la scène risque de virer au burlesque. Mahesh arrête l'image et Micheline hausse les épaules.

— Ford Econoline 2007. Peut-être 2008, mais ça ne fait pas vraiment de différence. Des blancs comme ça, on n'en voit presque pas sur le marché des particuliers ; 85 % de probabilités que ce soit une location.

Et sans ajouter un mot, après les salutations de rigueur, elle s'éclipse.

Mahesh repart le film au ralenti et en marche arrière, et regarde le suspect ressortir très lentement de la fourgonnette, précédé par son énorme sac à ordures. Complètement penché vers l'écran, le front plissé, il analyse la scène plan par plan, comme s'il tentait de reconnaître quelqu'un. Jay ressent le besoin urgent de trouver une diversion.

— Et, hm… ça progresse, la fouille du garage ?

Laura fait apparaître une galerie de photos sur son écran. La scène de crime a été documentée sous tous les angles : atelier, toilettes, réception, toiture et tout le terrain dans un rayon de vingt mètres. Ne manquent que des photos satellites. Il y a même un plan panoramique de l'atelier, qui semble bizarrement familier à Jay, même si elle n'y a passé que vingt minutes. Il y a des minutes plus intenses que d'autres.

— Ils ont trouvé quoi, jusqu'à maintenant?

— Des déchets. Des retailles de bois et d'acier, des bâches tachées de peinture. Et des boîtes de pommes Empire vides. Des traces de semelles. Beaucoup d'empreintes digitales, mais zéro correspondance dans les bases de données. Ils ont aussi envoyé du matériel biologique au labo.

Jay se raidit.

— Du matériel biologique?

— Des cheveux et du sang, je crois. On devrait recevoir les résultats d'analyse d'ici la fin de semaine.

Jay recule de quelques pas, en direction du corridor.

— Je descends à la cafétéria. Quelqu'un veut quelque chose?

— Négatif.

— Brioche au caramel, s'il en reste.

Jay sort de l'Enclave à reculons, les jambes tremblantes. Surtout, ne pas céder à la panique. Elle va descendre à la cafétéria et en rapporter un grand café et deux brioches, comme si de rien n'était. Elle vérifie machinalement que sa carte magnétique est accrochée à sa ceinture, et se dirige vers les ascenseurs. Jusqu'à la cafétéria, qu'elle va aller. Un café et deux brioches.

Peut-être, à bien y penser, va-t-elle se rendre au rez-de-chaussée et sortir par la porte principale, très calmement, en sifflotant, héler un taxi, et demander au chauffeur de rouler jusqu'à Vancouver.

- 31 -

Lisa et Robert parcourent aller et retour l'unique corridor du pavillon Westmacott, trois kilomètres de marche lente sur tapis beige, ponctués de dialogues intermittents. Voilà un certain temps qu'ils ont épuisé tous les sujets. Robert vit en circuit fermé : il ne sait plus poser de questions sur l'actualité, ni sur le quotidien de sa fille, ni même sur la météo. De temps à autre, des bribes de conversation surgissent du passé, anachroniques et intactes, comme des carottes de glace préhistorique.

Lisa sort à l'air libre en fin d'après-midi, passablement amochée. Le soleil vient de se coucher sur la Voie maritime du Saint-Laurent. Le station-nement est désert. Elle s'assied au volant du Dodge, respire longuement, les yeux fermés, et reprend peu à peu son calme. Puis, elle démarre en direction de Huntingdon.

Le paysage est noir d'encre sous la nouvelle lune, mais Lisa connaît par cœur la moindre courbe de cette route. Elle dépasse Hinchinbrooke, traverse le petit pont de fer, croise le feu jaune qui clignote à un carrefour désert. Elle devine l'alternance de champs et de haies forestières, aperçoit la lointaine lumière d'une ferme, avec ses silos comme des fusées prêtes au décollage. Elle ralentit imperceptiblement devant la maison Baskine, sombre et placardée, sur la porte de laquelle on verrait, s'il faisait jour, une pancarte RE/MAX qui jaunit depuis quelques mois. Lisa adresse un hochement de tête discret à l'énorme baraque.

Les habitants du Domaine Bordeur se sont déjà encabanés pour la veillée du vendredi soir. En stationnant le Dodge, Lisa découvre une singulière décoration de Noël installée devant la maison des Miron : la Datsun a été ornée de guirlandes de lumières, et le père Noël est assis au volant, simili-Ray-Ban sur le nez. Lisa éclate de rire : la Datsun est parée pour le Burning Man.

Dans la maison, ça sent la mort et le renfermé. On entend dégoutter le robinet de la cuisine. Toute propriété abandonnée à elle-même tend naturellement à tomber en ruine. Lisa doit vendre cette maison au plus vite. Dès qu'elle aura obtenu le certificat d'inaptitude de son père. Dès qu'elle aura le temps. Dès que.

Elle ferme les valves sous l'évier de la cuisine et monte le thermostat de quelques degrés. Le temps que l'atmosphère se réchauffe, elle déplie des boîtes. Sur la première, elle inscrit : *Pour papa*. Sur la deuxième : *Pour les Miron*. Sur une troisième : *Armée du Salut*. Puis, le feutre posé sur la quatrième boîte, elle hésite. À partir de là, ce sera la poubelle.

Elle allume la radio et balaye le cadran d'un bout à l'autre. L'appareil ne capte qu'un poste de musique folklorique. Ça vaut toujours mieux que le silence.

En chemin vers la chambre avec la boîte *Pour papa,* Lisa s'arrête devant un cadre. Sous le verre se tiennent la fille et le père, âgés de huit et cinquante-huit ans, brandissant égoïne et perceuse, l'air d'une paire de hors-la-loi. La photo a été prise à Huntingdon, à l'occasion du premier chantier de Robert. Qui tenait l'appareil photo? Peut-être Josée. Le cadre atterrit dans la boîte. Peut-être cette photo lui arrachera-t-elle un souvenir, un sourire. Lisa ne sait plus comment se frayer un passage dans le cerveau de son père.

La soirée s'écoule de la sorte, ponctuée de découvertes insignifiantes. En vidant la salle de bain, entre deux bouteilles de shampooing, elle tombe sur une paire de dés à jouer. Que font-ils là? Lisa imagine son père jouer aux dés, assis sur la toilette. Peut-être s'en servait-il pour prendre des décisions délicates lors de ses moments de détente.

Lorsque les boîtes sont pleines, l'horloge de la cuisine indique 22 h. C'est déjà samedi, au Danemark. L'aube va se lever, et Éric avec elle. Lisa empile les boîtes à bord du Dodge. Elle baisse le chauffage de la maison, éteint les lumières et verrouille la porte sans regarder en arrière.

De retour chez elle, Lisa saute dans un pyjama et se glisse sous la montagne de couvertures, son ordinateur à la main. Éric est en ligne pour la première fois depuis une semaine. Sans même y penser, elle clique sur sa photo. La communication s'établit et le jeune homme apparaît à l'écran, assis à sa table de travail, dans une pièce inondée de lumière matinale. Lisa pointe un index accusateur vers la caméra.

— Où étiez-vous, monsieur, depuis une semaine?

— Je suis pas sorti de chez moi depuis trois ans.

— Tu jouais les abonnés absents.

— J'ai reçu la famille. J'ai lu. Tout le monde a besoin de se débrancher de temps en temps. Tu voulais me parler?

— Oui, non. Rien de spécial.

— Tu veilles tard.

— J'arrive de Saint-Anicet-de-Kostka, avec escale au Domaine Boredom.

— Comment va ton père?

Lisa fait un geste: sujet tabou. De toute façon, que dirait-elle? La chambre est petite. Le personnel semble compétent. Le cerveau de son père s'atrophie. Voilà des semaines qu'il n'a plus prononcé le prénom de Lisa, et elle soupçonne désormais qu'il l'a oublié.

— Je te dérange?

— Non. Samedi matin tranquille. Lærke passe la journée ici.

La tête de la fillette émerge dans un coin de l'écran, les cheveux en bataille et des taches de rousseur sur le nez. Elle étudie intensément Lisa puis, sa curiosité satisfaite, retourne à ses occupations.

— C'est quoi les dessins derrière toi?

Éric se retourne à demi vers un grand tableau blanc, couvert de croquis et de phrases emberlificotées.

— Rien. Des notes pour le boulot.

— Je croyais que tes compagnies fonctionnaient toutes seules.

— Moui, mais là c'est autre chose. Recherche et développement.

Lærke traverse l'arrière-plan en brandissant un véhicule en Lego, à mi-chemin entre le cigare volant et la boîte à chaussures soviétique.

— Recherche et développement pour ta nouvelle compagnie? Comment ça s'appelle déjà… Iq?

— eQ. Avec un *e* minuscule et un *Q* majuscule.

— Ça veut dire quoi?

— C'est l'abréviation de *Encefaliseringskoefficient*.

— *Encefal…* pardon?

— Je blague. Ça veut rien dire. J'ai demandé à l'équipe marketing de me bricoler quelque chose.

— Et elle va faire quoi, ta nouvelle compagnie?

— Tu as entendu parler des drones?

Lisa se cale dans ses oreillers : avec pareille entrée en matière, l'histoire s'annonce compliquée.

— Il y a une compagnie au Nouveau-Mexique qui construit des drones propulsés à l'énergie solaire, capables de voler à trente mille mètres d'altitude pendant plusieurs années sans le moindre ravitaillement.

— Un drone perpétuel.

— Encore mieux : un drone autonome. Il est relié par micro-ondes avec le centre opérationnel. Il suffit d'uploader des données brutes – les pronostics météo, les systèmes de pression, les vents – et le drone prend ses propres décisions. Tu lui donnes une destination et des données, et les algorithmes d'optimisation s'occupent du sale boulot.

— Wow!

— En effet. Ça va bientôt faire une concurrence solide aux satellites en orbite basse. J'ai entendu dire qu'une grosse compagnie de Mountain View s'apprêtait à investir massivement là-dedans.

— OK. Et le lien avec eQ?

Éric prend une gorgée de café.

— Je lisais des articles sur le sujet, l'année passée, pendant que je travaillais sur T2T…

— Tu aimes les noms courts.

— … et ça m'a donné une idée.

Autre gorgée de café. Il a besoin de prendre son élan.

— En ce moment, les conteneurs réfrigérés occupent le sommet de l'échelle évolutive. Un conteneur conventionnel, au fond, c'est une grosse boîte en acier ondulé. Les réfrigérés sont un peu plus évolués : ils sont équipés de balises GPS, de webcams et de capteurs de mouvement. L'atmosphère et la température sont contrôlées en fonction de l'environnement, et les données sont envoyées à l'exportateur en temps réel. Si un douanier ouvre la porte d'un *reefer* au terminal de Hambourg, l'alarme sonne tout de suite dans un bureau de Hong Kong. L'exportateur peut voir si la porte reste ouverte trop longtemps, si la température interne monte…

— Un conteneur intelligent.

— Le service de marketing utiliserait sans doute une expression du genre, mais au fond, ça reste une grosse boîte bête avec une connexion sans fil.

Lærke surgit par-dessus l'épaule d'Éric, la mine guerrière.

— *Jeg er suuulten!*

— *Cheerios er på bordet.*

— Je peux avoir des abricots? *Vær venliiig?*

— Ils sont sur l'armoire. Sers-toi. Ah, tu peux pas imaginer comment une enfant de quatre ans peut bouffer. Ça n'arrête pas. Une vraie déchiqueteuse industrielle. Elle me demande quelque chose toutes les dix minutes. Des fruits, des céréales, du lait. Du saucisson, du jambon, des cornichons – et des bananes! Douze bananes par jour! Bon, qu'est-ce que je racontais?

— Grosse boîte bête, connexion sans fil.

— Ah, voilà. La plupart des conteneurs réfrigérants voyagent sur des lignes hebdomadaires, avec des horaires super réguliers. Jamais de changement. Les zones industrielles et agricoles ont des cycles de production stables. Les climatologues peuvent prédire les dates de récolte des pamplemousses dix ans à l'avance. *Mais.*

— Mais?

— Mais il arrive *quand même* des imprévus. Un bateau retardé. Un typhon. Une grève des débardeurs. Suffit d'un épisode de grippe H5N1 pour que Taïwan resserre ses lois d'importation, et ton exportateur se retrouve avec cinquante conteneurs de poulets congelés brésiliens en quarantaine dans des postes électriques à cent dollars par jour par boîte.

239

— Bref, les horaires sont fixes en théorie, mais il y a toujours des corrections à faire.

— En plein ça. Pour une compagnie qui déplace soixante mille conteneurs par jour, c'est un réel problème. L'idéal, ce serait que le conteneur s'en occupe lui-même.

— Un conteneur qui aurait un sens de l'initiative.

— Un drone semi-autonome.

— C'est faisable?

— Presque tout est déjà automatisé. Des robots déplacent les conteneurs depuis des années. L'industrie fonctionne comme une base de données en trois dimensions. La dernière chose qui n'est pas automatisée, c'est le consommateur.

— Ma mère travaille sur le dossier.

— Alors pour répondre à ta question: oui, c'est faisable. En théorie. Le conteneur pourrait se brancher sur le réseau du terminal, et gérer ses horaires en intégrant les paramètres environnementaux – météo, embouteillages, naufrages, retards, grèves, quarantaines. Une épidémie de grippe porcine? Le conteneur peut calculer les coûts, évaluer les risques, et se rediriger automatiquement vers un autre marché, ou vers un port de transition moins coûteux. Même la paperasse serait produite et envoyée par le conteneur – connaissement, formulaires de douanes... Merde, attends-moi une seconde!

Éric disparaît. En arrière-plan, on entend des bruits de porcelaine et un dialogue franco-danois sur la loi de la gravité. Il ne reste plus à l'écran que le tableau blanc couvert de notes, et Lisa en profite pour essayer de déchiffrer le fouillis de phrases et d'équations, mais la résolution de l'image est trop faible – ou alors, c'est la calligraphie d'Éric qui va en s'aggravant. Elle fait une saisie d'écran afin d'étudier ça à tête reposée.

Éric revient s'installer devant la caméra avec une nouvelle tasse de café remplie à ras bord. Il sirote une gorgée, et jette un regard soucieux sur Lisa.

— Ça va ?

— J'ai froid.

— Tu as l'air déprimée.

— J'ai froid et je suis déprimée.

— Pourquoi ?

Elle tire les draps jusque sous son menton. Il s'agit du seul espace chaud de cet appartement damné. Si elle n'était pas au milieu d'un appel vidéo, elle ramènerait carrément le tas de couvertures par-dessus sa tête – comme autrefois, lorsqu'elle jouait au sous-marin sous ses draps, armée d'une lampe de poche.

À l'écran, Éric attend toujours une réponse. Lisa soupire à nouveau.

— Chaque fois que tu me parles des conteneurs...
j'ai l'impression que tu décris une grande réalisation
de l'espèce humaine. Comme les routes de l'Empire
romain, mais en plus gros. Un peu comme si notre
civilisation avait créé un continent artificiel mais
invisible, caché dans les murs.

— C'est une bonne image.

— Ton conteneur semi-autonome... c'est un tour
de force. Ça implique des algorithmes d'optimisation,
des systèmes de gestion du risque. Ça fait penser à
une sonde Voyager. Tu vois ce que je veux dire?

— Je vois ce que tu veux dire.

— Sauf qu'au lieu d'aller visiter Saturne, tes
conteneurs-drones vont transporter des stylos Bic et
des brosses à toilettes. Le gars le plus intelligent que
je connais se casse la tête pour que madame Ouimet
puisse acheter des coussins à fleurs et des bananes...

— Tu sous-estimes l'importance de la banane
dans notre société.

— Je suis sérieuse. On vit une époque de cul où
toutes les inventions extraordinaires finissent par
devenir insignifiantes. La technologie devrait, je sais
pas, repousser les limites de l'expérience humaine,
non?

Long silence. Éric fait un mouvement ambigu de
la tête, l'air de réfléchir à la question.

— Bon. D'accord. Oublions l'industrie de la banane et du coussin. Supposons que la conteneurisation semi-autonome soit une idée à la Léonard de Vinci – même si je te signale que Léonard de Vinci a fait dans la banane et le coussin à ses heures. Supposons qu'il faille se servir d'eQ pour repousser les limites de l'expérience humaine. Comment on fait, d'après toi?

Lisa respire à fond et regarde le plafond. Il faudrait d'abord déterminer ce qu'est l'expérience humaine au juste. Elle pense à sa mère, debout au centre d'un immense IKEA, et à son père assoupi dans son cubicule longue durée, elle pense au Domaine Bordeur et à monsieur Miron qui tente de démarrer sa Datsun, et même à Edwin Schwartz sur sa mezzanine, et elle pense à elle-même, assise morose dans une salle de classe sans fenêtres, en train d'assimiler des équations et des constantes – et, soudain, *ça* la frappe de part en part, depuis le sommet de son crâne jusque dans sa moelle épinière, ça traverse ses vertèbres comme les perles d'un collier, ça descend dans sa jambe droite et ça ressort par le gros orteil en laissant derrière une sensation d'engourdissement et une odeur de cuir grillé.

Lisa en reste muette, bouche bée, les yeux grand ouverts, tétanisée. Ses lèvres articulent des mots vides, tandis qu'elle tente visiblement de mesurer les dimensions de l'espace neuf qui vient de s'ouvrir dans une zone reculée de son cerveau.

Éric, penché vers l'écran, un sourcil levé, attend qu'elle recouvre l'usage de la parole. Lærke se pointe côté jardin, l'air buté, en marmonnant «J'ai encore faim». Elle se tourne vers l'écran, où elle aperçoit Lisa pétrifiée.

— Qu'est-ce qu'elle a?

Éric se frotte la mâchoire, perplexe.

— Une idée, je crois.

- 32 -

Jay se rappelle très bien le jour où on l'a cataloguée : à peine arrivée de l'aéroport, on prenait sa photo et ses empreintes digitales. La *policía nacional* avait déjà tout ça, bien sûr, mais le forfait déportation de base ne comprenait pas le transfert des données légales, et la GRC devait refaire tout le travail de zéro. Le service après-vente déclinait dans tous les domaines, songeait Lisa en contemplant l'encre bleue au bout de ses doigts.

Et ce n'était pas terminé, il restait encore à prélever l'ADN. Jay haussa les épaules. Elle était de retour au Canada, ils pouvaient bien prélever ce qu'ils voulaient. L'opération ne dura qu'une minute. Une technicienne gantée de nitrile déballa une longue tige de bois avec un bout en ouate. Elle demanda à Jay d'ouvrir la bouche, et frotta la ouate contre l'intérieur de sa joue. Jay détestait la texture de la ouate.

Jay évoqua la scène lorsqu'elle rencontra sa nouvelle avocate, l'après-midi même. Cette petite femme extrêmement combative s'enflamma aussitôt et annonça qu'elle ferait annuler cette procédure « abusive, invasive et illégale ». Jay n'était pas certaine de saisir la portée de tout ça : elle était déjà en prison, non ? Qu'est-ce que ça pouvait bien changer ?

Son avocate alla aux renseignements, découvrit que le juge avait autorisé la procédure sous prétexte que la contrevenante avait été reconnue coupable de *piratería* et *subversión,* et que les lois canadiennes permettaient le prélèvement d'ADN pour ce type de délits. La jurisprudence était néanmoins imprécise au sujet des sentences prononcées à l'étranger, et l'avocate comptait exploiter cette imprécision pour faire annuler l'ordonnance. La cause serait sans doute entendue en appel, mais il était un peu tard : les cellules de Jay avaient été prélevées, l'échantillon traité. À défaut d'obtenir la destruction des données, l'avocate avait au moins réussi à faire suspendre leur inscription dans la Banque nationale de données génétiques.

L'ADN de Jay hibernait donc sur un disque dur en attendant l'issue d'un procès qui n'aurait vraisemblablement jamais lieu. Sept ans plus tard, Jay ignore où se trouvent ces données exactement, et dans l'incertitude il vaut mieux tenir pour acquis que la GRC les a tout de même inscrites dans le système – ce qui signifie que les traces de sang retrouvées aux Autocars Mondiaux risquent de déclencher une longue série de causes et d'effets, comme une bille d'acier lâchée dans une immense machine de Pythagore et qui progresserait du laboratoire judiciaire jusqu'à la base de données, et depuis la base de données jusqu'à Jay.

Ce n'est qu'une question d'heures avant qu'on ne l'interroge – et, surtout, que l'on perquisitionne son appartement. Les enquêteurs trouveront vite la grosse boîte de carton bourrée de pièces à conviction, classée avec les soins amoureux d'une muséologue : liasses de factures défroissées et triées en ordre chronologique, listes griffonnées d'une main inconnue, et surtout ce vieux Canon dysfonctionnel et bosselé. Ils triangleront, ils déduiront.

Ce sera la fin d'une époque – et peut-être s'agira-t-il d'une bonne chose, songe Jay en montant l'escalier de son appartement. Sa vie reprendra là où elle s'est arrêtée, sept ans plus tôt, avec l'emprisonnement, l'enquête, les procédures judiciaires et les chefs d'accusation. Et elle récupérera enfin son vieux prénom, sa véritable identité. Elle a presque hâte de voir les reportages sur son arrestation. Une ancienne hacker employée par la GRC, soupçonnée de complicité dans une affaire de terrorisme. Cette fois-ci, elle ne se fera pas voler la couverture médiatique par le hockey.

Arrivée en haut de l'escalier, elle actionne l'interrupteur. Rien. Le plafonnier malais est déjà mort. Au travers du plancher, on entend un long monologue en grec, des bruits de porcelaine cassée.

Pendant une seconde, Jay a envie de lâcher prise, de laisser les événements se produire. Puis, elle se ressaisit. Elle sort du placard sa boîte de pièces à conviction et la transporte jusqu'à la poubelle de la cuisine.

Dans la boîte sont cordées une vingtaine d'enveloppes, organisées grâce à des séparateurs. Jay retire les enveloppes une à une et les lance dans la poubelle sans cérémonie, comme les pièces d'un casse-tête qui ne servira plus. Adieu, mystérieux croquis et diagrammes. Adieu, factures et listes illisibles. Adieu, précieux Canon PowerShot. Déchets vous étiez, déchets vous redeviendrez.

La poubelle déborde bientôt. Ce soir, Jay ira balancer le sac dans un conteneur à déchets du voisinage, pour peu qu'elle en trouve un qui ne soit pas cadenassé.

Au fond de la boîte, il n'y a plus que l'enveloppe *Varia,* dans laquelle Jay se rappelle avoir classé les inclassables, les miettes, les rognures. Elle s'apprête à la jeter, lorsqu'elle retient soudain son geste. Elle ouvre l'enveloppe, fouille parmi les bouts de papier, et harponne un reçu Park'N Fly pour trois mois de stationnement, tarif longue durée, en date du 10 octobre.

Jay saute sur ses pieds, tremblante. Elle regarde sa montre. Il lui reste encore une demi-heure pour courir acheter une valise.

33

Éric a dit qu'il y réfléchirait – et il y réfléchit sans doute, l'animal, il y réfléchit apparemment très fort, parce que sa réponse tarde comme la réalisation d'une promesse électorale.

Ça fera dix jours demain que Lisa a été électro-cutée par l'idée du siècle, dix jours que les deux protagonistes cogitent de part et d'autre de l'Atlantique, ce qui prouve que ces deux gamins sont devenus (en théorie du moins) des adultes : trois ans plus tôt, la décision aurait été prise sur-le-champ, en direct. Tout est désormais compliqué, chaque question devient un dédale. Ils n'ont plus quinze ans.

Laissée à elle-même, Lisa dessine mentalement des plans et des diagrammes. L'idée la ronge vingt-quatre heures sur vingt-quatre, dans la douche, au travail, sur la route de Saint-Anicet-de-Kostka, et jusque dans ces chapelets de rêves emberlificotés où elle s'empêtre à l'aube.

Quant à Éric, rien ne permet d'imaginer ce qui se trame dans son cerveau.

La situation n'est pourtant pas si compliquée. L'idée de Lisa était soit excellente, soit médiocre – et toute réflexion faite, l'hésitation d'Éric est un indice crucial. Pourquoi hésiterait-il, s'il s'agissait vraiment d'une excellente idée ? Non, cette interminable attente ne laisse présager qu'une seule conclusion possible : l'affaire n'aura pas lieu. Sa compagnie remplira ses fonctions initiales : injecter des conteneurs intelligents dans l'économie globale. Les limites de l'expérience humaine ne seront pas repoussées. Lisa maudit les bananes et les coussins à fleurs.

De toute façon, elle n'a pas de temps à perdre avec ça. Elle doit surveiller la jauge à chaussettes de son père, mémoriser l'histoire de l'électronique chez les Babyloniens, accueillir les hordes de clients chez HardKo et remplir le réservoir abyssal du Dodge Ramosaure – d'ailleurs, elle a sommairement calculé combien son idée coûterait à réaliser, combien de centaines de Leica III en excellente condition il faudrait vendre sur eBay pour financer le projet. Vraiment, non.

Éric n'aime pas son idée, le temps et l'argent manquent – d'accord, message reçu : tout s'oppose à ce projet et Lisa cesse aussitôt d'attendre la réponse. Dans son esprit, les plans et les diagrammes pâlissent comme de vieux coupons de caisse abandonnés au soleil. Ce soir, elle fera un appel vidéo Montréal-Copenhague afin de mettre officiellement un terme à ses blues.

Mais pourquoi diable a-t-elle les blues ?

La question flotte à l'arrière-plan de son esprit alors que, debout sur le seuil de la chambre, elle observe son père qui regarde par la fenêtre. De l'autre côté du verre on voit la route 132, la poudrerie et la ligne sombre que trace le fleuve. Aucun navire en vue, la Voie maritime du Saint-Laurent est gelée dur, fermée jusqu'au mois de mars.

Lisa se demande où ses aïeux bâtisseurs de navires ont fini leurs jours. Elle promène un regard circulaire sur la chambre avec un pincement au cœur. Décidément, ce n'est pas le grand luxe. Elle découvre un nouveau problème à chaque visite : un coin de mur qui s'écaille, une tuile qui décolle, la plinthe qui gauchit, le robinet de la salle de bain qui fuit. Tout se déglingue – et Robert, l'ombre de celui qui fut Robert, s'en tape.

Tiens, le capot du calorifère est à moitié dévissé. Il suffirait de tirer un peu pour l'entrouvrir. La loi de Murphy aidant, Robert finira forcément par y fourrer des bas sales et bouter le feu au pavillon. Il faudra signaler le problème au concierge – mais d'un autre côté, qui sait s'il ne mettra pas trois semaines à réparer cette broutille ? Vaut mieux s'en occuper soi-même.

À l'entrée du pavillon, la réceptionniste est concentrée sur un sudoku. Lisa se poste devant le comptoir.

— Je peux vous emprunter un tournevis ?

La femme sursaute, comme si on lui réclamait une soudeuse au plasma ou une riveteuse industrielle. Elle ouvre un tiroir qui sert de vide-poches depuis des années et dans lequel Lisa entrevoit des pelotes de ficelle, des montres, des crayons, des dentiers et des cartes de souhaits. La femme brandit un minuscule tournevis, l'air victorieux. Lisa l'examine sans le toucher.

— C'est le seul que vous avez ?

— Il vous plaît pas?

— C'est un Robertson. Il me faudrait un Phillips.

— Un Phillips?

— Un tournevis étoile.

— Il y a plusieurs sortes de tournevis?

Lisa soupire, fait un geste d'abdication. Elle réglera cette histoire un autre jour. Si son père n'a pas fait flamber le pavillon entre-temps.

~

Le soleil se couche et Lisa revient à Montréal à vitesse prolétarienne – le prix de l'essence a encore monté. Elle a l'impression d'avoir couru un ultra-marathon. Elle doit couver un rhume. Il fait trop chaud pour le mois de janvier, ça sent les miasmes, les rues sont sales et une neige brune colle aux voitures.

En mettant le pied dans le vestibule de l'immeuble, Lisa fonce tête première dans un livreur UPS, qui la considère de pied en cap.

— Z'habitez quel appartement?

— Le 6.

— Lisa Routier?

— Elle-même.

Il lui tend une grande enveloppe brune en carton. La mention *Ultra Express Parcel* en Helvetica rouge occupe le tiers inférieur de l'enveloppe, et dans la section réservée à l'expéditeur apparaît le nom d'Éric Le Blanc, avec une adresse pleine de ø. Sur le talon de douane, on a inscrit *cadeau – valeur 20 $*.

Un cadeau? Ce serait bien la première fois. Noël est passé depuis un moment et il reste six mois avant son anniversaire.

Elle signe distraitement sur l'appareil que lui tend le livreur et secoue l'enveloppe, qui semble vide. Tout en montant l'escalier, Lisa lutte avec la bandelette censée faciliter le décachetage, et qu'un designer malveillant a conçue pour empoisonner la vie de ses contemporains. Elle n'arrive à rien avec ses doigts et se résout à utiliser ses dents.

Elle parvient enfin à ouvrir l'enveloppe, non sans un grognement néanderthalien, et s'immobilise sur le palier du deuxième, sous le fluorescent qui clignote. Cette foutue enveloppe est bel et bien vide. Quel est le sens de cette blague? Plantée directement sous le plafonnier, Lisa écarte les pans de l'enveloppe. À bien y regarder, il y a peut-être quelque chose tout au fond.

Lisa retourne l'enveloppe – et ce qui tombe, volette, s'éparpille sur le palier constitue, sans l'ombre d'un doute, la réponse tant attendue.

34

Il est 6 h du matin lorsque la femme stationne sa voiture de location à l'aéroport Trudeau. Elle porte un tailleur gris et des lunettes Ray-Ban, et tire une valise à roulettes sur laquelle pendouille encore l'étiquette du Royaume de la valise (24,99 $ plus taxes).

Elle entre dans le terminal et descend vers la zone des arrivées. Les premiers vols internationaux commencent à rentrer, et on voit défiler des voyageurs à tous les degrés de fatigue et de décalage horaire. Des agentes de bord prennent un café. Un type passe, portant un énorme bouquet de roses.

La femme dépasse la zone des arrivées, ressort du terminal par les portes tournantes et suit les panneaux du Park'N Fly. La navette est stationnée tout au bout de la coursive. Le chauffeur grille une cigarette. Il salue la voyageuse d'un hochement de tête.

— Quel stationnement?

— Express A.

Il ne demande à voir aucun billet, et la femme monte dans le bus. La radio joue en sourdine. Trois voyageurs sont déjà assis sur les banquettes, absorbés par leurs téléphones. L'un d'entre eux ressemble à Gandhi. Il discute du prix du kevlar au mètre linéaire et de fréquence d'approvisionnement.

Sur le trottoir, le chauffeur consulte sa montre. D'une pichenotte, il envoie voler son mégot de cigarette, qui ricoche contre une poutre et éclate en étincelles. Il prend place au volant et démarre. Dans un même élan, il coupe un taxi, s'engage dans la bretelle de sortie et monte le son de la radio. C'est l'heure des informations et, entre deux grondements de la transmission, on entend les fragments d'un reportage sur les drones au Pakistan.

Ils passent d'abord par l'Express B, un petit stationnement situé en bordure de l'autoroute Côte-de-Liesse. Gandhi descend là et s'assied au volant d'une Jaguar XK. Les affaires vont bien dans le kevlar.

Le bus repart et, quelques minutes plus tard, ils arrivent à l'Express A, qui occupe une superficie beaucoup plus grande. La navette entreprend un tour complet du stationnement. Assise près de la fenêtre, la femme cherche du regard les caméras de surveillance. Il vaut mieux présumer que le moindre angle du stationnement est couvert.

Soudain, la femme attrape sa valise d'une main et tire le câble d'arrêt.

— Je débarque ici !

Le chauffeur freine en grommelant. La femme descend du bus, perd presque pied – foutus talons hauts – et les portes se referment dans son dos. L'instant d'après, elle est seule dans le stationnement, face à face avec le vieux Dodge RAM noir. Avec ses deux phares bien ronds et sa calandre qui dessine un sourire narquois, on jurerait qu'il attendait la voyageuse.

Elle s'approche et, main en visière, regarde par les fenêtres. Faux bois, cadrans, sièges en vinyle rapiécé avec du ruban d'électricien, lecteur de cassettes huit pistes. Un verre de café en carton traîne dans le porte-tasse. On a démonté les banquettes arrière pour faire de la place, et le plancher disparaît sous les coffres à outils. Une bagnole de bricoleur.

La femme soulève la poignée. Verrouillée, évidemment. Du côté passager, le bouton de la porte est lui aussi enfoncé. Elle ouvre sa valise et sort un bout de cintre coupé et recourbé avec soin. Voilà des années qu'elle n'a pas ouvert une porte de voiture de la sorte. Heureusement, il y a YouTube.

Elle ajuste ses gants, agite ses doigts et, le visage crispé sous la concentration, introduit la broche entre le caoutchouc et la vitre, jusqu'à l'intérieur de la portière. Le mécanisme résiste, mais la femme n'a pas trop perdu la main et, au second essai, grâce à une légère torsion supplémentaire, le bouton de porte se soulève.

Sans perdre une seconde, la femme balance sa valise sur le siège du passager, s'assied au volant et referme la portière.

La fourgonnette dort dans ce stationnement depuis presque deux mois, mais on y sent encore le café, le bois, l'huile et le vieux tapis, ainsi qu'une autre fragrance lointaine, plus ronde, indéfinissable :

celle d'un être humain. La signature olfactive de la propriétaire.

La femme ouvre le coffre à gants et détaille son contenu : une lampe de poche, un paquet de fusibles, une brosse à dents, une carte routière de Montréal et un certificat d'immatriculation crasseux. Le véhicule est enregistré au nom d'Élisabeth Routier-Savoie.

La femme saisit délicatement le document. Avec un fin sourire, elle le porte à ses lèvres et y pose un baiser.

- 35 -

Les yeux de Robert Routier, autrefois, lorsqu'il faisait la chasse au bungalow sauvage…

Ses phases maniaques commençaient invariablement par l'étude minutieuse des journaux et des catalogues immobiliers, café noir et crayon rouge à portée de main. Pourtant, Robert ne trouvait jamais ce qu'il voulait sur papier, et il finissait toujours par écumer la région à bord du Dodge, l'air d'un bandit de grand chemin, s'arrêtant longuement devant des propriétés à vendre, sautant les clôtures, écorniflant entre les planches des palissades. Cette fois-ci, il dénicherait l'affaire du siècle, *el fabuloso bungalow* qui renflouerait son compte d'épargne et lui permettrait de passer au niveau suivant : le marché de la maison de luxe.

Une gourmandise inquiétante luisait alors dans ses yeux, comme dans ceux d'un joueur compulsif assis à une table de black jack. Il flottait, coupé du monde. Il en perdait le sommeil et l'appétit.

Ces épisodes perduraient tant et aussi longtemps que Robert n'avait pas acheté une maison, qu'il ne s'était pas mis au travail. Dans l'intervalle, il volait en haute atmosphère, sur le pilote automatique. Corporellement présent, certes, apte à préparer les spaghettis, à laver la vaisselle et à faire la lessive, à payer les damnés comptes et à répondre au téléphone, mais en quelque sorte absent.

Ce matin, Lisa a abandonné son cours *Mathématiques appliquées 2*. Elle a laissé un message sur le répondeur de la quincaillerie pour annoncer qu'elle ne rentrerait pas au travail aujourd'hui ni dans le futur. Elle ne retournera plus les appels de sa mère, en particulier s'il est question d'IKEA.

Elle se sent légère. Elle marche sur les murs et au plafond, elle voltige au travers du salon.

Elle a transformé sa cuisine (le seul endroit de son appartement qui ne soit pas encombré d'outils) en centre opérationnel. Elle a replié les chaises, poussé la table dans un coin, a punaisé sur le mur des croquis et des listes cryptiques, des pages arrachées de ses calepins de notes, toute une galaxie de petits papiers qu'elle devra convertir en vecteurs, en points, en plans. Dix heures par jour, Lisa mitraille des requêtes sur l'ordinateur dans un dialecte sibyllin. Elle parle en volts, en calories, en CFM et en lumens – et lorsqu'elle croise par hasard son regard sur le chrome du grille-pain, ce sont les yeux de son père qu'elle voit, fiévreux et sérieux et concentrés.

Ses yeux dévorés par la même inquiétante gourmandise.

- 36 -

Jay n'a pas mis les pieds dans ce quartier depuis douze ans.

Il est 7 h 15 lorsqu'elle se stationne dans l'ombre de Notre-Dame-de-la-Défense, toujours vêtue de son tailleur gris camouflage, ses Ray-Ban sur le nez.

Elle éteint le moteur et, dans le silence qui suit, son estomac émet un long gargouillis. Elle vient officiellement de digérer la dernière molécule du pamplemousse dévoré à 5 h du matin. Elle aurait dû manger quelque chose à l'aéroport. Elle repère un dépanneur au coin de la rue. *Colmado Real, bière, vin et livraison.* Ça fera l'affaire.

La caissière somnole en écoutant une émission en italien à la radio. Jay saisit les grandes lignes – *dépression en provenance de l'Ontario, ennuagement progressif, vingt centimètres de neige pour la grande région de Montréal.* Elle fait le tour du dépanneur sans parvenir à éprouver de réel appétit. Elle compte dix variétés de panettone, s'attarde devant les saucissons séchés, étudie un sac de chips ondulées au vinaigre. Elle jette finalement son dévolu sur un café cramé avec molto crème et une boîte de Whippet dont elle vérifie la date d'expiration.

En arrivant à la caisse, elle constate qu'elle n'a pas d'argent comptant.

— Vous prenez le plastique ?

— *Yeah*. Donne-moi ton carte, le *chip reader* est brisé.

La caissière conclut la transaction derrière le comptoir et tend le reçu à Jay, qui signe d'une main distraite.

De retour dans la voiture, elle défonce la boîte de Whippet et mord dans un biscuit : chocolat trop sucré, guimauve poisseuse et confiture à saveur de rouge. Ça goûte 1983 : mou et mélancolique. Elle mange un Whippet, siffle une gorgée de café. Se demande si ce genre de déjeuner est encore raisonnable à trente-neuf-ans-bientôt-quarante. Puis elle enfile ses gants et sort de la voiture.

Le quartier est encore calme. Jay suit les adresses du regard, pivote vers le nord et avise un multiplex sur le point de s'effondrer. Lisa habite au numéro 6.

Dans le vestibule, on se croirait à Beyrouth. Ça sent le plâtre mouillé et la cigarette. Le courrier de l'appartement 6 n'a pas été relevé depuis un moment. Jay appuie sur la sonnette. Aucune réponse. La porte qui donne sur l'escalier n'est pas verrouillée, et Jay décide de monter jeter un coup d'œil.

On n'entend aucun bruit dans tout l'édifice, à part le claquement de ses talons hauts sur le terrazzo craquelé.

Le numéro d'appartement a été arraché de la porte, ne laissant qu'un trou de vis et la silhouette claire du chiffre 6. Jay examine le judas et la serrure du pêne dormant. Un vieux barillet à quatre tiges, facile à crocheter. Elle teste la poignée, et cogne. L'écho se répercute dans la cage d'escalier.

Retour sur le trottoir. Jay n'a pas l'intention de s'en retourner les mains vides. Elle marche jusqu'à l'embouchure de la ruelle, qui n'a pas été déneigée. Elle s'y engage malgré ses talons hauts.

Le multiplex n'a pas de cour arrière, plutôt une simple bande d'asphalte délimitée par une clôture Frost – occupée par un barbecue et un vélo cadenassés l'un à l'autre – et une poubelle cabossée. Un escalier de secours en fer forgé monte jusqu'aux balcons. L'endroit est exposé aux regards de tous les côtés.

Jay pousse le portail de la clôture et considère l'escalier. Les marches sont couvertes de neige et l'ascension en talons hauts s'annonce suicidaire. Elle aurait dû changer de vêtements à l'aéroport, mais inutile de se taper sur la tête. Elle s'accroche à la rambarde, hésite, s'apprête à rebrousser chemin. Même à trente-neuf ans, elle est trop jeune pour mourir.

Elle remarque alors des traces. Un chat a emprunté l'escalier avant elle, imprimant ses délicats coussinets dans la neige. Jay décide qu'il s'agit d'une bonne idée. Elle enlève ses souliers et, chaussée de ses bas de nylon, se lance dans l'escalier. Une mince croûte de glace recouvre la neige, donnant l'impression de marcher sur du verre pilé.

Jay grimpe les marches quatre à quatre jusqu'au troisième étage, en imprimant bien nettement la trace de ses orteils dans la neige. La porte arrière de l'appartement 6 n'a pas été ouverte depuis le début de l'hiver. Les mains en visière, Jay regarde à l'intérieur. Personne en vue. La cuisine est en ordre. Pas de vaisselle sur le comptoir, ni de cadavre sur le carrelage.

Sur le balcon, à côté de la porte, se trouvent une poubelle (vide) et un bac de recyclage (plein). Jay balaye la croûte de neige, écarte les emballages de biscuits, les pots de yogourt, et découvre une strate de paperasse au fond du bac. Ses yeux tombent sur une enveloppe UPS envoyée par Éric Le Blanc, København Ø, Danmark, à l'attention d'Élisabeth Routier-Savoie.

L'enveloppe est vide, mais le bordereau de douane indique *cadeau – valeur 20 $.*

Jay ressent un tel enthousiasme qu'elle en oublie presque sa délicate situation. À l'ouest, la barre gris charbon du front orageux approche, lourde de plusieurs millions de tonnes de neige. De l'autre côté de la ruelle, des gens déjeunent. D'une minute à l'autre, quelqu'un va lever les yeux de son bol de gruau et remarquer la folle en tailleur gris pâle qui fouille dans les poubelles sur le balcon d'en face.

Elle empoigne le bac et redescend l'escalier en affectant un air désinvolte, comme si elle partait travailler (ce qui n'est pas tout à fait faux). Son bas de nylon gauche est percé, laissant entrevoir un gros orteil qui vire doucement au bleu. Arrivée saine et sauve en bas de l'escalier, elle remet ses chaussures, sort de la ruelle en boitant et dépose le bac de recyclage dans le coffre de la voiture.

Puis elle démarre, règle le chauffage au maximum et, après avoir vérifié qu'aucun badaud n'approchait, retire son tailleur et enfile ses vêtements normaux. Les pieds posés contre la grille de chauffage, elle mange des Whippet et sirote du café tiède. Son moral rugit comme une fournaise, malgré une préoccupante absence de sensations dans ses orteils. Non, tout ne va pas si mal, après tout.

Elle arrive au boulot avec un léger retard, pas même de quoi attirer l'attention, et fait son entrée dans l'Enclave en sifflotant, la boîte de Whippet sous le bras. Elle tombe nez à nez avec une Laura dépeignée, surexcitée, prête à sabler le champagne.

— Shenzhen a libéré les données!

Février s'abat sur Montréal. L'hiver rage et le chauffage central de l'édifice brille par son inefficacité.

Lisa sirote du bouillon de poulet, vêtue de plusieurs épaisseurs de laine. Ses sorties se réduisent désormais au strict minimum : ravitaillement, éjection des matières recyclables et des ordures, déglaçage du Dodge. Elle ne se rend plus à Saint-Anicet-de-Kostka que le samedi. Robert n'a apparemment rien remarqué. Elle n'est pas non plus retournée au Domaine Bordeur. Joint par téléphone, Gus Miron l'a assurée qu'il déneigerait l'escalier et le pas de la porte. Brave tonton Miron. À l'arrière-plan, Sheila demandait si la petite avait besoin de quelque chose. Non, la petite a tout le nécessaire.

Lisa s'échine quinze heures par jour et abat le boulot d'un petit commando. Les croquis se raréfient, sur le mur de la cuisine, chassés par les diagrammes électriques et les plans dessinés par ordinateur. L'ambiance évoque de plus en plus le bureau d'ingénieur – avec de la vaisselle sale.

La situation est également agitée sur le front scandinave. Éric a assemblé une équipe de programmeurs qui crachent du code jour et nuit afin d'ébaucher les différents modules du logiciel de pilotage. Il a rassuré Lisa, qui s'étonnait de le voir donner en sous-contrat un travail aussi incriminant : en plus d'avoir signé des ententes de non-divulgation longues comme l'Ancien Testament, les différents programmeurs ne se connaissaient pas

– ou, du moins, ne travaillaient pas au même endroit –, et chacun s'occupait de modules indépendants. Seul Éric jouissait d'une vue d'ensemble du projet, et il se chargerait personnellement de coder les segments les plus critiques, d'assembler les modules et de déboguer le résultat.

De toute façon, ils n'avaient pas le choix : pour avoir un système opérationnel en septembre, il fallait déléguer. Selon les estimations préliminaires, le logiciel totaliserait quinze millions de lignes de codes, dont plusieurs dizaines de milliers écrites sur mesure, et cette masse de texte n'allait pas s'écrire toute seule. Aux dernières nouvelles, on n'avait pas encore automatisé l'automatisation. Éric aurait été au courant.

Et pendant ce temps, les enveloppes UPS continuent d'arriver de Copenhague avec une régularité sans faille, deux fois par mois. Le contenu est invariable : vingt beaux billets émis par la Réserve fédérale des États-Unis et, sur chaque billet, la tête de Benjamin Franklin, grand électrocuteur de cerfs-volants. Des phrases flottent autour de sa tête comme les *phylactères* d'un roman graphique. « *One hundred dollars !* » semble s'exclamer Franklin. Et aussi, sur le ton de l'insinuation : « *This note is legal tender for all debts, public and private !* »

Dette privée, l'expression tire toujours un sourire à Lisa.

Tous les deux mardis, elle fait convertir le magot en choisissant un bureau de change différent, et elle corde les billets au fond d'une boîte de Cheerios, sous le sac de céréales, dans un coin de son garde-manger. Un transfert bancaire simplifierait la procédure, mais chaque enveloppe d'Éric porte un sous-texte qui n'échappe pas à Lisa : il ne s'agit pas de blanchir de l'argent, mais d'en souiller. Les deux comparses utilisent des sommes acquises de manière légale afin de financer des activités illégales (ou à tout le moins douteuses) en tâchant de ne pas se cochonner les mains dans le processus. Il s'ensuit donc que tous les coûts du projet devront être payés en vieux billets fripés. Surtout, aucun plastique – qu'est-ce qu'une carte de crédit, de nos jours, sinon un appareil de géolocalisation sophistiqué ?

Lorsque Lisa avait sept ans, son père faisait tous ses achats en argent comptant. Même à l'époque, la pince à billets de Robert Routier était un anachronisme, un accessoire issu d'une autre génération, reçu peut-être de la main de son propre père, et qu'il persistait à utiliser pour des raisons imprécises : par élégance ou par nostalgie, par pure méfiance à l'égard des banques, ou tout simplement parce que cet objet exaspérait Josée. Quoi qu'il en soit, il avait cédé au plastique, comme tout le monde, et la pince à billets s'était retrouvée au fond d'un tiroir, avec une poignée de pesos mexicains et des boutons de manchette jamais portés, avant de finalement disparaître de la surface de la planète.

Lisa n'a pas vu la pince à billets de son père depuis des années, et elle s'est résignée à utiliser un gros trombone à papier en forme de bretzel.

Elle adore sentir la légère bosse qu'esquisse, sur sa fesse gauche, une douzaine de billets pliés en deux. Chaque fois qu'elle dégaine son trombone, elle se sent toute-puissante et invisible – par la vertu d'une technologie pourtant archaïque. *An elegant weapon for a more civilized age,* dirait Ben Kenobi.

Mais plus important : pour la première fois de sa vie, Lisa n'a plus à se soucier d'argent. Tout paraît possible, comme si les lois de la physique étaient suspendues. Au-delà d'une certaine masse critique, l'argent crée sa propre réalité, comme une loco-motive capable de poser ses propres rails – et ce sont d'étranges rails, en vérité, qui apparaissent devant Lisa. Quelques heures plus tôt, elle n'aurait pas su dire à quel endroit le consommateur audacieux pouvait se procurer un conteneur réfrigérant de quarante pieds, et la voilà maintenant qui navigue avec aisance parmi les petites annonces industrielles, comme on aurait autrefois promené l'index sur un globe terrestre.

Sur son écran défilent des photos floues prises aux quatre coins du monde avec des téléphones bon marché. Des murs de conteneurs qui rouillent sous la pluie à Newark. Dont la peinture pèle dans le port de São Paulo. Des conteneurs blancs anonymes à Chongqing, Abu Dhabi et Tunis. Des conteneurs réfrigérés à Qingdao, Shenzhen, Tianjin et Rotterdam. Des surdimensionnés à Hambourg, au Pakistan, au Koweït. Des boîtes froissées, bonnes pour la ferraille, et d'autres transformées en condos de luxe, en cantines, en bureaux ou en infirmeries. Nombreuses

tailles offertes, plusieurs couleurs attrayantes, achat
et location à court ou long terme, à l'unité ou en
grande quantité, documents légaux disponibles,
certaines conditions s'appliquent, transactions sécuritaires et confidentielles, paiement facile par
virement bancaire, carte de crédit, PayPal. Dix-huit
mois sans intérêt, satisfaction garantie. Collection-
nez-les tous.

Joint par vidéo, Éric se contente de hausser les
épaules.

— Effet secondaire de la crise financière,
camarade. Il y a encore un demi-million de conteneurs qui dorment dans les terminaux d'Europe de
l'Ouest. Hong Kong reçoit des milliers de boîtes
vides chaque jour. Les compagnies maritimes ont
stationné une flotte de bâtiments au large de la
Malaisie. Des centaines de porte-conteneurs, de vraquiers, de pétroliers. Personne à bord depuis des
mois. L'industrie est au neutre.

— Je ressens l'urgent besoin de magasiner un
conteneur réfrigéré.

— Ne cède pas aux achats impulsifs.

- 38 -

La nouvelle est tombée à midi, heure de Beijing,
tandis qu'à Montréal tout le monde dormait :
l'Administration portuaire de Shenzhen acceptait de
divulguer certaines informations stratégiques.

En arrivant au boulot, vers 8 h, Laura a trouvé parmi ses messages un condensé de la situation : Papa Zoulou était effectivement arrivé à Shenzhen le 24 novembre avec un code de transbordement. Selon les enregistrements officiels, il aurait été chargé trois heures plus tard à bord du *Sea Master Evergreen* – mais le capitaine affirmait ne jamais avoir reçu cette boîte à son bord (ce qui restait à démontrer). L'autorité portuaire de Shenzhen s'étant « physiquement assurée » que PZIU 127 002 7 ne se trouvait plus dans sa cour de triage, le contrariant conteneur était forcément reparti à bord de l'un ou l'autre des sept navires à quai durant ces quelques heures.

Jay est presque déçue.

— C'est tout ?

— C'est déjà pas mal. Ça limite beaucoup les recherches. Le port de Shenzhen gère une quinzaine de porte-conteneurs par jour. À chaque tranche de vingt-quatre heures, le territoire de recherche s'agrandit par un facteur de 40 % – avec environ 5 % de recoupement.

Elle ouvre un fichier Excel couvert de noms et de calculs.

— J'ai retracé chacun des sept navires. Ils ont fait un total de dix-neuf escales depuis le 24 novembre. La CIA devrait pouvoir obtenir des données de chacun des ports – et peut-être que ce ne sera même pas nécessaire. Il suffirait de prouver que le conteneur a été sur un bateau en particulier pour réduire le champ des recherches à trois ou quatre ports.

— Alors l'enquête avance.

— Quel verbe radical. Disons plutôt qu'elle ne recule pas.

De l'autre côté de l'Enclave, Máhesh s'active silencieusement devant Google Earth, où il a tracé le trajet décrit par Papa Zoulou au cours des cinquante-huit derniers jours, depuis Montréal jusqu'à Caucedo, et de là jusqu'au Panama, puis à travers l'hémisphère Ouest, jusqu'au large des Aléoutiennes et du Japon. À partir de Shenzhen, la ligne se fractionne en multiples trajets possibles, et il ne faut pas un énorme effort d'imagination pour y voir un bouquet de tenta-cules qui se promènent entre les ports régionaux, s'étirent en direction de Manille, Singapour et Jakarta.

Mahesh manipule la planète en tous sens, l'air excédé.

— Ça ne marche pas !

— Qu'est-ce qui ne marche pas ?

Il pivote à cent quatre-vingts degrés et perd brièvement contenance.

— Sont-ce des Whippet ?

Jay lui tend la boîte. Ne jamais s'interposer entre un programmeur et sa proie. Elle indique l'écran du menton.

— Qu'est-ce qui ne marche pas?

Mahesh mastique un Whippet en cherchant visiblement par où commencer.

— Ça fait trois semaines qu'on suit Papa Zoulou?

— Vingt-deux jours.

— Vingt-deux jours…

Un autre Whippet disparaît.

— Au début, c'était une petite enquête montréalaise de rien du tout. Même Maurice ne prenait pas ça au sérieux. Vingt-deux jours plus tard, le Homeland Security et la CIA travaillent sur le dossier. Pourquoi, d'après vous?

— Il y a beaucoup de monde qui pense que le prochain 11 septembre sera industriel.

— Le scénario de la bombe sale.

— Classique.

Mahesh harponne un autre Whippet et, songeur, l'observe sous tous les angles.

— Le Homeland Security aimerait bien contrôler tous les conteneurs qui entrent sur le territoire américain, mais c'est impossible. Laura, combien de mouvements de conteneurs par jour sur le territoire de l'ALENA?

— Environ cent cinquante mille.

— Cent cinquante mille. Et ça, c'est juste *business as usual*. Le flux normal du commerce, avec un chargement de cocaïne ou de Cubains par-ci par-là. Le Homeland est tout simplement débordé. Ils n'arrivent pas à suivre le rythme – alors imagine un peu ce qu'ils pensent d'une boîte mutante capable de s'effacer des bases de données… Les Américains ne veulent pas trouver Papa Zoulou : ils veulent attraper les barbus qui tiennent le *joystick*. Ils s'imaginent que Rokov Export est le Al-Qaïda canadien.

— Ils connaissent mal le Canada.

— Si c'était vrai, Papa Zoulou serait rentré aux États-Unis par Newark-Elizabeth, non ?

Sourcils froncés, Mahesh retire délicatement la calotte crânienne d'un Whippet.

— Pas forcément. Papa Zoulou passe inaperçu parce que la sécurité est moins stricte pour les transbordements. Pas la peine de contrôler un conteneur qui doit repartir dans quarante-huit heures. Faire entrer un conteneur dans l'arrière-pays, par contre, c'est une autre paire de manches.

— Peut-être que les États-Unis ne les intéressent pas vraiment.

— Alors qu'est-ce qui les intéresse ?

— Excellente question !

Mahesh se retourne vers l'écran et braque son Whippet à demi trépané sur Google Earth.

— Papa Zoulou est passé par Panama.

— Et puis?

— Ça aurait été plus court de passer par Suez et Malacca. Je viens de faire le calcul, le trajet par Panama fait quatre mille kilomètres de plus.

Laura secoue la tête.

— Le trajet le plus court n'est pas toujours optimal, dans le transport maritime. Il faut considérer les horaires, les tarifs, les…

— Pour un conteneur qui voyage dans des conditions normales, d'accord. Mais Rokov Export n'a pas à s'occuper d'horaires ou de tarifs. De toute façon, même avec une certaine marge de manœuvre, passer par Panama est une option valide à condition que la destination finale soit en Asie du Sud-Est… Mettons en Chine, ou en Indonésie…

Il croque un éclat de chocolat.

— Mais si la CIA découvre que Papa Zoulou a continué vers Singapour… quelles conclusions on pourrait en tirer?

— Qu'il fait le tour du monde.

— Ou une sorte de vol d'essai.

Résolument sceptique, Laura lève la main.

— Ils avaient peut-être leurs raisons d'éviter Suez. Des enjeux régionaux, par exemple.

— Tu penses au Yémen?

— Ou bien le Soudan. Ça pourrait expliquer l'acharnement de la CIA. Je vais voir ce que je trouve là-dessus.

Et Laura de se retourner vers son clavier pour y composer d'élégantes requêtes. Le silence retombe sur l'Enclave. L'air grave, Mahesh aspire la cervelle du Whippet.

Jay passe un avant-midi interminable à miner des cartes de crédit et à ronger son frein. Elle tente d'organiser mentalement les événements des vingt-quatre dernières heures, en vain : les indices s'accumulent si rapidement qu'elle peine à en extraire des conclusions – et elle craint de ne pas y arriver avant que les résultats d'analyse du laboratoire ne la fauchent au passage.

Debout devant les fenêtres, une poignée de cadres boivent du café en regardant le front froid s'abattre lentement sur Montréal.

À l'heure du dîner, profitant d'une minute de distraction générale, Jay enfile son manteau et s'éclipse. Elle a garé la voiture à une distance sécuritaire des bureaux. Une providentielle couche de neige recouvre déjà les vitres. Jay sort le bac de recyclage du coffre et s'installe sur la banquette arrière. Il fait froid et sombre, mais c'est discret.

Premier constat : ce bac de recyclage brosse un portrait plus intime que les ordures du 230, Gibson. Élisabeth Routier-Savoie mange de la margarine, des bagels et de la confiture de bleuets. Elle a annulé son forfait internet au courant du mois de juillet. Elle ne consulte pas le contenu du Publisac. Elle a récemment souffert de migraine, ou de douleurs menstruelles. Elle a la peau sèche.

Tout en fouillant, Jay se demande ce que les gens penseraient de ses propres poubelles. Les déchets ont toujours été un important marqueur de classes sociales. Autrefois, les tas de fumier témoignaient de la prospérité d'une ferme. Aujourd'hui, tout le monde craint secrètement de produire des ordures ennuyantes, qui témoigneraient d'une vie plate. La poubelle est le summum de l'expression personnelle et Mark Zuckerberg devrait en prendre acte : exit les statuts de bouffe et de musique, l'avenir consiste à publier le contenu de ses poubelles.

Jay note l'idée mentalement. Elle devrait la faire breveter. Ça lui ferait un projet pour s'occuper, une fois en prison.

Pour l'heure, il reste encore à démêler le recyclage d'Élisabeth Routier-Savoie. Certaines découvertes sont déconcertantes, par exemple cette facture pour l'achat d'une paire de pantoufles en mouton synthétique, de trois paires de sous-vêtements XL pour homme et de douze brosses à dents. Et que dire de ces enveloppes UPS, une dizaine au total, toutes envoyées par Éric Le Blanc et ornées d'un bordereau de douane indiquant *cadeau – valeur 20 $*?

Mais le plus bizarre, ce sont sans contredit ces innombrables emballages de médicaments. On dirait que la jeune fille a dévalisé une pharmacie : analgésiques, antihistaminiques, onguents antibiotiques et antihémorroïdaux, multivitamines, vitamine D, oméga-3, gouttes pour les yeux, inhibiteurs de la pompe à protons, antifongiques. Jay commence à soupçonner qu'elle est aux prises avec une hypocondriaque. Personne n'achète autant de médicaments d'un coup. Il y a même des produits obscurs, dont Jay n'a jamais entendu parler, comme ces gouttes de collyre, ou ces timbres de scopolamine.

Jay se fige soudain, l'emballage de scopolamine dans la main. À deux doigts de l'état de choc, elle lit et relit la phrase imprimée en rouge sur le carton : *ScopoMax – traitement rapide et efficace du mal de mer.*

- 39 -

Lisa émerge de sa retraite à la fin mai, blanchâtre et vacillante, mais avec au coin de l'œil cet éclat qui ne trompe pas.

La voici qui fait les cent pas devant les Autocars Mondiaux, sous une enseigne fêlée représentant un Greyhound Scenicruiser en train d'orbiter autour du globe terrestre. Elle a stationné le Dodge en bordure de l'asphalte craquelé et, de temps en temps, elle regarde la rue, puis l'heure. Elle attend qu'un événement se produise, ou qu'une personne arrive, ou les deux. Elle s'approche encore une fois du garage et jette un coup d'œil par les fenêtres, pratiquement opaques sous la crasse. À peine devine-t-on des formes abstraites dans la pénombre. Tant mieux.

Louer cet endroit s'est avéré étonnamment simple, même s'il a d'abord fallu le dénicher. Les garages assez vastes pour accommoder un conteneur de quarante pieds ne sont pas si nombreux, sur le marché locatif montréalais. Dès qu'elle a vu les photos de ce garage, sur le site web de MVGR Global Rental, elle l'a loué sans même le visiter. Les photos étaient flatteuses. Le bail a été signé par télécopieur, et Lisa a payé six mois d'avance.

Il ne reste plus qu'un détail à régler – et voilà justement le détail qui apparaît à l'horizon, remonte la rue Gibson à toute allure et s'engage dans le stationnement des Autocars Mondiaux en faisant crisser ses pneus. La minuscule voiture négocie un élégant virage et s'immobilise près de Lisa. La messagère baisse la vitre, souriante, rastafari sur les bords.

— Isabelle Boucher-Boivin?

— Présente.

La fille s'étire vers la banquette arrière, en ramène une enveloppe qu'elle donne à Lisa.

— Faut une signature. Juste ici.

Elle lui tend un terminal et un stylet en plastique. Lisa trace n'importe quoi sur l'écran, et le gribouillis est aussitôt propulsé sur un serveur situé à Bangkok ou Tucson.

— Je dois voir une preuve d'identité.

Lisa ressent un pincement d'anxiété : elle n'a évidemment aucune preuve d'identité au nom d'Isabelle Boucher-Boivin. Elle a bricolé ce nom bidon sur un coin de table, pour les besoins du bail. Elle pouvait bien rire d'Éric et de son Rokov Global Import Export. Isabelle Boucher-Boivin. Misère. Elle tâtonne ses poches en grimaçant, mais la messagère l'arrête d'un geste. Pas grave, camarade, aucune importance. Lisa tire la pince à billets de sa poche arrière, en extrait un vingt dollars fatigué. La fille empoche le pourboire avec un clin d'œil vaguement lubrique, et décolle aussitôt vers de nouvelles aventures.

Lisa regarde la voiture s'éloigner en s'interrogeant sur le sens exact de ce clin d'œil. Elle décachette l'enveloppe, fait tomber un trousseau de clés dans sa paume et ouvre la porte vitrée de ce qui fut autrefois la réception des glorieux Autocars Mondiaux. La serrure aurait besoin d'huile.

On croirait pénétrer dans un musée d'archéologie. *Visitez les merveilles du vingtième siècle : ses distributeurs de cacahuètes, ses salles d'attente, sa culture administrative ! Admirez le lustre du prélart et du vinyle !*

Lisa actionne l'interrupteur. Pas d'électricité.

Elle traverse dans l'atelier, précédée par l'écho de ses pas. L'endroit est vide. Un pont élévateur occupait le centre de l'atelier, là où pointent huit grosses vis rouillées, et un treuil dont il ne reste plus que le rail courait le long du plafond. Tout ce qui permettait de pratiquer la mécanique a été bazardé, mais il reste encore de solides tablettes en acier, un énorme baril à ordures, un établi d'acier assez robuste pour supporter une tourelle de char d'assaut, et un grand évier sur le bord duquel repose un pain de savon pétrifié. Lisa tourne le robinet, qui postillonne et crache une eau brunâtre. Elle laisse couler.

Des cernes sur le plancher suggèrent des fuites lors des grands orages et des lézardes entre les blocs de béton trahissent des problèmes structurels probablement irréparables. C'est en somme tout juste bon pour la démolition. Ce sera parfait.

Lisa appuie sur le bouton qui actionne la porte de garage. Aucune réaction. C'est vrai : pas d'électricité. Il faudra décidément s'en occuper. Elle ouvre la porte manuellement, en tirant les chaînes, puis elle recule le Dodge sur le seuil pour décharger le matériel. Elle n'a apporté que le strict nécessaire.

Cinq coffres à outils, des extensions électriques, une perceuse, une scie à onglet, plusieurs kilos de vis diverses, des mèches et des lames, d'autres extensions électriques, une baladeuse, son ordinateur, des serre-joints. Elle dresse la liste provisoire de ce qui manque. Des lampes de travail. Une radio. Des tréteaux. Une enclume. Un étau. Une cafetière.

Elle sort de la fourgonnette un tube de carton dont elle extrait une dizaine de plans imprimés en grand format, qu'elle entreprend de fixer sur un mur de l'atelier. Elle les place en ordre chronologique, comme le *story-board* d'un film, afin de bien illustrer le déroulement du chantier.

Les plans A, B et C sont les plus techniques : ils montrent la transformation de l'unité de réfrigération afin de fournir de l'électricité, ainsi que l'installation du panneau électrique central, du filage, des disjoncteurs et des prises de courant, de l'éclairage.

Le plan D s'attaque au problème particulier de la cage de Faraday : comment communiquer avec le monde extérieur depuis l'intérieur d'une boîte en acier gaufré ? La réponse est un diagramme compliqué d'antennes discrètes installées sur les six faces du conteneur, et qui permettent de combler tous les besoins en Wi-Fi, radio et GPS.

Le plan E concerne la circulation de l'air : induction et évacuation forcées, avec filtres au charbon aux deux extrémités du système, climatisation et chauffage, déshumidification.

Les plans F et G définissent les grandes zones d'habitation : la salle de séjour, le coin cuisine, l'entrepôt, les réservoirs d'eau potable et d'eaux usées, le coin ordures et toilettes, ainsi qu'un mur de boîtes de pommes Empire factices afin de donner le change. Ce plan prévoit également l'aménagement d'une écoutille d'urgence à travers l'unité de réfrigération.

Les plans H et I illustrent l'aménagement détaillé. Lisa s'est inspirée de cabines de voiliers : tout est compact et convertible. La couchette se transforme en banquette. La table à cartes est miniature, mais fonctionnelle. Dans la cuisinette, chaque centimètre cube a été calculé et recalculé. L'extrémité du conteneur, près des portes, juste avant le mur de boîtes de pommes, sera occupée par une toilette sèche (escamotée dans un élégant cabinet en bois) et par un compacteur à déchets capable d'écraser les rebuts en jolis cubes bien denses.

Le plan J, enfin, tient davantage de la représentation en perspective. Il montre l'allure finale du conteneur, comme si on avait retiré une des parois latérales. On y voit un ordinateur posé sur la table à cartes, une radio VHF, un abondant éclairage à large spectre, la bibliothèque, la couchette dépliée, un coffre à vêtements. Sur la cuisinière électrique mijote une sauce aux arachides. La machine à pain et le cuiseur à riz font discrètement leur boulot, et les bacs de germination sont luxuriants sous la lampe à ultraviolets. Ce plan n'indique pas tout : il laisse une large part à l'imagination, que Lisa meuble volontiers avec des détails moelleux et baroques, des coussins à pompons, un samovar, une peau d'ours polaire, voire un de ces fauteuils capitonnés où les grands explorateurs de l'ère victorienne prenaient la pose, la barbe drue et l'œil vif, avant d'aller britanniquement périr au cœur des glaces de l'Arctique.

Une fois le plan J cloué au mur, Lisa recule de quelques pas et, poings sur les hanches, considère l'effet général. Ces plans représentent sept mois de travail intensif : trois mois dans le passé, et quatre mois dans le futur.

À propos du futur, elle regarde l'heure. Pas le temps de rêvasser, elle a rendez-vous avec Piotr.

- 40 -

Jay grelotte malgré sa tuque des Nordiques, ses trois épaisseurs de chandails et ses bottes de caoutchouc. Il est 1 h du matin, et un mauvais vent balaye le Bouclier canadien.

La fillette vient d'avoir dix ans et elle habite toujours à mille kilomètres en aval de Montréal, dans le village où elle est née. On est à la mi-octobre et, comme à chaque mi-octobre, elle a accompagné son père pour assister au dernier passage du *Nordik Express*. Le navire ne reviendra qu'en mars, à la fonte des glaces. Entre-temps, il restera le ski-doo.

Jay n'a jamais mis les pieds à bord du *Nordik Express,* et elle observe envieusement les membres d'équipage, le capitaine, et même ces trois ou quatre touristes de fin de saison, à moitié endormis dans leurs coupe-vents fuchsia, qui s'accrochent à la rambarde pour ne pas être emportés par une bourrasque.

La passerelle repose encore sur le quai et Jay se demande s'il serait très difficile de se glisser à bord. Passagère clandestine, voilà une idée intéressante.

Elle suit les manœuvres en grelottant. Les travailleurs chargent un vieux conteneur.

Jay est soudainement déprimée. Elle retourne s'asseoir dans la camionnette, à l'abri du vent. Lorsque le *Nordik Express* quitte le quai, elle dort depuis longtemps.

- 41 -

Lisa est au milieu du pont Jacques-Cartier lorsque son téléphone sonne sur le siège du passager. Ses mains se crispent très légèrement sur le volant. Elle a appris à redouter cette sonnerie. Depuis décembre, on ne l'appelle plus que pour lui annoncer que son père :

1) a tenté de traverser la frontière américaine ;

2) ne pourra retourner chez lui ;

3) sera transféré dans un centre de transition éloigné ;

4) a perdu son partiel et endommagé sa télévision.

Un jour prochain, il :

5) se sera évadé ;

6) aura fait un accident cérébrovasculaire ;

7) se sera fêlé la hanche.

Lisa jette un coup d'œil en biais au téléphone, voit le nom de Josée Savoie. Le doigt sur le bouton, elle envisage pendant un instant de ne pas répondre.

— Maman ?

— Heureuse de voir que tu te souviens de moi.

Léger accent de reproche dans la voix. Depuis combien de semaines Lisa n'a-t-elle pas appelé sa mère ? Elle a perdu le compte.

— Tu es occupée.

— Je suis sur la route.

— Occupée en général.

— Ah, oui. Oui. Plutôt, oui.

Lisa jette un coup d'œil distrait sur l'odomètre : quatre-vingt-quinze à l'heure. Son esprit lutte passivement pour s'extraire de cette conversation.

— J'étais à Montréal, hier après-midi. Je suis passée chez HardKo. Ton patron a dit que tu avais donné ta démission cet hiver.

— Changé de job.

— Ah? Tu travailles où maintenant?

— Je *vais* changer de job. Bientôt. Je veux d'abord terminer ma session.

Microsilence étudié : Josée sirote une gorgée de quelque chose. Elle décide de passer au but de l'appel.

— Tu viens chez IKEA avec moi dimanche?

Lisa réprime un soupir. Sa mère souffre d'un karma en béton armé : son nouveau copain n'aime pas IKEA, tout comme son copain précédent, et l'autre avant, et Robert autrefois. Si la tendance se maintient, et peu importe le nombre d'hommes qui partageront sa vie, Josée Savoie continuera vraisemblablement de solliciter Lisa pour des visites dominicales au IKEA jusqu'à la fin de ses jours.

À propos, quel meuble veut-elle remplacer cette fois-ci?

— Ma table de salon.

— Ta table de salon.

— Le dessus est tout égratigné.

— On l'a achetée ensemble, ça fait quoi… deux ans ?

— Je sais.

— Je suis en train de conduire, là. Avais-tu autre chose à me dire ?

— Je passe te prendre dimanche avant-midi.

— Je dois y aller.

— D'accord. On se voit dimanche. Tu soupes avec nous après ?

— J'ai pas dit oui.

— Neuf heures et demie.

— Je n'ai pas dit oui !

Surplus Industrials Peter ressemble en tous points à l'image que Lisa s'en faisait : un vaste terrain vague de la quatrième couronne de Montréal, jonché de machinerie agricole antique, de camions M35 de l'armée canadienne et de tuyaux en béton armé. Rien n'est neuf. Tout ce qui contient des métaux ferreux prend lentement une teinte orangeâtre se trouvant entre les Pantone 27163 et 39484, et les bureaux de la compagnie occupent une roulotte dans les mêmes tons.

Piotr parle anglais avec un accent que seul un linguiste slavophile parviendrait à situer sur une carte de l'Europe. Il conduit Lisa au fond de la cour, où l'obscur objet du désir repose entre une vieille souffleuse de la municipalité de Saint-Lambert et un lot de citernes en PVC. Il s'agit d'un grand conteneur blanc, orné de l'étoile à sept branches de Maersk, moucheté de rouille. Lisa étudie avec une attention exagérée l'unité de réfrigération. Piotr joue du poing contre l'acier.

— *Mint condition !*

Il ouvre les portes comme s'il s'agissait d'un carrosse précieux. Lisa allume sa lampe de poche et monte à bord.

— *Mint condition ! Only one previous owner. Need CSC certification ? I can arrange.*

Lisa écoute distraitement. Sous ses pieds, le gaufrage de plastique est éraflé comme une piste de danse. Lisa imagine des millions de palettes de pamplemousses et de bok choys valser aller-retour sur ce plancher. Elle hume l'air, croit détecter une légère odeur de fraise. Les parois sont propres, aucune trace de moisissure. Quelques bosses négligeables. Elle promène sa lampe de poche dans les grilles des ventilateurs. Pas de rouille.

À l'extérieur, Piotr piétine, reçoit un coup de fil, discute en croate ou en bulgare, allume une cigarette, interrompt sa conversation pour lancer une remarque à Lisa au sujet de la peinture, des pentures, des rivets. Elle acquiesce.

Il commence à pleuvoir. Piotr catapulte sa cigarette fumante, et se réfugie à l'intérieur du conteneur. Une odeur de tabac mouillé se surimpose à celle de fraise.

Les négociations sont âpres et trilingues. Le téléphone sonne, Piotr l'ignore. Lisa offre deux mille cinq cents dollars. Piotr fait mine de s'arracher le cœur et de le jeter au sol : l'unité réfrigérante vaut trois mille cinq cents à elle seule ! Faut pas charrier, réplique le sourire de Lisa, cette épave est presque aussi vieille que moi... Le téléphone sonne encore. Jurons slaves. D'autres montants sont prononcés. Moues et mimiques. Ils s'entendent pour trois mille cent, payable sur-le-champ.

Dehors, le mégot s'entête à fumer malgré la pluie.

Ils referment le conteneur et sprintent vers la roulotte afin de finaliser le paiement et de signer les formulaires. Même ici, dans l'intestin grêle du monde industrialisé, il y a de la paperasse à remplir, à tamponner, à initialiser. La paperasse mène le monde. Lisa frissonne sous la pluie. Foutue paperasse.

La pluie a laissé place à un soleil agressif et on suffoque à l'intérieur du garage des Autocars Mondiaux, malgré la porte grande ouverte. C'est l'heure de l'apéro. Un camion FedEx est passé il y a dix minutes, et depuis, plus rien.

Lisa vide son deuxième litre d'eau minérale, assise en tailleur sur le seuil du garage. Elle regarde les conteneurs stationnés de l'autre côté de la rue. Assis sur le bord d'un quai de chargement, un type grille une cigarette. Lisa se demande ce qu'ils mijotent au juste dans cet entrepôt beige et dépourvu de raison sociale. Les conteneurs sont anonymes. Ils pourraient aussi bien renfermer de l'électronique, des bottes d'hiver ou du hasch que des ressortissants roumains. Comment savoir? L'opacité est la clé de voûte du capitalisme moderne.

Le soleil tape dur et Lisa sent qu'elle va s'endormir, lorsque soudain le conteneur blanc étoilé – *son* conteneur blanc étoilé – apparaît au bout de la rue. Il semble énorme, deux fois plus long que chez Surplus Peter, et d'une hauteur absolument déraisonnable. Le semi-remorque passe presque tout droit, ralentit tout de même et se stationne dans la rue. Le camionneur a l'air d'un réparateur d'électroménagers, uniforme bleu et casquette assortie, stylo à bille dans la poche de chemise, moustache glorieuse. Il regarde le document pincé sur sa tablette.

— Rokov Export?

— C'est moi.

Lisa se sent légèrement rougir. Elle n'arrive pas à prendre ce nom au sérieux. C'est Éric qui avait suggéré d'utiliser *Rokov & Co. Global Import Export inc*. Ça le faisait rigoler pour de mystérieuses raisons. Il s'agissait sans doute d'humour corporatif, elle n'avait pas insisté. Depuis, chaque fois qu'elle a utilisé ce nom – pour louer l'entrepôt, ouvrir un compte chez Hydro-Québec ou faire livrer le conteneur –, elle a eu l'impression de solliciter un prêt bancaire avec un habit de clown et un bouquet de ballons.

Le chauffeur pointe l'enseigne des Autocars Mondiaux avec sa tablette.

— C'est trompeur.

— On va bientôt changer ça.

Ils échangent une poignée de main. Puis, le chauffeur relève la visière de sa casquette et considère la porte du garage.

— Je le recule à l'intérieur ?

— Ça va passer ?

Sans un mot, il retourne s'installer au volant et amorce la manœuvre. La remorque décrit une courbe parfaite et passe la porte du premier coup, sous le regard émerveillé de Lisa. Le chauffeur arrête la remorque en plein centre du garage. Ça rentre pile : il ne reste que l'espace nécessaire pour ouvrir les portes du conteneur et travailler autour. Lisa réprime une bouffée de claustrophobie.

Le chauffeur allonge les béquilles de la remorque à grands coups de manivelle, débranche les tuyaux d'air comprimé et l'alimentation électrique, dégage la sellette. Pas un geste de trop, pas le moindre soupçon d'effort ou d'hésitation. La dégaine d'un type qui a fait ça des millions de fois. Juste avant de repartir, il tend une tablette avec les inévitables papiers à signer.

— Ici et ici, et les initiales ici.

Il laisse la copie jaune à Lisa et lui souhaite une bonne journée.

Le tracteur disparaît au coin de la rue et le silence retombe sur le garage. Lisa regarde longuement le conteneur en s'efforçant de réaliser qu'il est bel et bien là, devant elle. Au moment de refermer la porte du garage, elle se rappelle la demande spéciale d'Éric : une photo entière de la bête, « pas un gros plan ».

Dès leurs premières discussions, en février, Éric a déclaré son intention de documenter la moindre étape du projet. Il voulait tout avoir : les fichiers CAD et les croquis sur une serviette de papier, toutes les versions des plans, les observations techniques, l'inventaire des pièces et des outils utilisés – et lorsque Lisa a annoncé l'ouverture officielle du chantier, il lui a fait jurer de tout photographier. Lisa recule de quelques pas, pointe son téléphone en direction du garage et immortalise la grosse boîte en formats portrait et paysage. Elle regarde le résultat en grimaçant. Ce vieux Nokia n'a jamais pris de photos épatantes.

Elle court jusqu'au Dodge, ouvre la boîte à gants et saisit l'appareil photo de madame Le Blanc.

Elle n'a pas vérifié s'il fonctionnait encore, mais si c'est le cas, Éric appréciera le clin d'œil. Elle revient vers le garage en insérant dans le compartiment à piles deux AA tirées d'une lampe de poche. Le suspense est de courte durée : le PowerShot ne réagit pas. Aussi mort qu'une brique.

Lisa retire la carte mémoire et la glisse dans sa poche. Puis elle envoie voler l'appareil jusque dans le baril à ordures, qui résonne longuement, comme un gong dans un monastère bouddhiste.

Elle se frotte les mains : il y a du boulot à abattre. Elle allonge un coup de poing sur l'énorme bouton rouge, et la porte de garage redescend sur la scène dans un fracas de poulies et d'acier mal huilé.

- 42 -

Jay remonte au septième étage, encore à moitié sonnée. Elle agite sa carte d'accès, passe les portes vitrées. Elle a l'impression que tout le monde peut distinctement décoder ses pensées, imprimées sur son visage. Elle oblique vers les toilettes et s'examine dans le miroir. Elle s'asperge un peu, se frotte les yeux. Ça ira.

C'est le calme plat dans l'Enclave. Mahesh achève la boîte de Whippet avec le regard cireux d'un héroïnomane. Laura sirote une tisane. Le bureau du sergent Gamache est dépourvu du sergent Gamache. Jay trébuche dans le tapis ras, se rattrape, esquisse un pas de deux jusqu'à la cafetière et en profite pour se verser un café. Puis, sa tasse à la main, elle glisse vers Laura d'un air aussi détaché que possible.

— Dis donc, tu n'aurais pas – par hasard – un dossier sur les passagers clandestins?

Laura lui lance un regard offusqué par-dessus ses lunettes.

— Non, je n'ai pas – *par hasard* – un dossier sur les passagers clandestins.

D'un habile coup de pied, elle se propulse jusque devant le classeur gris dont elle a l'entière et exclusive responsabilité. Elle prend la clé qui pend à son cou et déverrouille un tiroir, qui s'ouvre avec un grondement de Panzer. À l'intérieur sont rangés très serré une trentaine d'épais documents boudinés.

— Tu veux quoi au juste?

— Je sais pas. C'est classé comment?

— Territoire, véhicule et année.

— Véhicule?

— Bateau, camion, wagon, train d'atterrissage…

— Conteneur?

— J'ai ça.

Elle extirpe un épais cahier et le tend à Jay. Il contient des centaines d'articles, peut-être des milliers, essentiellement en anglais, et classés en ordre chronologique. Les textes les plus anciens sont tirés de microfilms des années soixante, la résolution est poisseuse, il manque des mots et des lignes. La qualité s'améliore peu à peu, jusqu'aux articles les plus récents, imprimés directement depuis les bases de données. Laura esquisse un geste d'excuse.

— Il manque les cinq dernières années. Pas la peine de les imprimer, je vais tout transférer en numérique quand j'aurai le temps. Et ensuite (petit coup de pied contre le classeur), je me débarrasserai du fossile.

Jay soupèse le cahier.

— Il y a seulement des articles?

— J'ai ajouté des photos en annexe, et des documents plus techniques. Rapports gouvernementaux, GRC, FBI, Homeland Security.

— Je peux te l'emprunter?

— Aussi longtemps que tu veux. C'est une lecture de chevet assez intéressante. Tu as entendu parler d'Amir Farid Rizk?

— Non.

— Octobre 2001. Ça vaut le coup d'œil.

Voilà une semaine que Lisa a refermé la porte du garage – et elle ne la rouvrira plus.

La jeune femme souffre de paranoïa structurelle : après l'argent comptant, les fausses identités et les raisons sociales fictives, après les stratagèmes logistiques tarabiscotés et les communications cryptées par VPN, voici qu'elle s'astreint au huis clos. Éric tenait à compartimenter ? Lisa compartimentera. Plus question d'ouvrir la porte de ce garage. Elle n'a même pas lavé les carreaux. La sécurité par la crasse.

Elle s'active quinze heures par jour dans cette atmosphère de sauna mal aéré – un singulier sauna en vérité, où la radio joue en sourdine, et où s'entre-mêlent l'odeur du café et celle de la soudure à l'étain. Elle vient de passer une semaine à modifier l'unité réfrigérante du conteneur.

Dès qu'elle a dévissé les panneaux, elle a constaté que cette machine n'avait pas été nettoyée depuis des années. Les circuits étaient saturés de crasse tropicale – bouts de feuilles, poussière, moucherons, et même une énorme araignée jaune et noire, sèche et recroquevillée dans un coin. La bestiole s'est retrouvée dans un vieux flacon de pilules. Lisa ne pouvait se résoudre à la jeter aux poubelles. Il s'agissait d'une passagère clandestine, une consœur en somme, et elle méritait par conséquent un minimum de déférence.

En voyant la photo de la bête, Éric est resté baba. Il ne risquait pas de faire pareilles trouvailles assis à son clavier. Jamais il n'avait vu une araignée du genre – d'ailleurs, de quel genre d'araignée s'agissait-il ? Il ferait une recherche, s'il trouvait le temps.

Après avoir tout nettoyé à l'air comprimé et à l'aspirateur, Lisa s'est lancée dans le vrai boulot. Elle devait d'abord s'y retrouver dans ce fouillis de serpentins, d'accumulateurs, de ventilateurs et de couettes de fils. Le schéma électrique collé à l'intérieur du panneau était huileux, à moitié illisible. Lisa a dû se débrouiller avec un manuel d'utilisateur trouvé sur le web, pixelisé et baveux, mais mieux que rien.

De toute façon, son intention était de démonter le minimum de pièces – un court-circuit ou une fuite de fréon sont si vite arrivés. En théorie, il suffisait de débrancher un fil ou deux pour que cet appareil cesse de produire du froid, et se contente de fournir de l'électricité et de la ventilation. Il fallait aussi percer une écoutille sous l'un des panneaux de contrôle afin de pouvoir embarquer dans le conteneur après avoir scellé les portes.

Dix litres de café fort et deux nuits blanches plus tard, Lisa entrevoit la lumière au bout du tunnel. Elle a terminé les modifications, et l'heure a sonné de brancher le golem.

Elle décachette un paquet arrivé de Hong Kong il y a deux jours, et qui contient un câble prodigieusement spécialisé, conçu pour brancher une unité réfrigérante nautique dans une prise murale de deux cent vingt volts. Lisa se demande combien de personnes dans le monde peuvent avoir besoin d'un tel câble. Au fond de la boîte, elle découvre une notice légale en anglais et en chinois, qu'elle parcourt distraitement. *Responsabilité limitée aux défauts de fabrication bla bla bla manufacturier ne saurait être tenu responsable de bla bla bla en cas d'électrocution, explosion, incendie ou tous autres dommages matériels ou sévices corporels imputables à un usage inadéquat.*

Lisa bouchonne le papier et l'envoie par-dessus son épaule.

L'adaptateur en main, elle s'approche de l'unité réfrigérante. À quelques centimètres de la prise, Lisa hésite. Elle se rappelle le dimanche matin où son père a reçu une décharge de deux cent vingt volts – l'odeur de poil brûlé, le bras engourdi pendant dix minutes. Des années plus tard, il en garde une cicatrice rosâtre en travers de la main. « Respecte toujours l'électricité, Lisa », répétait-il souvent, et tandis qu'elle branche le conteneur, Lisa se dit qu'un extincteur chimique serait en ce moment une excellente preuve de respect. Elle tâchera d'y penser la prochaine fois. S'il y en a une.

Elle actionne l'interrupteur et le ventilateur décolle en produisant le bruit d'un Cessna. Lisa regarde le panneau de contrôle. Il faudra trafiquer l'écran du thermomètre afin qu'il affiche un perpétuel trois degrés Celsius.

Elle coiffe sa lampe frontale et monte à bord du conteneur. Un léger souffle d'air balaye ses avant-bras.

Le faisceau de sa lampe éclaire le panneau de distribution électrique fraîchement installé, d'où jaillissent des fils proprement lovés et attachés, comme une toile d'araignée qui attendrait d'être déployée.

Lisa ouvre la porte du panneau et, les dents serrées, actionne l'interrupteur principal. Pas de flammèches ni de crépitement. Elle allume le disjoncteur du circuit trois, et une ampoule s'allume à ses pieds, au bout de l'un des fils électriques.

La bête vit.

- 44 -

Après avoir balancé le bac de recyclage au fond d'une ruelle, reconduit la voiture à l'agence de location et traversé la ville en bus, Jay arrive à la maison au beau milieu d'un marathon immobilier. Alex Onassis a décidé qu'il vendrait ce duplex damné ce soir ou jamais. Jay s'en fout, elle a faim.

Les événements des dernières semaines ont entraîné une certaine négligence dans les affaires domestiques : il ne reste que cinq patates à demi germées, deux cannettes de bière, une bouteille de sauce habanero et des croquettes pour chat.

À propos, depuis combien de temps n'a-t-elle pas vu Erwin ?

Elle feuillette les menus sur le frigo. Tout a l'air infect. Elle entreprend de cuire des patates dans le dernier chaudron propre. Alex Onassis va et vient en récitant son boniment. Très belle orientation, métro à cinq minutes de marche, école primaire. Toiture refaite il y a dix ans. Chauffage électrique à chaque étage, deux balcons, prix révisé. Des questions?

Jay ignore ostensiblement ce défilé burlesque. Assise comme une reine sur le divan avec son chaudron de patates pilées et une bière froide, elle se lance dans la lecture du dossier sur les passagers clandestins. Le cahier est aussi exhaustif que dépouillé : pas de table des matières, ni d'index, ni de pagination. Zéro fioriture. Que de l'information brute, recto verso. Du pur Laura Wissenberg.

Les articles les plus anciens remontent à la fin des années cinquante – l'aube de la conteneurisation – et la fréquence de publication augmente de manière régulière au cours des décennies suivantes. Jay suppose d'abord que cette courbe suit la multiplication des cas de passagers clandestins, mais elle note bientôt que les articles gagnent en détails avec les années. Le lexique spécialisé se généralise, certains concepts deviennent implicites. Le conteneur devient médiatisable à partir du moment où il se cristallise dans l'imaginaire collectif.

Après tout, comment narrer une histoire qui se déroule dans un lieu que personne ne peut conceptualiser?

Jay fronce les sourcils. Le conteneur est-il un lieu? Non, pas vraiment. Mais il ne s'agit pas non plus d'une banale boîte, ni d'un véhicule, ni de l'équivalent transcontinental d'un ascenseur. Il est à la fois objet et infrastructure, acier gaufré et base de données ; il relève de la culture et du cadre légal. Voilà des siècles que les êtres humains sont familiers avec la géographie, avec des concepts tels que la route, le territoire, la frontière – mais le conteneur échappe à la géographie. Il opère en périphérie de la conscience collective. Des milliers de Roumains et de Cubains et de Chinois s'introduisent, ou tentent de s'introduire, en Amérique du Nord et en Europe de l'Ouest entassés dans des boîtes, et aucune encyclopédie ne fait état de cette migration historique.

— Pardon…

Jay lève les yeux de sa lecture, découvre un Alex Onassis exténué. À l'évidence, le pauvre homme éprouve des difficultés croissantes à conceptualiser ce duplex.

— Les visites sont terminées pour ce soir.

Sans attendre de réponse, il esquisse un geste de la main et sort en passant sous le plafonnier qui clignote par intermittence. Musique dramatique, générique.

Jay s'étire et songe qu'elle devrait s'attaquer à la montagne de vaisselle crasseuse. Aucune raison de cultiver le désordre maintenant que les visites sont terminées. Elle se ravise cependant. Il pourrait y avoir d'autres visiteurs demain et, le cas échéant, elle n'aura pas le temps de salir assez d'assiettes pour faire mauvaise impression.

D'ailleurs, il y a plus important : elle vient de se rappeler que Laura lui a recommandé la lecture des articles sur un certain Amir-quelque-chose, en octobre 2001.

Première surprise : la documentation sur ce type – Amir Farid Rizk, qu'il se nomme – mesure un solide centimètre d'épaisseur, qui doit totaliser une cinquantaine de textes.

L'histoire débute de manière banale : un homme se fait pincer au terminal de Gioia Tauro, en Italie, à bord d'un conteneur fraîchement arrivé du Caire. Un débardeur a entendu crier et cogner contre les parois. Ce n'est pas la première fois qu'un passager clandestin manque d'air. Il y a déjà eu des morts.

Le temps d'appeler la sécurité, on coupe les plombs et on ouvre les portes. Le pauvre diable titube à l'air libre en clignant des yeux, un peu sonné, mais en bonne santé. Un coup d'œil suffit toutefois pour constater qu'il ne s'agit pas d'un passager clandestin normal : il est équipé comme un agent secret. Dépêchés sur place, des policiers découvrent un téléphone satellite, de fausses cartes de crédit, des cartes d'accès pour des aéroports canadiens, égyptiens et thaïlandais, et un billet d'avion Rome-Montréal.

Le type s'appelle Amir Farid Rizk – avec un *z,* le monsieur insiste – et il est ressortissant canado-égyptien. Oui, bon, d'accord, mais que faisait-il dans ce conteneur ? Voilà qui est moins clair. Cuisiné sur la question, Rizk se met à raconter une histoire nébuleuse. Il affirme être victime de persécution religieuse, soutient que son puissant beau-frère le menaçait de mort. Il cherchait une manière discrète de s'en retourner au Canada.

Les attentats de New York occupent encore la une des journaux, et Rizk devient un microphénomène médiatique instantané. Les aéroports sont triplement surveillés, mais qu'en est-il des installations portuaires ? Aux États-Unis, certains observateurs prédisent des attentats par voie maritime, spéculent sur l'existence d'un réseau intermodal clandestin par où transiteraient des kamikazes talibans et des bombes bactériologiques. Amir Farid Rizk ne serait ni plus ni moins qu'un précurseur.

Seulement voilà : après avoir fait enquête, les autorités confirment que Rizk n'appartient à aucune cellule terroriste, et qu'il ne préparait aucun attentat. Il s'agit en somme, et malgré les apparences, d'un inoffensif passager clandestin. Aussitôt relâché, le bonhomme disparaît du territoire italien, de l'espace médiatique et de la surface de la planète.

Jay parcourt les articles en diagonale. Ce personnage est un cas unique en son genre. En règle générale, les passagers clandestins se déplacent en groupes plus ou moins désorganisés. Rizk voyageait seul et bien équipé : en plus d'un téléphone satellite et d'une panoplie de billets et de laissez-passer, il avait embarqué des vivres et de l'eau potable, un lit, une chaudière en guise de toilette, un ordinateur portable, des vêtements et un lave-vaisselle.

Rizk était si bien préparé, en fait, qu'il aurait aisément pu se rendre au Canada sans encombre, n'eût été le manque d'air. Même les voyageurs les plus organisés peuvent négliger des détails comme la respiration.

Jay se demande si Élisabeth y aura pensé.

- 45 -

Sept semaines se sont écoulées et, à l'exception de virées hebdomadaires à Saint-Anicet-de-Kostka, Lisa se consacre corps et âme à l'aménagement du conteneur. L'habitacle prend forme et l'atelier des Autocars Mondiaux est rempli de madriers. Des copeaux blonds jonchent le plancher et une fine poussière de bran de scie sature l'atmosphère, striée par les traits de soleil qui tombent des puits de lumière.

Lisa fait des retouches sur une planche. Elle mesure une troisième fois la profondeur des tenons, puis monte à bord du conteneur. Sur le seuil sont installés une balance à crochet et l'ordinateur ouvert sur une feuille Excel. Lisa pèse sa planche et pianote le poids sur le clavier. Tout ce qui entrera dans le conteneur devra être pesé, depuis le bois et les ferrures jusqu'au moindre petit coussin à pompons, en passant par les appareils électriques, le matelas, la nourriture et l'eau potable, la théière et les poches de thé – sans oublier Lisa elle-même. Le poids net ne devra pas dépasser vingt-cinq tonnes, sans quoi le conteneur commencera à geindre et à plier. Selon les calculs de Lisa, le dispositif final (incluant l'eau potable) devrait atteindre une dizaine de milliers de kilos, mais il faut tout peser quand même puisque les formulaires devront spécifier le poids de la marchandise.

À l'intérieur, trois projecteurs brûlants jettent une lumière crue, mais la ventilation garde l'atmosphère supportable. Lisa se surprend à apprécier l'exiguïté de cette boîte. Grande découverte de l'été : on ne peut pas souffrir de claustrophobie dans une cellule que l'on construit soi-même. Les cloisons sont déjà en place et Lisa s'est lancée dans l'assemblage des armoires. Il est sans doute excessif de meubler le conteneur, mais la fille de Robert Routier ne saurait se satisfaire de bacs en plastique empilés sur des tablettes en deux par quatre.

Le chantier accuse un certain retard, mais ce n'est pas entièrement à cause des tendances familiales. Pour tout dire, Lisa a dû rectifier ses plans en fonction de certaines propriétés imprévues des conteneurs.

Tout a commencé lorsque Lisa a constaté que plusieurs madriers manifestaient une légère torsion. Le bois travaillait, dans la chaleur humide de l'atelier. En soi, ça n'avait rien de surprenant. Tout travaille et s'altère, dans l'univers : le bois se tord et gauchit, le béton ploie, le plastique se fissure et se courbe, les os et les muscles deviennent poreux et raides, les polymères se décomposent, l'acier s'oxyde – et à propos, se demanda Lisa, est-ce que le conteneur ne risquait pas lui aussi de travailler ? Le froid et la chaleur ne causeraient sans doute pas de fluctuations notables, mais qu'en serait-il des manipulations?

Deux minutes sur Google lui suffirent pour se renseigner sur le mystérieux et terrifiant coefficient de flexion.

Les points d'attache des conteneurs intermodaux sont en effet situés sur les coins, et lorsque les grues saisissent ces grosses boîtes – notamment celles de quarante pieds –, elles ploient légèrement au centre et subissent toutes sortes de torsions plus ou moins sévères. Lisa n'y avait pas pensé. Elle a conçu l'habitacle en un seul et long morceau, comme une cabane dans un arbre. La moindre flexion du conteneur risquait de tout faire péter.

Lisa s'est revue à l'âge de huit ans, assise en équilibre sur un chevalet, en train d'observer son père qui assemblait une armoire de cuisine avec des chevilles et un maillet de bois.

— Pourquoi tu n'utilises pas de la colle? Ça serait plus rapide, non?

— Pour laisser l'armoire respirer.

— Ça respire, une armoire?

— L'armoire respire, les murs respirent – la maison au complet respire. Quand on regarde un bout de bois au microscope, ça ressemble à une éponge. C'est plein d'alvéoles.

Une cheville, trois coups de maillet.

— Quand le bois absorbe l'humidité, il change de forme. Et de taille. En été, quand l'air est chaud et humide, les maisons prennent de l'expansion. En hiver, elles se contractent. Comme un poumon. Ça inspire, ça expire.

Lisa était désormais une grande fille : c'était elle qui maniait les outils et traçait les plans, et elle devait s'assurer que son conteneur pourrait respirer.

Elle s'installa aussitôt à l'ordinateur et modifia ses plans D, E et F : les segments de l'habitacle seraient indépendants, séparés par des joints de dilatation, et toutes les pièces seraient assemblées à la manière Robert Routier : sans vis ni colle, mais avec des chevilles en bois, qui leur permettraient de jouer librement. (Les nouveaux plans furent aussitôt envoyés à Éric aux fins d'archivage).

Lisa met la planche en place. Les tenons sont un peu gros, il faut insister. Une fois la pièce bien ajustée, elle pose l'équerre aux quatre coins de l'armoire. Elle perce les trous, insère les chevilles. Cinq coups de maillet par cheville. Ça ne bronche pas.

Au moment où elle enfonce la dernière cheville, Lisa réalise qu'elle est en train d'utiliser le même maillet que son père, douze ans plus tôt, alors qu'il lui expliquait la respiration des maisons. Elle s'essuie les yeux du revers de la manche. Maudite sciure.

Il est minuit lorsque son ordinateur sonne. Appel vidéo de Copenhague. Éric dispose visiblement encore d'un peu de temps libre entre ses blitz de programmation puisqu'il a résolu l'énigme de l'araignée découverte dans l'unité de réfrigération : il s'agit d'une *nephila clavipes.*

— Venimeuse ?

— Paraît que oui.

— Et si jamais elle a pondu des œufs dans un coin avant de mourir ?

— Passe bien l'aspirateur.

— Déjà fait.

— Alors pas d'inquiétude. Mais attends, il y a mieux. Tu sais où on trouve les *nephila clavipes* ? Dans les cargaisons de bananes. Ça m'a intrigué, alors j'ai fait quelques recherches sur le conteneur. Ça t'intéresse ?

— Je t'écoute.

Il feuillette une liasse de papiers, hors champ.

— Voyons voir. Il a été assemblé en Chine continentale par la firme AC Teng et enregistré au Bureau international des conteneurs le 19 mars 1997, par A. P. Møller – Maersk Gruppen. Il s'est promené entre l'Amérique centrale et la côte est des États-Unis. Honduras, Venezuela, Guatemala…

Micropause, il siffle une gorgée de café.

— Il a traîné une dizaine de mois au terminal de Newark durant la crise financière. Ensuite, il a fait la navette Guayaquil–Saint-Pétersbourg, avec une dizaine d'escales réparties dans les Antilles et en Europe de l'Ouest.

— Guayaquil?

— Équateur.

— Il y a une ligne de transport entre l'Équateur et la Russie?

— Ecubex. Sept porte-conteneurs de classe N qui font l'aller-retour en quarante-neuf jours. Départs hebdomadaires. Capacité totale de dix mille conteneurs comme le tien.

Lisa tente d'imaginer le volume que représentent dix mille conteneurs entassés les uns sur les autres, imbriqués bout à bout, empilés jusqu'au ciel. On pourrait y caser Saint-Pierre de Rome et avoir encore un peu d'espace libre pour quelques régimes de bananes. Saint-Pierre de Rome en pièces détachées, éparpillée entre Guayaquil et la Russie.

Éric fouille toujours dans ses papiers.

— Il est resté sur Ecubex pendant cinq ou six mois, avant d'être déclassé en janvier dernier, quand Maersk a modernisé son matériel. Les vieilles boîtes ont été remplacées par des StarCare à atmosphère contrôlée. Le tien faisait partie d'un lot mis en vente par un grossiste russe et acheté par un exportateur ukraino-canadien qui a fait faillite. Les conteneurs ont été revendus un peu partout.

— D'où tu tires tes informations?

— J'ai mes sources.

Lisa bâille. La journée a été longue, il est temps d'aller se coucher.

— Déjà?

— Il est minuit, ici. Tu avais autre chose à me dire?

— En fait, oui. J'ai une confession à te faire.

— Une confession?

— Ça fait des semaines que je cherche comment t'en parler.

Lisa hésite entre la curiosité et l'inquiétude. Elle s'adosse confortablement.

— J'écoute.

— C'est au sujet du ballon.

— Quel ballon?

— Le ballon qu'on a envoyé dans la stratosphère.

— Ah oui, je me souviens que tu as fait une drôle de tête quand je t'ai envoyé les photos.

— J'ai fait une drôle de tête?

— La même que maintenant.

Éric marque une pause, l'air de réfléchir à la tête qu'il fait. Il prend un longue gorgée de café.

— Bon. Tu te souviens, quand on attendait que la balise GPS nous envoie les coordonnées?

— Ouais. Les trois plus longues semaines de mon adolescence. On se demandait si c'était la faute du GPS ou des piles.

— C'était ni l'un ni l'autre.

— Ah non?

— La balise GPS fonctionnait bien. C'est moi qui ai changé le numéro de téléphone à la dernière minute.

Silence.

— Tu as mis quel numéro?

— Aucune idée. J'ai tapé un numéro au hasard. Ça n'avait pas d'importance.

Second silence, un peu plus long, entrecoupé par les distorsions du logiciel qui écrase et encode de minuscules bruits de fond. Lisa esquisse finalement un geste : elle comprend. Il n'y a rien à ajouter.

Une fois la communication coupée, Lisa se lève et va chercher, parmi les boîtes de vis et de rivets, le flacon de pilules dans lequel repose l'araignée. Elle prend un marqueur et, sur le bouchon, inscrit *nephila clavipes* en cursives soignées.

- 46 -

C'est l'heure de pointe matinale, sur la ligne orange, et la densité approche les cinq êtres humains au mètre carré.

Comprimée dans un coin de la voiture de métro, Jay se concentre sur sa lecture. Elle a passé la nuit à faire de l'insomnie et à lire sur les passagers clandestins, l'un étant sans doute consécutif à l'autre.

Son intuition initiale s'est confirmée : la couverture médiatique à travers les années n'augmente pas seulement en fonction du nombre de passagers clandestins, mais aussi de l'ubiquité culturelle du conteneur. La banalisation progressive du conteneur agit comme un filtre : plus le temps passe, et plus les médias ne daignent couvrir que les cas jugés assez spectaculaires : Chinois morts d'hypothermie, Marocains asphyxiés, Philippins déshydratés, Guinéens jetés à la mer par l'équipage, Guatémaltèques catatoniques entassés pêle-mêle parmi les vêtements, les cadavres et les ordures. Et aussi ces Ivoiriens intoxiqués par les produits de dératisation vaporisés entre les conteneurs. Ces Colombiens dont les lampes de poche se sont éteintes les unes après les autres, et qui ont dû vivre dix jours dans la noirceur la plus totale. Ces Dominicains qui, après avoir foré un minuscule trou dans la cloison du conteneur, se sont

310

littéralement entretués pour une bouffée d'air. Ces jeunes Américains cuits vivants dans un conteneur surchauffé. Jay a essayé de jeter un coup d'œil aux photos en annexe, mais elle a vite renoncé. Elle n'a pas le cœur assez solide.

La voiture arrête à la station Bonaventure. Trois personnes sortent, cinq entrent. Ça sent le bacon et l'antisudorifique.

Jay réalise qu'il est une seule question à laquelle le dossier de presse de Laura ne peut répondre : combien de passagers clandestins parviennent à destination vivants et indétectés ?

Ce qui ramène ses pensées vers la jeune Élisabeth Routier-Savoie.

Tout le monde tente de retrouver Papa Zoulou : la GRC, la CIA, le Homeland Security, le SCRS, sans compter les administrateurs de bases de données de tous les ports de l'Asie du Sud-Est – mais, au fond, personne ne connaît l'objet réel de cette vaste battue. Seuls Éric Le Blanc, dans son bunker de Copenhague, et Jay, dans un métro sous le centre-ville de Montréal, savent qu'en vérité une jeune femme se cache à bord de Papa Zoulou.

Station Lucien-L'Allier, un homme entend s'introduire dans la voiture avec une poussette double. La pression interne approche les 30 PSI. Jay sent ses tympans claquer. Il y aura des accidents cérébro-vasculaires lorsqu'on rouvrira les portes. Elle se résigne à fermer son cahier – d'ailleurs, il ne reste que deux stations. Elle se contorsionne et plonge la main dans sa poche de manteau en espérant dénicher un bout de papier qui pourrait servir de signet. Elle pêche la facture du dépanneur Colmado Real : un café (très) moyen et une boîte de Whippet pour la modique somme de 42,12 $.

Jay sursauterait s'il y avait assez de place. Des Whippet à 39,90 $!? Real a sauté un plomb. À quarante dollars la boîte, ça revient à un dollar vingt-cinq la bouchée. À ce tarif, ils auraient pu être peints à la main par Jackson Pollock.

Elle secoue la tête, incrédule. Non, même un arnaqueur n'oserait pas gonfler les prix à ce point-là. Il s'agit vraisemblablement d'une erreur. Elle essaie de recomposer la chaîne des événements. La boîte devait coûter 3,99 $, mais quelqu'un se sera trompé en inscrivant le prix dans l'inventaire. Le 0 voisine avec le 9. La personne avait de gros doigts. L'erreur est passée inaperçue et la marchandise s'est retrouvée avec un double prix : 3,99 $ sur la tablette et 39,90 $ dans la base de données. La caissière somnolait, elle a balayé le code-barres sans même jeter un coup d'œil à l'écran – d'ailleurs, à bien y penser, elle n'a pas prononcé le total des achats à voix haute. Pour parachever cette longue série de faux pas, Jay a signé le reçu de carte de crédit sans trop regarder. Un mélange typique d'inattention, d'erreur humaine et de confiance dans le système.

Horacio n'arrêtait pas de le répéter : l'amour et la confiance sont aveugles – mais au moins, l'amour sert à quelque chose.

Absorbée par le problème, Jay rate presque sa station. Elle sort de la voiture *in extremis,* le cahier plaqué contre sa poitrine, échappe la facture dans la mêlée. *¡Adiós!* Real. Elle monte la colline jusqu'à la Division C en grommelant. À force de louer des voitures, Jay commence à ramollir. On vieillit à coups de capitulations.

Seul Mahesh est au poste, penché vers son écran, accaparé par le manuel d'un logiciel de gestion de cours intermodales. La vue en coupe d'un porte-conteneurs laisse voir les différentes boîtes logées dans leurs alvéoles, comme des blocs Lego. Il se retourne vers Jay.

— Ah, enfin!

— Tu voulais me voir?

— Je veux ton avis.

Jay s'immobilise sous le coup de la surprise. En sept ans de cohabitation, elle ne se souvient pas d'une seule occasion où Mahesh lui aurait demandé son avis – sauf, peut-être, sur l'état de fraîcheur des brioches de la cafétéria.

— Mon avis?

— Je crois que j'ai trouvé le secret de Papa Zoulou.

Le soleil se couche sur Montréal et l'été se termine officiellement dans trois heures.

Lisa a commencé l'opération camouflage : après avoir recouvert les outils et le plancher avec des bâches de plastique, elle a bouché les ouvertures du conteneur, a enfilé un couvre-tout, scellé ses poignets et ses chevilles au *duct tape,* enfilé des gants de caoutchouc, mis des lunettes et un masque à poussière, et s'est attaquée au conteneur avec une sableuse à ruban. La vieille peinture est tenace, il faut changer le ruban toutes les cinq minutes – mais peu importe, Lisa a prévu un poste budgétaire rien que pour le papier sablé, et sous ses assauts le blanc cède peu à peu, les codes alphanumériques disparaissent, la grande étoile à sept pointes s'estompe. Une poussière immaculée s'élève dans l'air, comme la mémoire pulvérisée du conteneur. L'acier laisse poindre, çà et là, le brun industriel des conteneurs anonymes.

Puis, après avoir lavé les parois et laissé la poussière retomber, Lisa applique deux couches de peinture au fusil.

Tout en balayant l'acier d'une fine brume de blanc de titane, elle se demande s'il convient de baptiser ce, hum, véhicule ? Les marins donnent des noms à leurs bateaux, après tout. Et les camionneurs à leurs camions. Et Lindbergh à son *Spirit of St. Louis.* L'industrie spatiale baptise ses orbiteurs, ses sondes, ses satellites. Alors pourquoi pas ce conteneur ?

Elle jongle avec divers noms – Stratos, Houdini, Septième Continent, Lego –, mais aucune idée ne colle vraiment. On ne baptise pas les conteneurs : on les numérote.

Lorsqu'elle termine la seconde couche, aux alentours de 1 h du matin, le conteneur est absolument anonyme, d'un blanc sans aspérités. Il ne restera plus qu'à appliquer les nouveaux codes, dont les chiffres et les lettres de vinyle autocollant attendent empilés pêle-mêle sur l'établi.

Éric et elle ont choisi le code au cours d'une longue discussion mouvementée. Ils s'entendaient au moins sur une chose : on ne pouvait pas simplement piger des chiffres et des lettres au hasard. D'une part, le code devait respecter la norme ISO 6346. D'autre part, il fallait s'assurer de choisir un code qui n'était utilisé par aucune compagnie – ou, à tout le moins, qui n'était pas enregistré au Bureau international des conteneurs. Lisa tenait néanmoins à ce que le code soit esthétique, tandis qu'Éric se préoccupait de son « oubliabilité ».

— Imagine qu'on choisisse le code LULU 2323237 – je caricature, mais tu vois ce que je veux dire. Suffit d'un coup d'œil et ça te reste gravé dans la mémoire. On veut un code sur lequel l'œil glisse.

Le camouflage restait cependant une science inexacte et ils avaient dû délibérer un moment avant de s'entendre pour PZIU 127 002 7, qui était à la fois « raisonnablement oubliable » et « assez esthétique ». Ce nouveau code servirait à tout : inscription dans les bases de données, repérage visuel, identification de la compagnie. On l'utiliserait aux douanes, chez les transporteurs et les exportateurs, chez les débardeurs et les administrations portuaires. On le retrouverait dans tous les formulaires, les connaissements, les bordereaux, les factures. Ce code identifierait le conteneur et le rendrait invisible, à la fois unique et semblable aux autres, noyés dans une mer de chiffres et de lettres. La sécurité par le mimétisme.

Mais avant que Lisa puisse coller les codes, la peinture doit sécher. Ça lui laisse quarante-huit heures pour venir à bout du mal de tête qui ne la quitte plus. L'odeur accumulée de tout ce qui a été aspergé, vaporisé, roulé, étendu, injecté, coupé et badigeonné dans ce garage depuis le mois de juin pourrait tuer un bœuf.

Lisa balaye l'établi du regard. Sa main parcourt une rangée de flacons contenant des clous, des vis, des rivets, une araignée tropicale venimeuse, et s'arrête sur un flacon d'ibuprofène. Elle fait sauter le bouchon, jette trois gélules dans sa paume, soulève le couvercle d'une glacière dans laquelle flottent cannettes et glaçons, et saisit un thé glacé.

Puis elle fait ce qu'elle n'a pas osé faire une seule fois depuis juin : elle allonge un coup de poing sur le gros bouton rouge, et la porte du garage se soulève dans un fracas de tôle.

Lisa s'éloigne de la porte et retire son masque à gaz. Même à dix mètres, on sent les vapeurs toxiques qui s'échappent du hangar – rien à voir avec le parfum de l'acajou et de la cire d'abeille. Lisa se masse les tempes. Cet endroit va la rendre malade. Elle regarde la porte, où des volutes de particules fines flottent dans le contre-jour des projecteurs, et elle doute soudain de sa capacité à retourner là-dedans.

Grosse soirée de l'autre côté de la rue : une quinzaine de conteneurs sont arrimés aux quais de chargement. Quelques tracteurs attendent, accrochés à leur remorque, le moteur qui ronronne. Autour des quais, les coussins d'étanchéité ne laissent filtrer aucune lumière, aucun son. Impossible de savoir ce qui se trame à l'intérieur de cet entrepôt.

Assise devant la porte de la réception, Lisa décapsule son thé glacé. Bruit creux de l'aluminium que l'on défonce. Elle gobe ses ibuprofènes, siffle une gorgée de thé. Toutes les deux minutes, un avion décolle de la piste 24B en rugissant, énorme dans la lueur bleutée de l'aéroport. On a les invitations au voyage qu'on mérite.

Vingt heures s'écoulent : douze heures d'un sommeil intoxiqué et huit heures de corvées. Lisa pousse en grimaçant un chariot débordant de sacs de riz et de farine, de pâtes, de fruits séchés, de sucre, d'huile. Elle est la dernière cliente du supermarché. Dans les haut-parleurs, la musique d'ambiance s'interrompt.

— Chers clients, notre magasin va bientôt fermer. Nous vous remercions de bien vouloir vous diriger vers les caisses enregistreuses.

Lisa consulte son carnet, où des pages et des pages de listes d'achats ont été raturées au fur et à mesure. Bon, ça ira. En comptant les denrées surgelées et lyophilisées achetées plus tôt aujourd'hui, il ne devrait plus rien manquer.

Elle pousse vigoureusement le chariot, négocie un virage difficile et met le cap vers la caisse rapide, où elle reconnaît la caissière passive-agressive et l'emballeur narcoleptique. Il s'agit du septième panier du genre que Lisa remplit depuis le début de la soirée, elle commence à connaître le personnel. Elle n'a pas poussé la paranoïa jusqu'à faire ses courses dans divers supermarchés. Après tout, qu'y a-t-il de suspect à acheter pour trois mille dollars de denrées non périssables en payant comptant?

La caissière balaye les code-barres en soupirant, l'emballeur fourre les articles pêle-mêle dans les sacs. Sur l'écran de la caisse, le montant ne cesse d'augmenter, et se stabilise finalement à 555,99 $. La caissière prend l'argent avec une indifférence abyssale, compte les billets deux fois, rend la monnaie, et Lisa propulse son panier vers la sortie sous le regard absent de l'emballeur.

Il ne reste que trois ou quatre voitures, dans l'immense stationnement. Lisa vide son panier dans le Dodge, où les denrées s'entassent jusqu'au plafond et débordent sur le siège du passager. Elle doit insister avec l'épaule pour parvenir à fermer la portière de la fourgonnette. Il vaudra mieux conduire prudemment : en cas de freinage brusque, Lisa risque de périr aplatie sous une demi-tonne de vivres. Elle décolle en laissant le chariot à l'abandon au milieu du stationnement.

La nuit est avancée lorsqu'elle charge enfin le dernier bac de nourriture à bord de PZIU 127 002 7. Elle l'accroche sous la balance et note le poids sur son ordinateur, des gestes qu'elle a faits dix millions de fois depuis le mois de juin.

L'ouverture du conteneur est presque entièrement comblée par le mur de boîtes de pommes dressé là afin de leurrer un éventuel inspecteur, même si Lisa ne se fait guère d'illusions : ces gens-là ne s'arrêtent pas forcément aux apparences, et ils peuvent très bien vider un conteneur au complet s'ils soupçonnent quoi que ce soit.

Elle se glisse dans l'étroit passage aménagé entre la toilette sèche et le compacteur à déchets, passe une porte coulissante et se retrouve dans la dépense. Elle enjambe le tuyau d'arrosage qui serpente sur le plancher et se déverse dans le réservoir d'eau potable de bâbord. Au passage, elle jette un coup d'œil au niveau. Ça monte, un millimètre à la fois. Dans une dizaine de minutes, ce sera plein.

Autour d'elle, les profondes étagères sont remplies de poches de farine, de fruits séchés et de noix, de saucissons secs, de nouilles, de levure pour machine à pain, de sachets d'épices, de pots de miel et de repas lyophilisés. Il y a même quelques gâteries : une bouteille de rhum haïtien, des tablettes de chocolat suisse. Le congélateur est bourré à bloc de fraises et de mangues congelées, de jus d'orange, de raviolis, de fromage et de tofu. La pharmacie est remplie d'onguents et de médicaments pour toutes sortes de maladies et de malaises, même ceux dont elle n'a jamais souffert, en plus d'une douzaine de tubes de dentifrice et de plusieurs kilomètres de papier de toilette. Dans un grand coffre, on trouve des outils pour coudre, d'autres pour souder, coller, scier, visser, des fuseaux de fil et de ficelle, douze variétés de ruban adhésif, un voltmètre, trois lampes de poche et plusieurs paquets de piles.

Lisa insère le dernier bac à sa place et s'adosse contre le réservoir d'eau pour contempler son œuvre. Tout est rangé avec soin, pas un centimètre de perdu. Rien n'a pu échapper à son attention et, pourtant, elle craint d'avoir oublié un truc idiot, évident ou obscur – tire-bouchon, cure-pipe, paprika hongrois – qui s'avérera essentiel au milieu de l'océan Indien.

Elle ressort de la dépense par l'autre porte, traverse la cuisinette et continue jusque dans le carré. La pièce est modeste mais confortable. Le lit a été replié en position sofa, et on se croirait dans un salon comme un autre. Les arêtes sont arrondies, bordées de moulures en bois, et un éclairage réconfortant baigne la pièce. Une étagère court le long de la paroi, remplie de livres et de revues – notamment un lot de magazines *Life* des années soixante acheté sur eBay. Sur un mur, Lisa a accroché une photo de la stratosphère prise par le PowerShot de madame Le Blanc et un cadre vitré contenant la *nephila clavipes,* épinglée sur du liège.

Un cercle de lumière englobe la table à cartes, illuminant la radio VHF, le GPS, et deux petits cadrans qui indiquent l'heure à bord et l'heure à Copenhague. L'ordinateur est en plein téléchargement et sur l'écran figure une barre de progression à 57 % qui chemine une fraction de pixel à la fois.

Après six mois d'intense développement, Éric a finalement annoncé que la version 1.0 du logiciel de pilotage était fonctionnelle. Perfectible, certes, mais fonctionnelle. Lisa a reçu un URL de téléchargement en fin de journée. Des instructions d'installation détaillées suivraient. *Il va y avoir une courbe d'apprentissage,* avertissait Éric.

Le monstre s'appelait He$_2$ et, davantage qu'un logiciel, Éric le comparait à un canif suisse qui aurait contenu des centaines d'outils. Voilà deux heures que l'ordinateur peine à télécharger les fichiers. En fait, Lisa a l'impression de torrenter tout un étage de la bibliothèque d'Alexandrie. À cette cadence, elle n'aura reçu la totalité du logiciel qu'au lever du soleil – mais qu'à cela ne tienne : les fuseaux horaires seront bientôt sans importance.

Elle dresse mentalement la liste de ce qui reste à faire. Peu de choses, en somme. Ramasser les outils. S'assurer qu'aucune pièce à conviction ne subsiste dans le garage. Installer He$_2$ et se familiariser avec son fonctionnement. La routine.

Elle s'allonge sur le sofa, ajuste un coussin dans son dos. Confortable. Elle a bien travaillé. Elle ferme les yeux, respire le parfum du bois. Pour une fille censée souffrir de claustrophobie congénitale, elle éprouve un étrange sentiment de liberté. Elle sifflerait bien une gorgée de Barbancourt, tiens.

Soudain, elle ouvre les yeux et se redresse. Il lui reste encore une chose importante à faire.

- 48 -

Jay n'est pas la seule à bénéficier des faveurs de Laura – et pas la seule, non plus, à en concevoir de l'insomnie. Mademoiselle Wissenberg a apparemment refilé à Mahesh des documents obtenus par la CIA et qui, même caviardés au calibre 12, se sont révélés riches en révélations. Le pauvre informaticien a quitté le bureau tard hier soir et a passé une nuit brève et agitée avant de se pointer à la GRC à l'aube. Il vient de terminer son quatrième café, si on se fie aux sachets de sucre vides qui jonchent son bureau, et n'est visiblement pas encore tout à fait remis de sa surdose de Whippet d'hier. (*Un dollar vingt-cinq la bouchée !*)

Jay garde son calme. Elle prend le temps de déposer le dossier de presse sur son bureau, de suspendre son sac à sa chaise, d'accrocher son manteau, de démarrer son ordinateur. Puis, elle entreprend de délacer ses bottes – tandis que Mahesh trépigne en attendant qu'elle en ait terminé avec ces exaspérantes broutilles. Jay agite enfin ses orteils.

— Bon, alors, ce secret?

Il se frotte les mains.

— Comment Rokov réussit à déplacer Papa Zoulou?

— En modifiant des bases de données, non?

— Ils utilisent un mélange d'exploits informatiques et d'ingénierie sociale. Dans un premier temps, ils envoient de vrais faux formulaires – ou de faux vrais formulaires, ça dépend de comment tu vois les choses –, puis ils manipulent directement les bases de données. Ça combine le meilleur des deux mondes : ça permet de disparaître et de réapparaître, d'effacer les traces, et en même temps d'avoir l'air tout à fait honnête sur le plan administratif.

— Points bonus : l'ingénierie sociale permet de sauter les étapes. C'est une option plus rapide que la force brute.

— En effet.

Mahesh s'empare de son pyrex et évalue du regard la toxicité du centimètre de café qui flacote au fond. Il décide de courir le risque.

— Ce qui m'intéresse, c'est la modification des bases de données. Les documents de la CIA ne disent rien là-dessus, mais pas besoin d'être Garry Raskapov pour tirer des conclusions.

— Kasparov.

Ignorant la remarque, il déchire trois sachets de sucre qu'il tape doucement contre le bord de la tasse afin d'en faire tomber les moindres cristaux.

— La conclusion la plus importante, c'est qu'il n'y a pas eu d'infiltration. À ce stade-ci, il aurait fallu des douzaines d'infiltrateurs dans quatre ou cinq pays. D'ailleurs, j'ai vu la liste des procédures. Injection, reniflage, cassage par force brute. Les bases de données sont parfois modifiées par requêtes directes, et parfois en utilisant le même logiciel que l'administration portuaire – ce qui est en soi étonnant, vu que tous les ports emploient des logiciels différents.

Il goûte le café. C'est l'Attila le Hun des breuvages matinaux. Il décide d'ajouter un quatrième sucre.

— Remarque, ce qui arrive n'est pas surprenant. Je vais me répéter, mais on sait depuis longtemps que l'industrie est mal préparée. Tout le monde s'imagine que le cloisonnement rend les systèmes sécuritaires, alors on se retrouve forcément avec toutes les erreurs du répertoire : des mots de passe faibles, des mises à jour en retard de trois ans, des configurations sous-optimales, des requêtes mal filtrées. Mais même dans ces conditions-là, Papa Zoulou voyage vite. Rokov a eu besoin de dix-huit heures pour s'introduire dans le système à Montréal. Douze heures à Caucedo. Quinze heures à Panama. Trois heures – *trois heures !* – à Shenzhen.

Gorgée de café. Les poils se dressent sur sa nuque.

— Ça ne peut pas avoir été fait par une seule personne, à la mitaine. C'est à la fois trop rapide et trop diversifié.

— Alors tu penses qu'ils travaillent en équipe ?

— Exact. Peut-être une dizaine de hackers. Chacun sa spécialité. Ils n'ont même pas besoin de se connaître. Ils peuvent travailler à contrat, avec un coordonnateur.

— Du hacking distribué.

— Tu peux sous-traiter ça en Biélorussie pour trois fois rien.

Jay s'apprête à ajouter quelque chose lorsqu'elle aperçoit Maurice F. Gamache et Laura Wissenberg qui remontent le corridor d'un pas décidé. Même à cette distance on les devine en grande conversation – et au moment où Jay note que le sergent ne transporte pas ses habituels bagels, elle comprend que l'heure est grave. Mahesh a suivi son regard et se lève instinctivement.

Les deux collègues pénètrent dans l'Enclave sans ralentir, tout sourire. Maurice F. pointe un doigt victorieux vers le ciel et lance ce qui pourrait passer pour un cri de guerre tout à fait adéquat.

— Singapour !

Tout est tranquille, au pavillon Westmacott. À part les voitures des employés, il n'y a qu'un Dodge RAM noir dans le stationnement. Une infirmière salue Lisa avec un sourire intrigué.

— Vous êtes de bonne heure aujourd'hui !

Lisa répond avec un hochement de tête ambigu. L'infirmière la regarde s'éloigner dans le corridor. Elle lui trouve une allure bizarrement solennelle – et il lui faut plusieurs secondes pour comprendre d'où vient cette impression : voilà des mois que Lisa se présente au pavillon vêtue d'une salopette sale et de bottes à caps d'acier, avec les mains noires et de la sciure de bois dans les cheveux. Ce matin, elle porte un jeans propre, un chandail immaculé, des sandales. Ses lunettes fumées sont relevées sur des cheveux fraîchement lavés.

Lisa remonte le corridor sans hâte. Ça sent le café, les toasts et la confiture de fraises. Les portes des chambres sont ouvertes; les pensionnaires mangent, regardent la télévision, font des sudokus. Une dame couchée dans son lit converse avec le plafond.

Lisa arrive à la 19. Depuis le seuil, elle regarde son père qui se berce, tourné vers la fenêtre. Il est habillé, mais a tout de même enfilé sa vieille robe de chambre rayée par-dessus ses vêtements, ainsi qu'une casquette John Deere qui ne lui appartient pas. Lisa sent son estomac se crisper. Elle réalise soudain à quel point il a maigri, combien ses pommettes font saillie. Il semble squelettique, dans le contre-jour matinal.

Non seulement son père s'est plus ou moins remis de l'accident cérébrovasculaire dont il a été victime à la fin juillet, mais sa situation n'a pas cessé de se dégrader. Selon le médecin, il risque de subir un autre épisode à tout moment, et le moindre rhume pourrait lui être fatal. Il a le teint blême et l'espérance de vie d'un scarabée. Il ne sort plus de sa chambre, même pour les repas, et on lui apporte des plateaux qu'il entame à peine. Lisa regarde ce cagibi, où il ne reste plus rien des quelques souvenirs qu'elle a rapportés du Domaine Bordeur. Bibelots, photos, babioles, Robert a tout balancé aux poubelles, tout éparpillé aux quatre coins du pavillon. La troisième plante araignée a disparu de son crochet, sans doute morte de sécheresse. En l'absence de ces signes distinctifs, il flotte sur la chambre une atmosphère de précarité. Pourtant, Lisa sait que son père ne sera jamais transféré ailleurs. Il ne tiendra pas le coup assez longtemps pour qu'une place se libère en centre de soins de longue durée. Cette chambre exiguë sera le dernier endroit qu'il verra.

— Salut papa.

Il se tourne vers la porte, aperçoit sa fille. Il esquisse ce sourire vide, qui est devenu son seul sourire, et Lisa sait tout de suite qu'il ne l'a pas reconnue. Il se laisse néanmoins embrasser sur la joue. Devant lui traîne un plateau déjeuner. Il a mordillé le coin d'une toast, n'a touché ni à sa tasse de thé, ni au quartier d'orange. Il faudra bientôt le nourrir par perfusion.

Comme à son habitude, Lisa chasse le malaise en s'affairant. Elle lance des questions, fait des commentaires sur la météo ou l'état de la chambre. Elle inspecte les tiroirs afin de s'assurer que tout va bien, qu'il n'a pas caché une boulette de steak haché parmi ses t-shirts. Elle constate la disparition inexorable de ses sous-vêtements. Robert ne sait rien, n'a rien remarqué. Il ne s'intéresse plus au présent : il vit dans le passé – ou, plutôt, dans plusieurs passés simultanés. On ne sait jamais trop s'il se trouve en 1978 ou en 1991 ou en 2007. Il possède une mémoire étagée, dans laquelle il circule à volonté par des escaliers secrets et des trappes invisibles.

Les tiroirs sont en ordre, même si Lisa détecte une subtile odeur d'urine dont elle n'arrive pas à localiser la source. Elle fait le tour de la chambre, le nez en l'air, puis abandonne. Elle s'assied enfin à côté de son père et joue nerveusement avec son lobe d'oreille. Elle jette un coup d'œil en direction de la porte. Trop tard pour se défiler.

— Papa... Tu te rappelles la grosse maison qu'on a rénovée, à Hinchinbrooke ? La maison Baskine ?

Lisa ne s'attend à aucune réponse. Son père hoche la tête par pur réflexe : de toute évidence, il ne conserve aucun souvenir de la maison Baskine ou de Hinchinbrooke. Lisa continue tout de même, imperturbable.

— Tu avais trouvé un passage dans le fond du garde-manger, derrière la tapisserie. Un passage entre les murs, avec une échelle qui montait au deuxième étage.

Robert remue sur sa chaise, visiblement incapable de comprendre sur quoi porte la discussion. Peut-être, à force de vivre entouré de gens qui monologuent, a-t-il oublié la nature même d'un dialogue. L'insistance de Lisa le dérange. Il s'agite un peu, le regard fuyant.

— Je suis entrée dans le passage avec une baladeuse et j'ai monté l'échelle et quand je suis ressortie, tu m'as demandé si j'avais vu quelque chose et je t'ai que dit non. Qu'il n'y avait rien à voir.

Silence. Dans la chambre voisine, on entend un homme chanter *Love Me Tender* très fort et un peu faux.

— Je t'ai menti. Il y avait… une chambre secrète. Avec une vieille lampe de poche, un cendrier, des magazines. Un coussin. Une bouteille de rhum. C'était abandonné depuis des années – mais il y a longtemps, dans les années cinquante, quelqu'un se cachait là. Une femme, je crois. Une femme qui passait des heures cachée dans les murs.

Robert commence à fouiller autour de lui, à la recherche de quelque chose, en vain. Il grommelle. Lisa voit la télécommande qui dépasse de sous le coussin de la chaise berçante. Elle la tend à Robert, qui enfonce le gros bouton rouge, le seul dont il n'a pas oublié la fonction. La télévision s'allume sur une émission du matin. Aujourd'hui, on compare à l'aveugle des vinaigres balsamiques.

Lisa embrasse son père sur le front, appuie longuement sa tête contre la sienne, et quitte la chambre.

- 50 -

Jay reste à l'écart des célébrations, affalée sur sa chaise ergonomique. On dirait que tout l'étage s'est donné rendez-vous dans l'Enclave. Il y a Laura et Mahesh évidemment, et le sergent Gamache qui parle au téléphone, et trois collègues des stupéfiants venus voir ce qui se passait, et Micheline Saint-Laurent, et un officier des fraudes économiques. Même le préposé aux bacs de recyclage traîne dans le coin en jetant des coups d'œil par-dessus les épaules. Ça va et ça vient et ça discute joyeusement.

Dans le brouhaha général, Jay capte les données essentielles : Papa Zoulou a été débarqué à Singapour il y a huit jours avec un code de transbordement pour Jakarta. Toujours didactique, Laura explique que Singapour constitue le plus important port de transbordement au monde : 15 % de tous les conteneurs de la planète transitent par là, ce qui fait vingt mille conteneurs par jour remplis de gants en latex et de perles en plastique, de sacs à main, de poudre de mica, de bœuf en conserve, d'encre, de connecteurs USB, de papier d'emballage, de tôle galvanisée, de lumières de Noël et de silicate de potassium. En outre, le port est équipé de sept mille postes de branchement pour conteneurs réfrigérés, ce qui tombe sous le sens considérant qu'il y a trois milliards de systèmes digestifs dans un rayon de quatre mille kilomètres.

Bref, il s'agit d'un endroit idéal pour disparaître de la circulation.

Maintenant tout le monde spécule à savoir si Papa Zoulou a vraiment été envoyé à Jakarta (probabilité quasi nulle), s'il est resté en attente au terminal de Singapour (probabilité moyenne), s'il a été dédouané (probabilité négligeable) ou s'il a été réexpédié vers une destination encore indéterminée (probabilité élevée).

Laura a déjà fait apparaître sur son écran la carte de tous les ports intermodaux dans un rayon de deux mille cinq cents milles nautiques. Installé au tableau blanc, Mahesh esquisse des équations afin de comparer l'aire (S) et la densité (d) de dispersion potentielle de Papa Zoulou (Pz) en fonction du nombre d'escales (Ne) à travers le temps (T). En résumé : un grand nombre d'escales signifie une progression moins rapide, mais une enquête plus compliquée.

Quant à Jay, elle repense à la gamine de dix ans qu'elle était autrefois, debout sur le quai, coiffée d'une tuque des Nordiques. Laura l'aperçoit soudain.

— Ça va ? Tu es blanche.

— Je suis blanche ?

— Comme une feuille. Tu as mangé ce matin ?

— Moui.

— Toi, tu as besoin de vacances.

Jay hoche la tête, lentement d'abord, puis avec une vigueur croissante. Des vacances ? Voilà, à bien y penser, une excellente idée.

- 51 -

Lisa est en train de lire lorsque, soudain, la lumière s'éteint et la ventilation s'interrompt. Tout est noir et silencieux, à l'exception des appareils à piles dont on aperçoit les voyants lumineux ici et là. Lisa n'entend plus que de lointains bruits de machinerie, mêlés à la pulsation cardiaque dans ses tympans.

Un choc métallique se répercute dans tout le conteneur, qui s'élève et oscille légèrement. L'habitacle grince mais ne craque pas : comme prévu, les différents modules s'ajustent les uns par rapport aux autres. Encore un choc, puis une vibration. Le conteneur bouge. Lisa pourrait allumer l'écran du GPS et suivre son déplacement, mais elle n'en fait rien. Tout est tranquille, dans cette noirceur, et elle n'a pas envie de bouger.

Le conteneur se déplace pendant un moment, tourne à gauche, puis encore à gauche, et s'immobilise. On sent un nouveau choc métallique : la grue à portique saisit les coins du conteneur et

Lisa se sent soudain soulevée sur plusieurs étages, puis déposée à bord du navire. Claquements et vibrations, les pinces se dégagent, tout redevient silencieux.

Après une minute ou deux, on entend de nouveaux bruits : un conteneur atterrit à bâbord de PZIU 127 002 7, puis un autre par-dessus, et encore un autre à proximité, comme autant de pièces manipulées par la main d'un géant. Lisa entend les claquements métalliques du saisissage – les loquets que l'on verrouille, les élingues que l'on fixe aux coins des boîtes. On perçoit d'autres chocs, de plus en plus éloignés, plutôt des ondes que du bruit. Ce conteneur est étonnamment bien insonorisé.

Puis, tout d'un coup, l'habitacle reprend vie. Les lumières s'allument, la ventilation décolle et on entend ronronner le congélateur de la dépense.

Lisa bondit sur ses pieds et s'assied à la table à cartes. Elle continue de l'appeler comme ça même s'il ne s'agit pas à proprement parler d'une table à cartes. D'ailleurs, il n'y a pas une seule carte géographique à bord : elles sont conçues pour naviguer dans un territoire réel. Lisa s'apprête à pénétrer un tout autre genre d'espace, au confluent de l'administration et de l'économie.

Elle réveille l'ordinateur du bout de l'index. Huit fenêtres apparaissent à l'écran, ça grouille comme dans le centre de commandement de la NASA. Au premier plan figure le schéma de chargement du navire en temps réel, tel que le voient les employés du port. Les conteneurs s'empilent un à un, petits jetons jaunes bien cordés en rangées, chacun dans son alvéole. Le *SS Antwerp* est un Panamax assez banal, capable d'accommoder mille sept cents conteneurs. Celui de Lisa a été installé à l'arrière, avec les autres réfrigérants.

Baie 17, travée 12, alvéole 06 : voilà son adresse pour les cinq prochains jours.

Lisa se détend un peu. Éric lui a longuement exposé les dangers de se voir ranger dans une alvéole extérieure. Si le navire prend de la gîte ou encaisse des vagues géantes, les conteneurs latéraux sont les premiers à tomber à l'eau, ce qui arrive plus souvent qu'on le croirait. En outre, tous les produits dangereux ou inflammables sont rangés en périphérie. Il vaut mieux être au centre, avec les oursons en peluche et le bicarbonate de soude.

Elle visualise la haute muraille de conteneurs qui s'élève à l'arrière du navire. Si les cloisons n'étaient pas si bien insonorisées, on entendrait le vrombissement de dizaines de ventilateurs, comme celui d'une ruche gigantesque. Lisa saute sur la couchette et approche son nez de la grille de ventilation. L'air transporte une légère odeur de graisse. Bien sûr que les bateaux sentent la graisse, à quoi Lisa s'attendait-elle ? Depuis le fond de cale jusqu'aux treuils de pont, cette industrie baigne dans la graisse, l'huile et le bunker. Avec un peu de chance, dès qu'ils navigueront dans le chenal, le vent dominant frappera le mur de conteneurs et l'odeur du fleuve s'imposera.

Elle retourne s'asseoir devant l'ordinateur et révise la liste des trucs à faire avant le départ. Il reste encore à effacer les traces de son passage dans les bases de données, à accéder aux routeurs du navire afin d'utiliser le réseau une fois au large (He$_2$ travaille déjà sur le dossier) et à écouter la radio VHF pour savoir à quelle heure le chargement sera terminé. Elle pourra ensuite s'atteler aux tâches à moyen terme : planifier son transfert à Caucedo, étudier l'horaire des départs en direction du Panama, remplir et envoyer la paperasse aux autorités portuaires, aux transporteurs et aux douanes. Voyage au centre de la Bureaucratie.

Pour l'heure, tout va bien. Elle a de l'électricité et des mots de passe, et elle aura bientôt une bière à la main. Au menu ce soir : vermicelles de riz aux crevettes, salade de mangue et tapioca à la vanille fraîche.

Elle ne voit vraiment pas ce qui pourrait mal tourner.

- 52 -

« Quelle compagnie ? » demande le chauffeur de taxi.

Jay hausse les épaules ; elle a acheté son billet si vite qu'elle a oublié avec quelle ligne aérienne elle doit partir. Elle pointe le premier panneau qui passe. Lufthansa. Ça fera l'affaire.

La voiture se glisse dans un espace libre. Jay tend deux billets de vingt dollars, gardez la monnaie, et s'éjecte à l'air libre. Un flocon de neige s'écrase sur son nez. Le sac en remorque, elle slalome entre les chariots à bagages, passe les portes et se retrouve à la case départ : le hall de l'aéroport Trudeau. Autour d'elle, les gens circulent en tous sens, chacun suivant sa propre ligne droite.

Jay fouille dans sa poche, cherche son relevé de transaction et s'installe devant une borne d'enregistrement. Un passager adulte. Place hublot. Aucun bagage à enregistrer. Non, elle ne transporte pas d'armes à feu, de matériel pyrotechnique, de solvants ou de gaz comprimés.

La borne crache ses cartes d'embarquement, et Jay se dirige vers le contrôle de sécurité. Elle double un groupe d'étudiants en voyage d'immersion, s'engouffre dans la zone des contrôles et, instinctivement, balaye les environs du regard, à la recherche de l'agente paranoïaque qui inspecte les Jules Verne au scalpel. Nulle part en vue.

Jay ne reconnaît personne, personne ne la reconnaît, et son passeport ne déclenche aucune alarme. Même si un agent décidait de l'interroger, il ne verrait rien d'étrange à ce qu'elle prenne l'avion. Contrairement au vol précédent, il s'agit cette fois de simples vacances pour motifs médicaux. Elle a prétendu souffrir d'un sommeil agité, d'un appétit déclinant, de diverses manies et compulsions – ce qui est, d'une certaine manière, la stricte vérité.

Elle s'est vu délivrer une lettre d'autorisation conjointe de la GRC, de la Commission des libérations conditionnelles et de son supérieur immédiat, lequel pouvait très bien se passer de Jay le temps d'un voyage de santé en Espagne, dix ou douze jours, ou même quinze si elle le voulait, bon débarras.

Personne ne l'interroge à ce sujet, et la lettre reste au chaud, dans sa poche.

Étrange impression, que d'être une personne normale. Elle a hésité, ce matin, debout devant sa garde-robe, la main posée sur l'épaule de son tailleur gris. Elle s'apprêtait à le décrocher lorsqu'elle a subitement changé d'avis. Ce tailleur n'était pas seulement un habit de camouflage, c'était aussi une armure, et le simple geste d'enfiler une armure revenait à admettre sa faiblesse. Réflexion faite, un jeans et un vieux t-shirt suffiraient. Jay aurait volontiers coiffé sa vieille tuque des Nordiques, si elle n'était pas disparue de la circulation depuis des décennies. Peut-être moisissait-elle encore au fond d'un tiroir, chez son père, en Basse-Côte-Nord.

Jay enlève ses souliers et sa ceinture, sa veste et sa montre, vide ses poches. Elle pose son Eee dans un bac gris. Puis, elle fait la file en pieds de bas en regardant le convoyeur emporter sa valise noire, à laquelle pend encore l'étiquette du Royaume de la valise. Devant elle, un diplomate avec un surplus de poids doit choisir entre le balayage à ondes millimétriques et la fouille manuelle. Il opte pour le balayage. Il faut vivre avec son temps.

L'agent se tourne enfin vers Jay et lui fait signe d'avancer. Elle traverse le détecteur de métal – pas un bip – et présente sa carte d'embarquement. Rien à signaler merci bonne journée. Jay ramasse ses effets sur le convoyeur, se rhabille et fonce tête baissée dans la zone internationale. Le pire est derrière. Droit devant, l'air embaume la friture et la liberté.

Il reste encore une vingtaine de minutes avant l'embarquement, et Jay arrête dans une librairie pour acheter une bouteille d'eau. Debout devant un présentoir de science-fiction, elle lit en diagonale quelques quatrièmes de couverture. Tout lui semble banal. Elle pense à Élisabeth Routier-Savoie qui navigue en ce moment de l'autre côté de la planète, en eaux internationales, enfermée dans son conteneur. A-t-elle apporté de la lecture pour meubler ses heures de roulis?

Jay ressort de la librairie avec sa bouteille d'eau et un roman qu'elle ne lira pas.

Porte 53, les voyageurs s'entassent dans tous les coins et dans toutes les postures. Jay revendique un bout de fauteuil entre une poche de hockey et un sikh octogénaire. Devant eux, un écran encastré diffuse des actualités insolites. Un rhinocéros adopte une couvée de canetons. Une femme laisse pousser ses ongles d'orteil depuis quinze ans. Un aventurier traverse les Amériques jusqu'en Terre de Feu sur un monocycle. Indicatif, salve de publicités, puis on enchaîne avec un pseudo-reportage sur la crise financière à Abu Dhabi. Des milliers de voitures prennent la poussière à proximité de l'aéroport de Dubaï, laissées là par des hordes de Britanniques et d'Émiriens ruinés, partis en vitesse afin d'éviter la prison pour défaut de paiement. La charia cohabite apparemment assez mal avec la culture spéculative. La caméra se promène sur des Ferrari, des Jaguar, des Porsche abandonnées sur le bord de la route ou dans des stationnements souterrains, les portes débarrées, la clé dans le contact. Les capots sont couverts d'une poudre jaunâtre dans laquelle on a tracé des phallus et des insultes en arabe.

Jay éprouve un furieux besoin d'en finir avec la géographie.

trois

- 53 -

Jay et son ordinateur dorment.

La nuit s'est passée à sauter d'un train à l'autre, d'abord à Hambourg, puis à Lübeck – où ils ont pris un peu de retard après avoir aplati une Fiat 500 à un passage à niveau –, ensuite à Puttgarden et enfin à Rødbyhavn, où Jay a échoué à bord du R4208, un *regionalzug* d'une lenteur exaspérante. Elle aurait gagné des heures précieuses en prenant un vol depuis Bruxelles, mais elle a choisi la discrétion. Elle doit respecter le scénario.

Après deux heures à lutter contre le sommeil, elle s'est finalement endormie avec le Eee en équilibre sur les genoux, ses mains posées sur le clavier. Devant elle, l'écran est d'un noir abyssal. Elle se réveille au moment où l'ordinateur va glisser de ses genoux, le rattrape de justesse. À sa droite, le soleil explose sur l'horizon, et la lumière est quasi insoutenable.

Les yeux plissés, Jay tente de comprendre le paysage qui défile à la fenêtre. Le train franchit apparemment une sorte de bras de mer sur un pont filiforme. On se croirait dans une publicité d'IKEA.

Voilà maintenant trente heures qu'elle a quitté Montréal, et si ses calculs ne sont pas erronés, en tenant compte du changement de fuseau horaire, elle fêtera officiellement ses quarante ans dans dix minutes.

Elle étire le cou et promène un regard circulaire sur le wagon. La moitié des sièges sont vacants. De l'autre côté de l'allée, un couple dort. La femme a posé sa tête sur la cuisse de l'homme, qui tient dans sa main un téléphone. Une brochure touristique traîne sur la tablette devant eux. Sur le plancher, une cannette de Coke roule de bâbord à tribord dans les virages. L'air sent le vinaigre et la sueur. Quel endroit pathétique pour célébrer un changement de décennie.

La quarantaine. Les derniers mois ont été si bien remplis que Jay n'a même pas eu le temps d'éprouver les états d'âme de rigueur – l'aigreur, l'anxiété et les regrets. À vrai dire, elle a plutôt l'impression de rajeunir, depuis la mi-octobre. Ses sens sont en alerte, elle recouvre ses anciennes facultés.

Son Eee fait entendre la tonalité de la messagerie. Jay active l'écran d'un coup d'index. Courriel de Laura, qui lui souhaite un joyeux anniversaire, de bonnes vacances en Andalousie – huit millions d'habitants, capitale Séville, splendides prévisions météo à court terme – et en profite pour signaler qu'aux dernières nouvelles, un conteneur nommé Papa Zoulou serait parti du port de Singapour, il y a douze jours, à destination de Colombo. *Tu nous enverras une carte postale. Cordialement, LW.*

Jay se frotte le bout du nez. Colombo? Appelé en renfort, Google fait apparaître une carte du Sri Lanka. Tout à fait prévisible. Élisabeth a continué son voyage en direction ouest, a traversé le détroit de Malacca puis le golfe du Bengale. Elle a déjà parcouru trois mille kilomètres depuis Singapour, et Dieu sait combien depuis Colombo. Elle gagne en vitesse – contrairement à ce train, qui semble encore sur le point de ralentir.

La cannette de Coke roule jusqu'à ses pieds. Jay glisse le Eee dans son sac et part en quête d'un café fort, pour peu qu'une telle substance existe à bord.

Après quarante-cinq minutes peuplées de champs et de villages et de vaches, le train s'arrête dans la petite gare de Roskilde. Les environs prennent des allures de banlieue. Autour de Jay, les voyageurs s'agitent et se lèvent, rassemblent leurs bagages. Le train repart leeentement. On entend les rails agoniser sous les roues du wagon, les téléphones portables qui sonnent çà et là.

On annonce enfin København H.

Jay trépigne debout près de la porte, l'air de vouloir débarquer du wagon en marche. Dès l'arrivée en gare, elle saute sur le quai et se fond dans la masse.

C'est l'heure de pointe, les touristes se mêlent aux travailleurs de banlieue. Le moment idéal pour passer inaperçu. Une horloge indique 6 h 19, encore tôt pour aller cogner à la porte des gens, mais Jay doit d'abord manger, prendre un café – l'infusion servie à bord du train était une insulte au genre humain – et s'orienter dans la ville.

Elle monte l'escalier roulant et observe les lieux. Elle remarque une odeur de café et de viennoiseries (à droite) et un panneau avec une valise (à gauche). *Bagagebokse,* précise le panneau. Le vocabulaire de Jay s'enrichit à chaque minute, dans ce pays.

À l'entrée de la consigne, un écriteau indique les tarifs et les heures d'ouverture. La durée maximale d'entreposage est de soixante-douze heures. Jay aura besoin de bien moins que ça. Elle pousse sa valise au fond du premier casier libre, ne conservant que son étui d'ordinateur, son passeport et son porte-feuille, dont elle vérifie le contenu. Entre deux billets de vingt euros se trouve un précieux petit bout d'enveloppe UPS où figure l'adresse d'Éric Le Blanc, Stjernegade 3030.

Elle ferme le casier, empoche la clé et part sur la piste du café.

- 54 -

Sur le mur du salon, on a collé une immense carte du monde en couleurs, une projection hybride

Bonne/Lambert où les continents sont disposés en éventail, comme des feuilles de bananier.

Un trait de crayon feutre rouge part de Montréal, suit le Saint-Laurent, sort du golfe et descend à Caucedo, repart pour le Panama, remonte la côte ouest vers l'Alaska et disparaît dans la marge supérieure gauche, parmi les dragons et les embruns, réapparaît à l'autre extrémité de la carte, frôle l'archipel japonais, aboutit à Shenzhen, oblique vers Singapour, ricoche vers le Sri Lanka et se termine dans l'océan Indien, au large de l'Inde.

Debout devant la carte, Lærke Høj-Le Blanc fait glisser son petit doigt le long du trait.

La fillette n'a pas d'école aujourd'hui, et comme sa mère avait une importante réunion au programme, elle est venue passer la journée avec Éric. D'autres options auraient été envisageables – camp de jour, académie de musique ou d'art dramatique, cours privés d'escalade, expédition en montgolfière nolisée –, mais Lærke préfère rester avec son grand frère, qui n'y voit pas d'inconvénient.

Il faut dire qu'elle s'occupe plutôt bien toute seule. Elle dessine des serpents de mer, construit des villes en Lego, fout le bordel dans la bibliothèque, vide le frigo et, de manière plus générale, reste plantée durant des heures devant les vastes baies vitrées, armée d'énormes binoculaires, afin d'observer les activités portuaires. Rien ne la fascine autant que le ballet répétitif des grues à portique, des camions, des navires et des conteneurs. Il y a décidément un virus qui circule dans cette famille.

En dépit de sa fascination précoce pour les conteneurs, Lærke ignore presque tout des activités de son frère. Ce sont des affaires d'adultes, forcément abstraites, inaccessibles et mystérieuses. La carte du monde obsède la fillette et elle y revient sans cesse, peut-être simplement parce qu'elle s'interroge sur ce trait rouge qui s'allonge chaque jour. En guise d'explication, Éric s'est borné à lui dire qu'il s'agissait d'un jeu de société, et que non, elle ne pouvait pas y jouer, pas la peine d'insister, ou alors un jour – ajoutait-il avec un drôle de sourire –, lorsqu'elle serait en âge.

Être en âge, tu parles d'une réponse de vieux.

La carte fait contraste avec les nombreux écrans et projecteurs que l'on trouve dans le loft. Comme toutes les technologies primitives, elle est à l'abri du piratage, des dysfonctions de réseau et des pannes d'électricité – mais la raison pour laquelle Éric utilise une carte en papier est moins utilitaire : il s'agit d'une façon de se rappeler que toute cette entreprise est essentiellement poétique, qu'elle échappe à sa sphère d'activité habituelle. En dépit de l'expertise technologique d'Éric, c'est Lisa qui mène le jeu.

Lærke s'est lassée d'étudier le trait rouge, et elle file dans la cuisine pour voir si elle ne trouverait pas un truc à grignoter. Éric en profite pour prendre place devant la carte avec un feutre rouge. Il repère la latitude 15.205584 et la longitude 71.036897, ce qui n'est pas une tâche aisée sur une carte aussi atypique, et il y plante un point, qu'il relie au trait rouge. Encore quatre cents minuscules kilomètres avant Mumbai.

Il remet le capuchon sur le crayon, prend une gorgée de café et soupire. Voilà soixante-cinq jours que dure ce voyage, et un problème imprévu commence à se poser : le temps – et, plus précisément, la longueur du temps.

Au début, les tâches de navigation gardaient Lisa bien occupée. Elle devait se familiariser avec les mille et une fonctions de He_2, préparer et envoyer toutes sortes de formulaires, superviser le transfert de PZIU 127 002 7, altérer les bases de données. Lisa apprend vite, cependant, et tout ce boulot est désormais routinier – d'autant que He_2 automatise plusieurs étapes du processus. Chaque jour, elle se retrouve avec davantage de temps libre à meubler. La bibliothèque de bord contient douze mille livres numériques, six cents longs métrages et des milliers d'heures de musique allant de Johann Christoph Bach jusqu'aux Yeah Yeah Yeahs, mais Lisa est finalement assez peu douée pour l'oisiveté et la contemplation. Après une phase intensive de cuisine thaïe, elle a essayé le yoga, récuré les surfaces et refait dix fois l'inventaire des ressources. La semaine dernière, elle s'est octroyé un verre de rhum – et yo ho ho – qu'elle est aussitôt allée vomir, à moitié verte, dans la toilette sèche. Si profond est son ennui qu'elle envisage de démonter la machine à pain pour voir comment elle fonctionne – ce qui constitue assurément un symptôme à prendre au sérieux.

L'expression *tuer le temps,* songe Éric, est en train de prendre une tout autre signification : il s'agit d'un duel à mort.

Il réfléchit à ce problème, debout devant la carte du monde, lorsqu'il entend la sonnerie de l'interphone. Il regarde l'horloge, étonné. Qui vient sonner à 8 h ? Il se dirige vers le moniteur mais Lærke sprinte, le dépasse par la gauche, et se plante devant l'interphone, sur la pointe des pieds, le bout du nez collé contre l'écran.

— C'est qui ?

— Laisse-moi voir.

Lærke s'écarte. Éric ne reconnaît pas la femme qui se tient devant la porte de l'immeuble – ce qui, en soi, n'a rien de très surprenant : la caméra est dotée d'une lentille légèrement sphérique qui représente les personnes avec le visage bombé comme une mappemonde. Il appuie sur le bouton.

— *Ja ?*

— Bonjour. Je peux parler à Éric Le Blanc ?

Éric sursaute. Une francophone ? Avec un accent montréalais ? Il ne s'attendait pas à ça. Il regarde attentivement l'image. Rien à faire, il ne reconnaît pas cette femme. Elle cherche la caméra du regard, manifestement consciente qu'on l'observe.

— Vous êtes journaliste?

— Non.

— Parce que les journalistes doivent passer par mon adjointe administrative, chez T2T. Je... Et d'abord, qui vous a donné mon adresse?

— J'ai fouillé dans les déchets.

— Vous êtes sûre que vous n'êtes pas journaliste?

— Je suis exactement le contraire d'une journaliste.

Cette affirmation laisse Éric songeur. Le contraire d'une journaliste? On dirait une devinette plutôt qu'une réponse. Il se tourne vers Lærke, mais la fillette est déjà partie vaquer à des activités plus intéressantes. La situation commence à ennuyer Éric.

— Vous voulez me parler de quoi?

La femme ne répond pas tout de suite. Elle penche la tête sur le côté, l'air de chercher ses mots.

— D'Élisabeth.

Éric sent la chair de poule couvrir ses bras. Presque malgré lui, il appuie sur le bouton qui commande l'ouverture de la porte.

55

L'ascenseur est discrètement luxueux : boiseries, inox brossé, éclairage scientifiquement calculé. Les boutons sont sculptés à la main dans du marbre noir et, à partir du huitième étage, chacun est doté d'une serrure. Éric Le Blanc occupe le dernier de ces étages privés.

Tandis que Jay observe les minuscules serrures, les portes se referment et l'ascenseur se met en marche tout seul. Le décollage est si brusque qu'elle sent ses tympans claquer et sa pression artérielle baisser. Les portes s'ouvrent au dixième étage – pas sur un palier, mais directement dans le vestibule de l'appartement.

Éric est debout devant Jay, l'air calme et en contrôle.

Pendant un instant, ils se considèrent sans rien dire, mutuellement curieux. L'entrepreneur danois le plus prometteur de sa génération est pieds nus, vêtu d'un simple t-shirt et d'un pantalon de kimono. Il a l'air encore plus jeune que Jay ne se l'imaginait – et elle éprouve un coup de vieux inattendu. Elle avait son âge, il n'y a pas si longtemps, et la voilà soudain quadragénaire. De quoi peut-elle bien avoir l'air, aux yeux d'Éric ? D'une femme inconnue, fatiguée, dépeignée, vêtue d'une simple paire de jeans et d'un blouson de cuir. Pas glorieuse.

— Café ?

Jay acquiesce et le jeune homme s'éloigne aussitôt vers la cuisine. Après une seconde d'hésitation, elle décide de faire à Rome comme les Romains, et retire ses souliers. Son ordinateur sous le bras, elle s'avance doucement dans ce loft démesuré.

L'endroit est étonnamment lumineux. Deux façades entières sont occupées par des baies vitrées qui donnent l'impression de se trouver dans une tour de contrôle. La chambre à coucher est perchée sur une vaste mezzanine à laquelle on accède par un escalier en verre. Les murs sont vides, immaculés, à l'exception d'une longue bibliothèque rangée avec soin.

Jay entend un bruit. Elle baisse la tête juste à temps pour esquiver une perruche, puis deux autres, qui passent en formation serrée et vont se poser sur la bibliothèque. Une minuscule plume bleutée virevolte dans l'air.

On entend le compresseur de la cafetière, quelque part à gauche.

Jay poursuit son exploration. Elle longe une interminable table de conférence en bois sombre, taillée d'une seule pièce dans un pin de Douglas, et entourée de chaises à dossiers ergonomiques ajourés. Un bol de Cheerios et une bande dessinée traînent au milieu de la table, ce qui achève de donner à l'endroit un caractère ambigu, à mi-chemin entre le professionnel et le domestique.

En plein centre du plancher du salon, des centaines de pièces de Lego irradient autour d'un porte-conteneurs en cours de construction. Jay reconnaît aussitôt le Triple-E de Maersk devant lequel

Mahesh salivait l'été dernier. Ce modèle de mille cinq cents pièces n'était pas encore en vente au Canada, et son pauvre collègue envisageait de l'acheter en importation, à prix d'or. S'il voyait ça.

Jay s'approche des baies vitrées, où elle découvre une vue panoramique du port, situé à trois cents mètres de là. Voilà une surprise : au rez-de-chaussée, on ne devinait même pas la proximité du front de mer. D'après ce qu'elle en voit, il s'agit d'un terminal modeste. Pendant une seconde, elle regarde les grues à portique qui déchargent des conteneurs.

— *Hej !*

Jay sursaute, se retourne. Une fillette (Lærke, raisonne-t-elle) l'examine d'un œil sérieux. Au second plan, accrochée sur le mur, se trouve une immense carte du monde. Le cœur battant, Jay remarque tout de suite le trait qui part de Montréal et se termine dans l'océan Indien, près de Mumbai.

Lærke penche la tête sur le côté, incapable de se faire une opinion sur cette femme arrivée de nulle part.

— *Hvad hedder du ?*

Jay tente de se souvenir de l'unique phrase en danois qu'elle a apprise – et, surtout, de sa prononciation.

— *Jeg taler... ikke dansk ?*

Lærke considère Jay de pied en cap. Une femme arrivée de nulle part et qui ne parle pas danois.

Le mystère s'épaissit.

— Tu es une amie de mon frère ?

Bref silence. Jay se pose sérieusement la question.

— Oui. On peut dire ça.

La réponse semble satisfaire Lærke. Elle se détourne sans un mot, saisit d'énormes binoculaires et va se poster devant les baies vitrées. Jay la regarde manipuler les molettes avec assurance, pas comme une enfant en train de jouer, mais comme une guetteuse aguerrie.

Éric revient avec un cabaret où fument deux macchiatos.

— Désolé pour le bordel. D'habitude, je reçois avec quarante-huit heures de préavis.

Ils s'installent à la grande table de conférence, chacun de son côté du pin de Douglas. Des siècles d'anneaux de croissance les séparent, plusieurs milliers de saisons comprimées dans quelques centimètres, et où un spécialiste pourrait situer l'arrivée de Christophe Colomb en Amérique, la colonisation de l'Afrique et la Deuxième Guerre mondiale. Éric écarte le bol de céréales et la bande dessinée.

— Sucre ?

— Sucre.

Jay ne se souvient pas d'avoir bu un meilleur café. L'appareil qui a produit ce breuvage doit valoir l'équivalent de son salaire trimestriel.

Éric vide sa tasse en trois gorgées. Il est nerveux, en dépit des apparences, et Jay décide de crever l'abcès.

— Je sais tout.

On devine un léger éclair de doute dans l'œil d'Éric.

— Tout?

— *Presque* tout. Je sais qu'Élisabeth Routier-Savoie voyage dans un conteneur qui porte le numéro PZIU 127 002 7. Je sais qu'elle est partie de Montréal le 13 octobre, et qu'elle a traversé le Pacifique en direction de Singapour. Lorsque je suis arrivée ici, ce matin, je n'étais pas encore sûre à 100 % que vous aviez quelque chose à voir là-dedans – mais maintenant que j'ai vu la carte sur le mur, on peut dire que oui, je sais *presque* tout.

Le visage d'Éric ne trahit aucune émotion. Ce gamin aurait du succès autour d'une table de poker.

— Vous êtes de la police?

— Pas vraiment. Je fais partie du personnel civil de la GRC. Je travaille en analyse de données. Ma spécialité, c'est les fraudes de cartes de crédit.

Éric a l'air décontenancé.

— Je m'attendais plutôt à ce qu'ils envoient un officier.

— Personne ne m'a envoyée.

— Je ne comprends pas.

— J'ai fait ma propre enquête, en parallèle. À temps perdu.

— En parallèle?

— Je n'ai pas suivi les mêmes pistes. La GRC et la CIA cherchent aussi le conteneur, mais ils ne savent pas encore qu'Élisabeth est à l'intérieur. Ils s'attendent à un bon vieux groupe terroriste, avec des barbus en tunique.

Éric se frotte les tempes en étudiant les cernes de lait sur les parois de sa tasse.

— J'étais sûr que le conteneur serait invisible. Qu'est-ce que j'ai oublié?

— La comptabilité.

— La comptabilité?

— Il restait une facture impayée. Les droits de port ou l'électricité, je crois. À partir de là, les enquêteurs ont retracé le bordereau de livraison et ils ont fouillé dans les copies de secours des bases de données – les serveurs enregistrent une image du système chaque soir à minuit. Avec les copies successives, ils ont pu recomposer la séquence.

Éric secoue la tête, incrédule.

— Mais... une minute. Et vous, comment vous avez compris qu'il y avait quelqu'un à bord ?

— C'est important ?

— Faites-moi plaisir.

— Le camionnage distribué a attiré mon attention. Utiliser plusieurs compagnies pour brouiller les pistes. Ça m'a frappée. C'était une idée d'informaticien.

— C'était mon idée.

— Il aurait fallu ajouter plus d'étapes. Il y a trente-neuf compagnies de camionnage qui manipulent des conteneurs, dans la région de Montréal. Je les ai toutes visitées.

— Toutes ?

— La plupart, disons. Ça m'a permis de retracer le garage où Élisabeth a travaillé. À partir de là, j'ai ramassé des indices. Le vieux truc de Hansel et Gretel.

— Je ne pensais pas avoir laissé autant de miettes de pain.

— Il reste encore pas mal de zones grises.

Par exemple, personne ne comprend exactement comment vous fonctionnez. Vous modifiez différents formats de bases de données. Vous compromettez des réseaux Wi-Fi et des extranets. Vous émulez toutes sortes de logiciels de triage. Vous combinez la force brute et l'ingénierie sociale. J'ai un collègue qui pense que vous sous-traitez à des hackers biélorusses…

Éric s'esclaffe.

— … mais moi, je pense que vous avez juste automatisé le processus. Avec un logiciel, ou une suite de logiciels. Une espèce de couteau suisse.

Éric hoche la tête.

— Il faut un gros canif suisse.

— Gros comment ?

— Très gros.

Silence. Jay assemble les pièces du puzzle dans sa tête.

— Un système d'exploitation ? C'est ça ?

Il hoche la tête, le regard perdu dans le vide – mais après quelques secondes, Jay réalise qu'il observe Lærke. On entend la fillette chantonner *« simsaladim bamba saladu saladim »* d'une toute petite voix, qui contraste étrangement avec ses activités d'espionnage industriel.

— Il existe déjà des dizaines de distributions Linux conçues pour effectuer des tâches spécialisées. Gérer des accélérateurs de particules, piloter des drones. En ce moment, la mode est à la domotique. Gérer des frigos et des cafetières, des systèmes d'éclairage ou de chauffage.

Il tourne son regard vers Jay.

— Alors concevoir un système de navigation semi-automatisé, c'était la suite naturelle.

— C'est encore mieux que ce que j'imaginais. Alors il y a l'électricité à bord?

— Lisa a modifié le système de réfrigération.

— Évidemment!

— Elle a pensé à tout. Cuisinette, congélateur, ventilation, chauffage, climatisation, compacteur à déchets, toilette sèche. Avec l'eau potable et la nourriture qu'elle a en stock, ça lui donne environ six mois d'autonomie en mer.

— Magnifique... Magnifique...

Jay est en transe, comme si elle avait oublié la raison de sa présence en ces lieux. Éric s'éclaircit la gorge.

— Donc, vous êtes venue ici par vous-même?

— Exact.

— La GRC n'est pas au courant?

— Négatif.

— La police danoise?

— Non plus.

— Alors vous êtes ici pourquoi au juste?

Jay joue avec sa tasse, cherche ses mots. «*Så kom en hæslig jæger,* chantonne Lærke avec sa petite voix, *simsaladim bamba saladu*».

— Parce que la géographie m'a toujours emmerdée.

Elle sourit.

— J'ai grandi dans un tout petit village, en Basse-Côte-Nord. Déjà entendu parler de Tête-à-la-Baleine?

— Nan.

— Ça ne m'étonne pas. La 138 ne se rend même pas jusque-là. Pour sortir du village, il faut prendre le bateau ou l'avion, ou le ski-doo en hiver. Aux dernières nouvelles, la population locale était en train de s'effondrer.

Bref silence, gorgée de café.

— J'ai passé mon enfance à souffrir de claustro-phobie. J'étouffais. Quand je suis partie faire mon secondaire à Sept-Îles, ça s'est un peu amélioré.

Mais pas beaucoup. J'ai fini par m'enfuir à Montréal et... pour faire une histoire courte, disons que j'ai mené une double vie. Au bout de dix ans, j'ai dû quitter le pays en vitesse. Utiliser un faux passeport. C'était encore relativement facile, à l'époque.

— Avant septembre 2001.

— Exactement. Mais si j'avais eu ça...

Elle ponctue ses mots en cognant des jointures sur la table.

— ... un conteneur équipé pour traverser les murs... C'est mieux qu'une route. Mieux qu'un passeport. Avec ça, la géographie n'existe plus.

Long silence. *Simsaladim bamba saladu saladim.* Jay regarde sa montre, comme si le temps venait de se remettre en marche après une pause de vingt minutes. Elle vide son café.

— Mais pour répondre plus directement à la question, je suis venue aider Élisabeth. Alors voici l'état des choses. La GRC s'occupe de l'enquête au Canada. Ils ont perquisitionné le garage de la rue Gibson il y a dix jours. Beaucoup de matériel, mais peu de pistes. Pas de quoi faire de l'insomnie. La CIA, par contre, c'est un tout autre problème. Ils ont accès aux bases de données de tous les ports de l'Asie, et ils vont bientôt mettre la patte sur le conteneur.

— Bientôt?

— Lorsque je suis partie de Montréal, il y a trente-six heures, ils analysaient encore les bases de données de Singapour. Ce matin, dans le train, j'ai appris qu'ils avaient retracé le conteneur jusqu'au Sri Lanka. Ils doivent fouiller dans les serveurs du port de Colombo en ce moment même.

Les doigts d'Éric pianotent sur la table comme sur un clavier invisible.

— Ça nous laisse… trois jours.

— Seulement? Je suis désolée, j'aurais aimé venir plus tôt. Tout s'est accéléré.

Éric ne répond pas. Il est ici et ailleurs en même temps, le regard vide, déjà occupé à calculer des paramètres et à échafauder un plan. Il revient momentanément à la surface du sol, l'air calme et focalisé, mais distant. La plus grande part de ses ressources reste accaparée en haute altitude.

— Merci d'être venue m'avertir.

Jay saisit le message. Elle se lève, Éric la reconduit machinalement jusqu'à l'ascenseur. Ils se serrent la main sans un mot. Le jeune homme ne semble pas avoir peur.

Tandis que les portes de l'ascenseur se referment, Jay aperçoit Lærke, à l'autre bout du loft, en contre-jour devant les baies vitrées, toujours concentrée sur ses binoculaires. *Simsaladim bamba saladu saladim.*

56

Un train traverse la nuit en direction de l'Espagne, Jay à son bord. Lasse de jouer les spartiates, elle a réservé une cabine-couchette à fort prix : un endroit idéal pour souffrir d'insomnie.

Allongée sur le dos, elle écoute le chuintement régulier des rails. Elle essaie de se rappeler la dernière gare qu'ils ont traversée. Une ville avec un nom de vin. Tourillon-sur-Rhône, ou quelque chose du genre. Ils approchent de Valence et on devine entre les rideaux la pénombre ponctuée de pavillons de banlieue.

Jay se tourne en position fœtale. Elle n'arrête pas de repenser à sa rencontre avec Éric Le Blanc, une quinzaine d'heures plus tôt. Elle se souvient de chaque seconde passée dans ce grand loft, des moindres répliques échangées, et pourtant elle ne peut chasser l'impression troublante que cet épisode n'a pas vraiment eu lieu. Les quarante-huit dernières heures ont des allures de rêve éveillé – une impression sans doute attribuable à la cadence du voyage en général et au manque de sommeil en particulier.

Elle revient sans cesse à cette grande mappe-monde accrochée au mur et au trait rouge qui la traversait. Plus elle y pense, et plus elle est convaincue de se remémorer avec précision – avec une précision raisonnable, en tout cas – à quel endroit se terminait le trait : sur la côte ouest de l'Inde, pas très loin de Mumbai.

Le train croise une route et on entend la cloche du passage à niveau frôler les wagons et s'éloigner dans les basses fréquences. Tout finit par se doppleriser, dans la vie. Même les souvenirs virent au rouge, si on attend assez longtemps.

Jay attrape sa valise et trouve à tâtons la forme rassurante du Eee. Elle s'adosse à son oreiller et se connecte au routeur de bord, qui offre la connexion internet la plus lente de toute l'Europe de l'Ouest. La moindre image prend une éternité à charger, mais Jay a toute la nuit.

Elle ouvre Google et cherche un site web qui indique la position des vaisseaux en temps réel. Il y en a des dizaines. ShipTrax fera l'affaire. Jay clique sur l'Inde et zoome jusqu'à la région où se terminait le trait. Il s'agit d'un corridor maritime occupé et l'écran se couvre de vecteurs colorés. Heureusement, la carte est configurable et, le temps de cocher quelques cases, Jay fait disparaître tous les bateaux de croisière, les navires de pêche, les pétroliers et les vraquiers, les bâtiments militaires et les yachts. La carte devient peu à peu lisible. Bientôt, il ne reste que les porte-conteneurs.

Jay clique sur chaque vecteur, à la recherche d'un navire qui aurait quitté le terminal de Colombo le 8 décembre dernier. Il n'y en a qu'un : le *Guangdong Express*. Le navire apparaît aussitôt en médaillon : un léviathan de la classe Malaccamax, enregistré à Singapour, capable de transporter pas loin de dix mille conteneurs. La photo donne le vertige. On croirait une ville flottante imaginée par un architecte métaboliste fou.

Selon les données reçues il y a onze minutes, le *Guangdong Express* entrait dans l'estuaire du fleuve Ulhas, à la pointe de Mumbai. À l'heure actuelle, le navire doit se positionner en face du terminal Nhava Sheva. Le pilote est déjà installé à la timonerie, les remorqueurs sont appuyés contre le flanc du navire.

Jay regarde intensément le petit vecteur rouge. Ces quelques malheureux pixels représentent un immense navire situé à huit mille kilomètres de là. Voilà qui n'arrange pas son sentiment d'irréalité.

Le train ralentit. Ils arrivent en gare de Valence, et Jay sent enfin le sommeil la gagner.

Elle se réveille à l'aube, couchée en cuillère autour du Eee. Elle descend l'échelle de la couchette d'un pied hésitant et tire les rideaux. Dehors, le monde a changé du tout au tout. Les minces plaques de neige entrevues la veille, dans le nord de l'Allemagne, ont laissé place aux premières touffes de végétation aride du midi.

Jay glisse l'ordinateur sous le matelas et part en expédition de ravitaillement.

Il est encore tôt et, dans les sièges, les passagers dorment dans toutes les positions imaginables. L'espèce humaine est hautement adaptable. Jay remonte jusqu'au wagon-restaurant, où elle achète un café grand format et un strudel aux pommes – mais elle doute qu'il y ait vraiment des pommes dans ce strudel, ou de la caféine dans ce café.

De retour à sa cabine, elle verrouille la porte et s'assied près de la fenêtre avec son déjeuner et son ordinateur. L'écran affiche toujours le site de ShipTrax, avec le *Guangdong Express* dans l'embouchure de l'estuaire. Jay pèse sur Ctrl-R et la carte se rafraîchit très lentement afin d'afficher des données d'il y a huit minutes. Le *Guangdong Express* a déjà quitté le terminal à destination d'Abu Dhabi – mais Jay sait très bien que Papa Zoulou n'est plus à bord.

Elle mord un coin du strudel et charge les photos satellites de la cour de triage de Nhava Sheva : un vaste monde ocre et rouille, constitué de milliers de boîtes, chacune étant son propre monde, ou un fragment d'un autre monde – et, dans l'une de ces boîtes, une jeune fille s'affaire devant son ordinateur, avec un café à la main et un strudel aux pommes.

Jay ouvre son logiciel de courrier afin de voir s'il y a du neuf du côté de la CIA. Rien. Laura Wissenberg dort, à cette heure-ci, et Jay se prend à l'envier. Malgré sa demi-nuit de sommeil, elle est toujours aussi fatiguée. Elle pense à ce petit hôtel qui l'attend à Barcelone, dans le Barri Gòtic. Peut-être y aura-t-il une robe de chambre.

Après un dernier coup d'œil au dédale de conteneurs, Jay ferme toutes les fenêtres de son navigateur et vide la mémoire cache.

57

Le conteneur a été déchargé vers 6 h du matin. Il s'agit d'un conteneur réfrigérant blanc, absolument banal et sans le moindre signe distinctif. À peine rangé dans la cour de triage, il attire néanmoins l'attention de V2.

V2 est le basset spécialement dressé pour repérer les passagers clandestins. On utilise des chiens renifleurs d'explosifs et de narcotiques depuis longtemps, mais V2 fait partie d'un projet pilote. Accompagné de son maître, il sillonne tout le terminal, y compris la zone réservée aux conteneurs réfrigérants. Le vacarme des compresseurs et des ventilateurs ne plaît pas aux chiens plus nerveux, mais V2 sait garder son flegme en toute occasion. De toute façon, impossible de négliger cette zone : le mois dernier, on a découvert une douzaine de Roumains à moitié asphyxiés dans un conteneur réfrigérant. Il y a des Roumains partout.

Le conteneur vient tout juste d'être branché sur le circuit électrique lorsque V2 passe devant ses portes et se met à renifler frénétiquement. Après les allers-retours d'usage, le maître-chien décide que la boîte est suspecte et fait un appel radio au contrôleur.

Par mesure de prudence, on fait passer le conteneur par le portail à rayons gamma avant de déranger les autorités frontalières. L'image est sans équivoque : il y a quelqu'un à bord. Tandis que l'administration tente de communiquer avec l'exportateur, une compagnie avec un nom russe, on déplace la boîte à l'écart, dans un secteur isolé du terminal.

Ce conteneur réfrigérant blanc, absolument banal et sans le moindre signe distinctif devient soudainement unique parmi des milliers d'autres conteneurs, et les employés de la sécurité portuaire le zyeutent avec curiosité en fumant une cigarette dans la lumière grise de l'aube.

L'Unité spéciale d'intervention arrive au bout d'une heure, à bord d'un VUS noir. On discute à voix basse en enfilant les gilets pare-balles. Une engueulade feutrée s'ensuit à propos du périmètre de sécurité, que personne n'a pensé à établir. On échange quelques coups de fil avec les bureaux de l'administration portuaire. Non, l'exportateur n'a pas pu être joint. On ne va tout de même pas attendre sa bénédiction.

Un second chien renifleur intervient, spécialisé en armes à feu et explosifs. L'animal se fout éperdument du conteneur. Voilà au moins une affaire de réglée. Un membre de l'unité spéciale ausculte les parois avec un stéthoscope, mais le matériel isolant empêche d'entendre quoi que ce soit. Arrivés bons derniers, deux ambulanciers ont stationné leur véhicule à une distance sécuritaire, et font des paris à savoir s'ils devront s'occuper d'un empoisonnement au dioxyde de carbone ou de blessures par balles.

Tout le monde a enfin pris position : les ambulanciers sur la touche, les policiers de chaque côté des portes, et trois tireurs d'élite agenouillés au premier rang, HK416 en joue. Au signal, un policier sectionne le plomb et ils ouvrent les portes à la volée. Cinq lampes de poche et trois fusils d'assaut se braquent vers l'ouverture du conteneur, à l'intérieur duquel se trouvent deux jeunes hommes au teint blême et aux yeux rouges, assis devant un ordinateur portable, l'air modérément étonnés par la tournure des événements.

— *Policja ! Nie przesuwa się o jedną !*

Quelques minutes plus tard, les deux types sont agenouillés sur le sol devant le conteneur, les poignets tie-wrappés. Une neige fine commence à tomber, poussée par le nordet qui arrive de la Baltique.

Les policiers inspectent la scène de crime. Le conteneur a été meublé avec des hamacs, des chaises de parterre et une table de salon. Dans un coin, on a vissé une vieille toilette sèche qui, à vue de nez, fuit un peu, et une chaufferette qui fonctionne à plein régime. L'unité de réfrigération a été grossièrement traficotée afin de fournir de l'électricité, et un policier stupéfait examine les couettes de fils assemblées en vitesse avec des connecteurs en plastique et du gros ruban gommé. Que cette installation n'ait pas déjà flambé relève du miracle. Une quantité importante de vivres a été empilée dans des boîtes de carton, mais un coup d'œil suffit pour comprendre que le duo de navigateurs vient de passer la dernière semaine à se nourrir de M&M's et de Coke diète.

L'ordinateur est toujours posé sur la table de salon, et à l'écran on peut voir de multiples fenêtres en pleine activité. Personne n'arrive à déterminer à quoi peuvent servir ces logiciels. Un policier débranche finalement le portable avec délicatesse, comme s'il s'agissait d'une bombe. Pièce à conviction capitale.

En fouillant dans le désordre, les policiers mettent la main sur une paire de passeports russes. Questionnés par un agent des services frontaliers, les deux jeunes hommes ne font aucune difficulté et avouent tout de suite être embarqués à Saint-Pétersbourg.

Q. *Avez-vous des armes ou des drogues à bord?*

R. *Euh, non.*

Q. *Qu'est-ce que vous venez faire à Gdańsk?*

R. *On faisait juste passer.*

Q. *Pour aller où?*

La question fait rigoler les deux types. Ils haussent les épaules.

R. *Brest, Liverpool, New York. N'importe où.*

Le policier regarde alternativement les passagers clandestins et le conteneur. *N'importe où.* Tu parles d'une réponse. Les Roumains, au moins, savaient où ils allaient.

58

L'hiver passe et le phénomène ne cesse de s'étendre.

Tout a commencé avec ces deux Russes arrêtés en Pologne à bord d'un vieux conteneur réfrigérant. On croyait à un cas isolé, deux *jackass* moscovites en mal de sensations fortes – mais la semaine suivante, trois Brésiliens sont arrivés à Miami de la même manière. Un mois plus tard, deux Japonais à moitié fous se sont fait pincer à Seattle, suivis d'un Australien à Singapour et d'un Libanais à Anvers. Les Chinois se sont ensuite lancés à l'assaut de la côte ouest, cependant que les Roumains, avec leur habituel sens de l'à-propos, s'attaquaient à la côte est.

Au jour d'aujourd'hui, c'est-à-dire l'avant-veille de l'équinoxe de printemps, le bilan s'élève à vingt-trois conteneurs du genre, sans compter les cas passés sous le radar, et qui tous partageaient une caractéristique : on avait trouvé à bord un ordinateur qui fonctionnait sous Linux He_2.

On a rapidement retracé l'origine du système, versé sur le web par un certain Harry Houdini au moyen d'une connexion anonymisée. Intéressante coïncidence, cette mise en ligne initiale datait du 13 octobre, le jour même où Papa Zoulou quittait Montréal.

Harry Houdini n'était pas bavard. Sa description de He_2 tenait en deux phrases : *A live USB Linux distro with tools and instructables to hack a shipping container, from the yard to the hold, and beyond. Use wisely.*

Un vieil adage persan affirme qu'il est impossible de remettre le dentifrice dans le tube. On fit effacer les fichiers de He_2 et fermer le compte de Harry Houdini – mais de nouvelles copies réapparurent immédiatement sur plusieurs sites miroirs, GitHub et The Pirate Bay et d'obscurs serveurs FTP russes, dont les liens circulaient dans les forums et les médias sociaux. À l'évidence, He_2 occupait une niche écologique mineure mais vacante, dénuée de concurrents ou de prédateurs, ce qui contribua à une expansion rapide. Harry Houdini, quant à lui, brillait par son absence. Avec un nom pareil, il n'allait certainement pas se laisser coincer.

Les autorités n'essayèrent même pas de cacher ce qui leur paraissait relever du microphénomène, une autre mode incompréhensible qui s'épuiserait vite. Fin février, un journaliste de *Wired* lança He_2 sur l'extranet de plusieurs terminaux portuaires de la côte ouest américaine. Le reportage toucha un nerf sensible : certains ports utilisaient des mots de passe dérisoires, que He_2 était parvenu à casser en quinze secondes.

Au moment où l'histoire atteignait l'étage des médias de masse, des versions dérivées de He_2 circulaient déjà – plus puissantes, plus rapides, plus furtives. Selon des rumeurs, certaines copies étaient noyautées par la NSA : le cheval de Troie contenait désormais un autre cheval de Troie. Personne ne savait si la rumeur était vraie, s'il s'agissait d'une simple théorie du complot, ou si on l'avait lancée afin de miner la réputation de He_2. Tout ça revenait sans doute au même.

Début mars, Mahesh annonça qu'il ferait une démonstration du système dans la salle de conférence, pour les geeks que ça intéressait. L'épisode laissa un souvenir durable dans l'esprit des personnes présentes.

Dès les premières secondes du démarrage, le système balayait le voisinage et établissait non seulement la liste des routeurs, mais de tous les ports logiciels ouverts ou non, des ordinateurs et périphériques branchés sur le réseau, des serveurs et des téléphones, et de la moindre bébelle intelligente. Il ne manquait que la machine à café. Inutile de toucher à quoi que ce soit, tout était automatisé, il suffisait de s'asseoir confortablement. He_2 provoquait l'interruption des connexions ambiantes, une à une, comme un gamin malicieux, et attendait que les appareils se reconnectent pour intercepter les messages d'authentification, qu'aussitôt il entreprenait de décrypter. Si on le laissait fonctionner une heure ou deux, on finissait par obtenir à peu près tous les mots de passe des environs.

La démonstration engendra une légère panique au sein du septième étage, chacun décidant soudain qu'il était temps d'utiliser des mots de passe plus élaborés.

Mahesh était aux anges. Il étudiait les moindres recoins du système, les yeux humides.

— Ils ont pensé à tout !

En plus d'un étonnant arsenal de logiciels, He_2 venait avec un vaste centre de documentation : des centaines d'ouvrages techniques ou théoriques, des cartes détaillées de terminaux portuaires, des modes d'emploi, des organigrammes, des formulaires d'immigration et de connaissement dans une douzaine de langues, des documents juridiques et un carnet d'adresses contenant les coordonnées d'avocats et d'organisations de défense des droits de la personne dans soixante-quinze pays.

Mais le clou était évidemment le *Claustronaut Cookbook,* un manuel détaillé sur l'art de transformer un conteneur réfrigérant en capsule intercontinentale, avec des plans couvrant le moindre aspect de la question, depuis l'alimentation électrique jusqu'aux toilettes. On avait même prévu un manuel de yoga, des routines d'exercice en espace restreint, des livres de recettes, et une imposante portion du catalogue du projet Gutenberg.

He_2 n'était pas un banal tableau de bord : c'était un manifeste, un défi lancé au genre humain, une invitation à conquérir un nouveau continent. Le message avait été entendu.

Dans cette abondance soudaine de conteneurs clandestins, Papa Zoulou restait un cas à part, furtif parmi les furtifs.

Les enquêteurs de la CIA étaient à 100 % certains de le coincer à Nhava Sheva, mais ils n'attrapèrent que du vent. Les bases de données de Colombo étaient formelles : PZIU 127 002 7 avait été chargé à bord du *Guangdong Express* à destination de Mumbai, mais la damnée boîte semblait n'avoir jamais été déchargée. Disparue en mer, pour ainsi dire.

Les analystes planchèrent deux semaines sur le dossier avant de trouver l'explication : le numéro d'identification du conteneur avait été légèrement modifié. À partir de Mumbai, Papa Zoulou s'était mis à voyager sous divers codes – PZLU 127 200 7, ou bien PZJU 217 020 7, ou encore PZTU 127 002 7 –, ce qui le rendait difficile, voire impossible à rechercher dans les bases de données.

Laura était scandalisée.

— Ils n'ont même pas repeint les codes affichés sur le conteneur ! Personne n'a remarqué que le numéro sur le conteneur ne correspondait pas au numéro dans les bases de données ?

Mahesh non plus n'y comprenait rien, mais Jay avait une explication à proposer.

— *Personne* ne regarde les codes sur les conteneurs, Laura. On manipule les boîtes par milliers. Ça passe vite. Tout le monde a une confiance aveugle dans le système. Et même si quelqu'un décidait d'ouvrir l'œil, ça ne servirait à rien : tous les codes de Papa Zoulou se ressemblent. Ça fait comme un camouflage Dazzle. Tu sais, les vieux navires militaires avec des zébrures? Même affaire. Ça crée un instant de confusion, juste assez long pour se faufiler.

— Les terminaux n'utilisent pas des lecteurs de codes automatisés?

— Pas sur les transbordements.

— Il me semble que j'ai déjà entendu ça.

— L'histoire de l'humanité est une longue suite de répétitions, Laura.

Maurice Gamache, à qui on avait relayé cette théorie, grogna que Jay ferait aussi bien de venir travailler pour l'Unité d'enquête portuaire plutôt que de perdre son temps dans les numéros de cartes de crédit – et, sans attendre l'avis de la principale intéressée, il se mit en tête de faire avancer le dossier. On risquait de grincer des dents, là-haut.

Le calme plat règne dans l'Enclave. Tout le monde est parti dîner, sauf Jay qui, assise à son bureau, survole un rapport que lui a refilé Laura. Elle saute plusieurs chapitres et va directement à la fin – et vers le curieux épilogue de cette enquête.

Voilà trois semaines que l'on a retrouvé Papa Zoulou, totalement par hasard, dans une zone industrielle d'Athènes. Un ferrailleur l'avait acheté sur Alibaba pour cinq cents dollars et le conteneur traînait au fond de la cour depuis un mois en attendant d'être réduit en flocons d'acier. Les ouvriers ont eu une drôle de surprise en ouvrant les portes : cette boîte était meublée comme un Westfalia ! Après avoir publié leur découverte sur YouTube, ils ont appelé la police. En moins de vingt-quatre heures, l'affaire remontait jusqu'à la CIA et, accessoirement, jusqu'à la GRC.

À en croire le rapport, les occupants de Papa Zoulou avaient emporté le moindre objet révélateur, et il ne restait aucune trace de He_2 à bord. Les empreintes digitales et l'ADN concordaient avec ce qu'on avait prélevé chez les Autocars Mondiaux, mais ne correspondaient à aucun enregistrement dans la Banque nationale de données génétiques.

Jay feuillette le rapport jusqu'à tomber enfin sur ce qui l'intéresse vraiment : les photos – prodigieusement confidentielles – de l'intérieur du conteneur. La réalité dépassait tout ce que Jay avait anticipé. Contrairement aux bricolages interceptés depuis le mois de janvier, Papa Zoulou ressemblait à la cabine d'un ketch de luxe, et Jay pouvait aisément imaginer Élisabeth assise à sa table à cartes, couchée avec un bouquin, occupée à cuisiner un risotto.

Elle referme le rapport, songeuse. Elle aimerait avoir la certitude que sa jeune protégée se porte bien. Deux ou trois fois, elle est passée mine de rien derrière son appartement, près de Notre-Dame-de-la-Défense. Toujours aucune trace de vie. Voilà des semaines qu'elle pense à communiquer avec Éric Le Blanc – mais elle se retient. Elle doit respecter le scénario, faire ce qu'elle a à faire. Elle triangule des cartes de crédit, elle boit du café. Elle a recommencé à cuisiner du ceviche et du bacalao.

Et puis elle a pris une grande décision : elle va lâcher un coup de fil à Alex Onassis et acheter ce vieux duplex dont personne ne veut. Elle va négocier avec une poigne de fer et évincer les gueulards du rez-de-chaussée. Plus personne ne la chassera d'où que ce soit.

Elle lance le rapport sur le bureau de Laura, s'étire et enfile son blouson. Il lui reste un (1) an, onze (11) mois et dix-sept (17) jours à tirer – mais pour l'instant, il est l'heure de manger.

- 59 -

Il est minuit, mais Éric ne s'endort pas. Assis dans un fauteuil, les pieds sur la table du salon, il sirote un verre de oolong. Autour de lui, dans la lumière tamisée, le plancher est jonché de pièces de Lego.

À travers les baies vitrées, Copenhague semble plongée en pleine hibernation, mais le port ne dort pas, le port ne dort jamais, et les grues à portique déchargent un vieux Panamax battant pavillon libérien.

Éric repense à cette femme venue sonner à sa porte, en décembre dernier, cette femme dépeignée et fébrile qui manquait de sommeil, et que la géographie emmerdait, et dont il ignore jusqu'au prénom.

Même les traits de son visage commencent à s'estomper de sa mémoire. Il aurait pu la retracer sans trop de difficulté – il n'y a pas des milliers d'employées de la GRC affectées aux fraudes électroniques dans les bureaux de Montréal –, mais il s'est retenu. Il préfère l'imaginer auréolée de mystère, comme un ange gardien parachutiste. Une membre du commando d'élite de la sérendipité. Une secouriste de l'improbable. Quelque chose du genre.

Il pose son verre, se frotte le visage avec les mains. Les derniers mois ont pesé sur ses frêles épaules comme plusieurs décennies. Ce soir, assis dans la pénombre avec son thé faible, il pourrait aussi bien avoir quatre-vingt-dix ans.

Il se lève et s'étire longuement. Et sourit enfin.

Lærke et Lisa dorment côte à côte devant les baies vitrées, couchées à même le plancher.

La voyageuse est arrivée en début de soirée, chancelante sous un énorme sac à dos, crasseuse et vannée. Sa traversée de l'Europe de l'Est avait été une expédition étonnamment longue et compliquée. Elle avait refusé l'aide d'Éric, évidemment, et avait connu toutes sortes de problèmes de parcours en Grèce, puis en Serbie, puis en République tchèque. Ses pieds lui faisaient mal, elle n'avait pas vraiment dormi depuis trois jours, et son dernier *Döner Kebab* remontait à Berlin, une dizaine d'heures plus tôt. Assise à la grande table de conférence, elle s'est enfilé trois assiettes de spaghettis au beurre en racontant ses aventures des derniers jours, tandis que Lærke la mangeait des yeux.

À l'heure de s'effondrer pour la nuit, Lisa a insisté pour s'installer au pied des baies vitrées. Elle se moquait de l'inconfort du plancher : elle voulait s'endormir avec vue sur l'horizon. Quant à Lærke, elle refusait de quitter sa nouvelle idole. À partir de tout de suite, c'était à la vie à la mort.

La scène est parfaite, comme une toile de maître, et lorsque Éric éteint finalement la lumière, l'image persiste un instant sur sa rétine avant de disparaître.

Montréal, le 15 septembre 2014

Remerciements

J'aimerais exprimer ma gratitude aux personnes suivantes :

- Martin Beaulieu, pour sa prélecture, ses conseils et ses encouragements, et pour m'avoir orienté du côté d'Émile Zola ;

- Céline Bourdages et Raymond Dickner, pour leur précieuse retraite d'écriture dans le 3e Rang ;

- Luis Ferre, pour son expertise en grammaire espagnole ;

- Saleema Hutchinson, *for convincing me to buy Sekula's seminal book, back in Kassel* ;

- Sophie Marcotte, pour sa révision à la fois souple et rigoureuse ;

- Martha Radice, pour ses exotiques références documentaires ;

- Nicole Raymond, pour son œil de lynx ;

- l'irremplaçable Antoine Tanguay, pour dix ans de confiance ;

- Hugo Tremblay, pour sa prélecture et ses recommandations techniques.

J'adresse aussi des remerciements tout spéciaux à Marie Wright-Laflamme, qui a pris le risque de marier un romancier.

À ceux et celles qui aimeraient mieux comprendre le monde des conteneurs et de l'industrie maritime moderne, je recommande les quelques documents suivants :

- *Fish Story* (1995), du regretté Allan Sekula ;

- *The Box : How the Shipping Container Made the World Smaller and the World Economy Bigger* (2006), de Marc Levinson ;

- *The Box* (2008), un reportage spécial de la BBC : bbc.co.uk/thebox ;

- *Moby-Duck : The True Story of 28,800 Bath Toys Lost at Sea and of the Beachcombers, Oceanographers, Environmentalists, and Fools, Including the Author, Who Went in Search of Them* (2011), de Donovan Hohn.

DÉJÀ PARUS CHEZ ALTO

Sophie BEAUCHEMIN
Une basse noblesse

Deni Y. BÉCHARD
Remèdes pour la faim

Alexandre BOURBAKI
Traité de balistique
Grande plaine IV

Patrick BRISEBOIS
Catéchèse

Sébastien CHABOT
Le chant des mouches

Richard DALLAIRE
Les peaux cassées

Martine DESJARDINS
Maleficium

Patrick deWITT
Les frères Sisters

Nicolas DICKNER
Nikolski
Tarmac
Le romancier portatif

**Nicolas DICKNER et
Dominique FORTIER**
Révolutions

Christine EDDIE
Les carnets de Douglas
Parapluies
Je suis là

Max FÉRANDON
Monsieur Ho
Un lundi sans bruit

Isabelle FOREST
Les laboureurs du ciel

Dominique FORTIER
Du bon usage des étoiles
Les larmes de saint Laurent
La porte du ciel

Steven GALLOWAY
Le soldat de verre

Karoline GEORGES
Sous béton
Variations endogènes

Tom GILLING
Miles et Isabel ou
    La belle envolée

Rawi HAGE
Parfum de poussière
Le cafard
Carnaval

Clint HUTZULAK
Point mort

Toni JORDAN
Addition

Andrew KAUFMAN
Minuscule
Les Weird

Serge LAMOTHE
Le Procès de Kafka et
    Le Prince de Miguasha (théâtre)
Tarquimpol
Les enfants lumière

DÉJÀ PARUS DANS LA COLLECTION CODA

Composition : Hugues Skene
Révision : Sophie Marcotte
Correction d'épreuves : Nicole Raymond
Conception graphique : Antoine Tanguay
et Hugues Skene (KX3 Communication)

Éditions Alto
280, rue Saint-Joseph Est, bureau 1
Québec (Québec) G1K 3A9
editionsalto.com
aparte.info